JN055995

悪女

～愛のためなら悪女にもなれる～

序章

忘れもしない。この日は、朝から非常に暑かった。

品のいい純白のシフォンワンピースに身を包み、自慢の長い黒髪をハーフアップにした倉原白花は、たおやかな着物姿の母に続いて、黒塗りの車の後部座席に乗り込んだ。

前方の車には、白花の父、清十郎が複数の警護官と共に乗っている。

雲ひとつない青空の下は、アスファルトも揺らめくかんかん照り。だが、運転手が気を利かせてくれていたらしく、車内はひんやりと涼しかった。

「白花、もっと奥に詰めろ」

あとから来た兄の清一に文句を言われて、白花はその真っ白な頬を餅のようにぷくっと膨らませた。国産セダンの中でも最高クラスということもあって車内は広いが、それでも後部座席に三人並ぶと圧迫感がある。ぎゅうぎゅう詰めになって、せっかくドレスアップした装いが崩れるのがいやだったのだ。

「ええ～っ、お兄様もこっちの車に乗るの？　お父様と一緒に乗ればいいのに。向こうのほうが人数少ないんだから」

「ムリムリ。ＳＰの体格舐めんなよ。後部座席なんて二人で満席だって」

「じゃあ、助手席に座ってよ」

「車の席次は後部座席が上座だ馬鹿。それでも政治家の娘か」

辛辣というよりは軽口といった調子で、清一が宣う。彼は白花と顔を合わせるたびにからかってくるのだ。白花はこの兄に何度泣かされたかわからない。

清一が銀座の老舗テーラーで仕立てたオーダーメイドスーツのジャケットのボタンをサッと外して隣にどっかりと座ったものだから、案の定、彼の尻にスカートの裾を踏んづけられて、白花は頬を膨らませるだけではなく、眉間にまで深々皺を寄せる羽目になった。

「もうっ！　スカート踏まないでっ！」

「ああ、悪ィ悪ィ」

微塵も悪いとは思っていないのだろう。清一はまったく尻をどけてくれない。

仕舞いには母親に「二人とも騒がしいですよ」と注意されて、白花はムッと唇を引き結んだ。

財務省が大蔵省と呼ばれていた時代から大臣を歴任し、官房長官まで上り詰めた政治家、倉原清十郎の長男として生まれた清一は、倉原家の王子様なのだ。

その王子様は本日、清十郎の地元後援会が主催する〝官房長官就任祝い〟のパーティーで、清十郎の後継者として正式にお披露目されることになっている。

母も白花もそのパーティーに出席するため、こうしてめかし込んでいるのだ。なのにこの王子様ときたら、もう二十七にもなるくせに、八つ年下の妹が懸命にスカートを引っ張る様を嘲笑っているんだから、まったくもってしょうがない。

（お兄様の意地悪っ……早くどいてよ！　巧さんなら絶対にこんなことしないんだから！）

母親に注意された手前、心の中で苦情を訴えながらもスカートを引っ張る。

「あ、巧」

「えっ！」

兄の声に弾かれたように顔を上げると、モダンな異人館を思わせる倉原邸の玄関前で、白花達兄妹の幼馴染みである広瀬巧が、彼の父、彰氏と向かい合ってなにかを話しているところだった。

一八〇を超える長身で、落ち着きのあるブラックスーツを着こなし、清潔感のある短い黒髪。整った顔立ちに、シックで品のいい眼鏡。その眼鏡の奥の目は切れ長で、しかもとっても優しく細まっている。この巧の父親である彰氏が、白花らの父親、清十郎の第一秘書なのだ。

彰氏と清十郎は、清十郎が政治家として初出馬する前からの仲で、旧帝大時代の同級生なんだとか。そして偶然にも、巧と清一も同級生で親友。

清一が父親の跡を継ぐように、巧もまた、父親である彰氏と同じ政治家秘書を志している。将来、清一が出馬した時に第一秘書となるべく、現在は清十郎の秘書として経験を積んでいる最中なのだ。

父親同士の関係もあって、巧は白花が生まれる前から倉原邸に出入りしていたし、実の兄が意地悪なものだから、白花は昔から優しい巧によく懐いていた。彼も実の兄以上に、白花のことを可愛がってくれていると言える。

そんな巧に、白花が恋心を抱くようになるのも自然なこと——

（巧さん……はぅ〜やっぱり素敵……あっ！）

見蕩(みと)れていたところに巧とバチッと目が合って、つい今しがたまで膨れていた頬がぽっと花咲く。踏まれたスカートを引っ張るのも忘れて白花が小さく手を振ると、爽やかに微笑んだ巧が車に寄ってきた。

「白花さん。いつも可愛いけど、今日は特別可愛いね。それ、新しいワンピースでしょ。よく似合ってるよ」

清一の膝に身を乗り出して窓を開ける白花に、腰を低くした巧が顔を覗かせる。

「そ、そう、ですか？」

巧にちょっと褒めてもらえるだけで、白花はもう夢見心地だ。はにかみながらも、自分が一番可愛く見えるように上目遣いなんてしてしまう。

「よかったなー白花。及第点(きゅうだいてん)だってよ。朝から必死こいてめかし込んだ甲斐(かい)があったな」

「も、もう！　お兄様の意地悪！」

兄の言い方は辛辣(しんらつ)だが、それは間違いなく事実。だからといってそれを、巧の前で言わなくったっていいのに！

「ははは！　じゃあ、意地悪なお兄様の本音を教えてあげる。ほら、清一が朝から俺に送ってきたメッセ見てみて」

「あ！　おま、それはナシ——」

慌てる清一を押しのけて、巧が差し出すスマートフォンを見ると、開かれたトーク画面に『俺の妹がマジで可愛いんだが？』と書かれており、いつの間に撮ったのかメイクアップした白花が鏡に向かってピアスを着けている写真まで送られている。送信アカウントは間違いなく清一。

「おーにーいーさーまぁー？」

得意気な顔で兄を見上げると、一瞬のうちに両手でぐりぐりっと頭を掻き回された。

「あー可愛い、可愛い！　ホント！　マジ可愛い！　白花は天使！」

「キャーッ！　髪が！　髪が！」

頭を鳥の巣にされて、車が揺れるほど悲鳴をあげる。この兄の可愛がり方は本気でどうにかしてほしい。

白花がむくれると、窓越しに優しい手が伸びてきた。

「大丈夫、大丈夫。俺が整えてあげる」

巧のあたたかい手が、柔らかく頭を撫でながら髪を梳いて、乱れたスタイルを直してくれる。最後にツンツンと頬を指先で突かれて、「可愛い」と魔法の言葉をもらったら、白花の気分は一気に上がった。

「ありがとうございます！　巧さんっ！」

（大好き！）

白花が巧に華の笑みを向けている間に、彰氏が車の前を回って運転席に乗り込む。どうやら運転は彰氏のようだ。

「あれ、巧さんは？　巧さんは一緒に来ないの？　あとから来るの？」

白花の疑問に答えてくれたのは清一だった。

「巧は父さんの事務所で留守番。誰か一人はわかる奴がいないと困るだろ」

「そっか……」

今日は清一のお披露目も兼ねているから、未来の第一秘書である巧も参加すると白花は勝手に思っていたのだ。だが、言われてみればそれも納得。

現在、清十郎には東京の議員会館に五人、ここ地元神奈川の本部事務所に十三名の秘書がいる。裏を返せば、巧はその秘書らの中でも、留守を任せられるほど優秀、ということなのだろう。

ならば致し方ないと、白花は不満を呑み込んだ。

白花が毎度パーティーに駆り出されるのは、結局のところお酌要員なのだ。母だけでは手が回らない。普段は父を応援してくれる後援会の重鎮達も、酒が入ればただのセクハラおやじと化す。まだ未成年なのに、酒を勧められることだってある。そこをさり気なく助けてくれるのが巧なのだ。

「ごめんね、白花さん。そういうことで、今日は側にいられないんだけど……。酔っぱらいのおじさん達にセクハラされたら、すぐ逃げるんだよ。お母様か清一の側から離れないように。無理しなくていいんだからね」

「大丈夫です、頑張ります！　巧さんも頑張ってくださいね！」

巧に励ましてもらえれば、それだけで白花は百人力だ。セクハラおやじもなんのその！

席次もお酌の順番も暗記しているし、完璧にこなす自信がある。伊達に政治家の家に生まれちゃいないのだ。

「お待たせしました。では出発いたしますよ。シートベルトをお締めくださいね」

彰氏に言われた通りにシートベルトを着用してから、白花は「行ってきます！」と巧に手を振った。そうしたら「いってらっしゃい」と、手を振り返してもらえる。

清十郎を乗せた車に続いて、白花達を乗せたこの車も滑(なめ)らかに動き出した。邸(やしき)と巧がどんどん小さく遠くなっていく。

「――ったく、おまえは巧、巧って。巧に惚れてるからってあからさますぎ」

「～～～っ！」

すっかり巧の姿が見えなくなってから、清一が苦笑いをしてくる。

(巧さんのお父様がそこにいるのにっ！　お兄様ったら、やめてよぉ！)

自分の想いをバラされた白花は赤面するしかない。茹(ゆ)で蛸(だこ)になった妹を横目で見ながら、清一はニヤリと笑って父親そっくりの顎(あご)をさすった。

「ま。おまえは一応、この俺の大事な妹だからな。信頼の置ける男にじゃないと嫁にはやれん。その点、巧なら合格だな。なにせ俺の親友だ。白花、巧にならおまえを嫁にやってもいいぞ」

「お、お兄様……！」

意地悪な兄にからかわれているのだと頭ではわかっているのに、真に受けた心臓がバクバクする。

「広瀬のおじさん。うちの白花を巧の嫁にどうですか？　お転婆(てんば)ですけど、器量はいいですよ」

急に話を振られたにもかかわらず、彰氏はにこにこと柔和(にゅうわ)な顔で微笑んだ。

「そらもう、大歓迎ですよ。巧も喜びます。巧は昔っから、白花お嬢様一筋ですからねぇ」

「っ‼」

彰氏から巧の気持ちを聞かされて、白花は喜びに目を剥いた。

(巧さんがわたしを⁉)

実を言うと、見つめれば目が合い、微笑めば微笑みが返ってきて、手を振れば振り返してもらえるものだから、〝もしかして両想い？〟だなんて自分に都合のいいことを考えたのも一度や二度じゃない。でも期待に胸が膨らむたびに、〝自意識過剰なのでは？〟と心配になって、告白する勇気が持てないでいたのだ。

それが、本当に両想いかもしれないなんて！

興奮したまま左側の兄を見て、今度は右側の母親を見ると、クスッと笑われてしまった。

「白花は本当になんでも顔に出るわねぇ。お父様もね、巧さんならって仰っているのよ」

「本当に⁉」

白花は思わず声を上げた。

父、清十郎が乗り気なら、これはもう決まったも同然では？

ますます色付く白花を見て、母は「ほほほ」と上品に口元に手をやった。

「まぁ、あなたはまだ十九ですから。結婚はもう少し先のお話ですけどね」

「母さん、母さん。二人は付き合ってすらないんだ。だいぶ先の間違いでしょう」

横から清一の軽口が飛んできたが、白花にはもう聞こえていない。

（わたし、巧さんに告白してみようかな……）

自分で言うのもなんだが、今日のメイクはかなりバッチリ決まっている。理想的なつや肌になったし、アイメイクも大人仕様。髪だってサラサラだ。このマキシワンピースも結構似合っているはず。いつもの一・五倍は可愛くなれているのでは⁉

一番可愛い自分でいる時なら、告白する勇気だって持てる気がする。

（うまくいく、かな？　きゃああ～っ！　巧さん、夜は事務所から家に来てくれるかな？　忙しいかな？　どうかな？　ああ、でも、会いたいなぁ）

ついさっきまで顔を合わせていたくせに、そんなことを思う。白花がソワソワしているうちに、二台の車は続いて有料道路へと入った。

父、清十郎の地元後援会の皆さんが用意してくれた会場は、神奈川県の山手（やまて）にある老舗（しにせ）ホテルだ。倉原の家からこの有料道路を使えばほんの二十分ほどで着く。

片側二車線、車の流れはスムーズだ。

白花はポーチからコンパクトを出して、白い小花の髪飾りの位置をミリ単位で微調整した。

巧は会場にいなくても、白花の頑張りは彰氏や他の秘書からも伝わるはずだ。いや、ぜひとも伝えてもらわなくては。お勤めを果たす気合いが入るというもの。

そんな中、隣に座っている清一が、運転手と助手席の間から身を乗り出すようにして、彰氏に話しかけた。

「広瀬のおじさん。やっぱり官房長官は違いますか？　大臣より忙しい？」

「それはもう！　三倍、いや、五倍は忙しいですね。通常国会は先週閉会しましたが、来年度の予算編成のための作業もありますし、なによりほら、豪雨災害がありましたからね」

「ああ、あれはひどかった。まだ復旧には時間がかかるんでしょう？」

「そのようですね。だからじゃないですが、先生は休む間もありませんよ。清一さんも、今日の会で万歳（ばんざい）やらしてはいけませんよ」

ルームミラー越しに第一秘書の顔をチラリと覗かせて、彰氏がアドバイスをしている。清一は父を官房長官にまで押し上げたこの第一秘書には一目置いているようで、素直に頷いた。

「は～っ！　代議士に休みなし、か」

「清一さんが当選なさったら、その時が先生の夏休みですよ。先生も奥様とご旅行に行かれるのを楽しみに――」

「っ！　おじさん前、前、前!!」

（？　なに？）

突然上がった兄の大声を不躾（ぶしつけ）に思いながら白花がコンパクトから顔を上げると、中央線を大きくはみ出した白の対向車が白花達目掛けて一直線に突っ込んできているではないか。

視界いっぱいに対向車の運転手の顔が広がって、知らないその人と目が合ったような気がした。

「やばい、やばい、やばい！」

「うわあああ！」

同じことを繰り返す兄と、普段穏やかな彰氏の初めて聞く悲鳴、そしてパ――！　っと鳴り響くクラクションに釣られるように、「キャーッ！」と喉から甲高い声が上がる。

(怖い！　やだ、助けて！)

ジェットコースターの急降下時に似た重力を感じて、白花は思わず目を閉じた。

身体がおもいっきり左側に流されて、ドゴン！　という鈍い音と共に、上からおそらく母の身体と思われるものがのし掛かってくる。

なにが起こったのかさえ理解できぬまま、身体が浮き上がる感覚と、押し潰される矛盾を同時に味わい、大きくバウンドして息がとまる。

そして次の瞬間、背中側からなにかを叩きつけられた衝撃で、白花の意識はバチンと飛んだ。

◆　◇　◆

「う……」

キーンとした耳鳴りの中で、白花はうっすらと目を開けた。瞼が全部開かない。それでも入ってくる光は眩しくて、ふたたび目を閉じた。

口の中になにか管のようなものが突っ込まれている。それが不快で取りたくてもがいたが、身体が思うように動かない。

（……いたい……なに、これ……どこ、ここ……）

もう一度目を開けると、今度は目の前にマスクを着けた女性の顔があって、白花の焦点を攫った。

「倉原さん、わかりますか？」

その声に反応して微かに呻き声を漏らせば、その人の目が安堵したように柔らかくなった。

「今、先生を呼んできますからね」

先生──聞き慣れたそれが、初めは父のことを指しているのだと思った。だが来たのは、また知らない女性。白衣姿のその人を見て、ここが病院だと白花はやっと気付いた。

あれこれと診察をされているうちに、だんだんと記憶の断片が甦ってくる。

事故に遭ったのだ。

対向車線をはみ出してきたあの車と衝突したのだろうか？　思い出そうとしたけれど、それは無理だった。

（……でも、いきてるんだ……よかった……）

自分の身になにが起こったのかはわからなかったが、生きてることはわかる。身体が痛くて動かないのは、骨折でもしているのだろうか。

念入りな診察を受けて、やっと口から管を抜かれた白花は、からからになった喉から声を振り絞った。

「……ぉかぁさま、と、ぉにぃさま、ひろせの、ぉじさま、ぶじで、すか……？」

「…………」

女医は眉間に皺を寄せると、一度目を閉じて、ゆっくりと開けた。

「大変な事故だったんです。今は身体を治すことに専念しましょう」

彼女は白花の左手を撫でるように叩いて、その場を離れた。

◆　◇　◆

意識が戻った一週間後、白花は集中治療室から一般病棟の個室に移された。

臨時国会がはじまり、忙しい清十郎に代わって白花に付き添ってくれたのは、母方の叔母だ。

そして白花は彼女から、事故からすでに二週間が経過していることを聞かされた。ずっと昏睡状態だったらしい。

白花達を乗せた車は、中央線をはみ出してきた対向車を避けて左に急カーブ。その拍子に横転。そのまま後続のトラックに激突され、大破、炎上。

車を包み込んだ炎はすぐに消しとめられたが、彰氏と、運転席の真うしろに座っていた母は後続車両の衝突により即死。

助手席の真うしろにいた兄の清一は、車が横転した際、一番地面に近い場所にいたのが悪かったのか、火傷を負いながら全身を強く打って事故の三時間後に死亡。

清一に、どの段階まで意識があったのかはわからない。だが炎上する車体から白花が救出された時、白花は彼に抱きしめられ、護られる形だったという。

「………」

ベッドに仰向けになったまま、白花はただ放心していた。

綺麗で優しくて、上品だった自慢の母。白花をなにかとからかいながらも、構い倒してくれていた兄。子供の頃から家族ぐるみの付き合いで、もう一人の父のような存在だった彰氏。

その三人がもうこの世にいないだなんて……

叔母の話では、白花が昏睡状態にある間に、すでに三人の葬儀は終わったのだそうだ。

遺体も見ていない、葬儀にも参加していない、骨すら拾っていない。そんな状態で、信じることも受け入れることもできなかった。

そして、今の自分の状態も――

全身打撲。右脛骨プラトー骨折。そして深達性Ⅱ度熱傷。車が炎上した際、ガソリンの燃えた有毒ガスを大量に吸った白花は、一時は命も危うかったらしい。

だが生き残ったものの、白花の身体は右肩から右胸にかけての広範囲に、深い火傷を負っていた。

顔と左半身が無事だったのは、兄の清一が白花の頭を包み込むように護ってくれていたからだ。

それでも自慢だった黒髪は一部燃えてチリチリになり、ガラスかなにかで切ったのか頬には大きなガーゼテープを貼られている。

焼け爛れた身体は、あまりのひどさに直視することすらできなかった。

全治六ヶ月。だが、火傷の痕は残る可能性が高いらしい。

(……なんで……？　なんでこんなことになったの……？)

点滴の雫が垂れる様を、虚ろな目で見つめる。

なんにも悪いことなんてしていない。白花達はただ、車に乗っていただけだ。いつもと同じ。

ハンドルを握っていた彰氏は、無事故無違反の優良運転者だし、事故なんてあり得ない。

すべて嘘なんじゃないか？

（そうよ……きっと嘘。わたし、夢でも見てるんじゃ……？）

次に起きた時、この悪夢から醒めることを願って目を閉じる。

そうしてしばらくすると、コンコンと病室のドアがノックされて、誰かが入ってきた。看護師だろうか？

席を立った叔母が「お疲れ様です」と挨拶しているのを聞くともなしに聞く。

訪れた人はどうやら、父、清十郎のようだった。

政治の世界には、金帰火来という言葉がある。衆議院は火曜にはじまり金曜に終わるので、代議士は金曜に地元に帰り、火曜に東京に来るという意味だ。

東京から地元神奈川まで片道四十分と少し。日によっては一時間かかる。往復の時間を無駄にしないためにも、東京の別宅に寝泊まりする日がほとんどなのだ。

地元に帰ってきた週末、清十郎は白花に会いに来てくれる。

集中治療室での面会時間は三十分と決められていたが、今日は一般病棟に移ってはじめての週末。

清十郎もいつもより長くいてくれるかもしれない。

叔母はよくしてくれるが、やはり父が来てくれると安心する。

「白花。具合はどうだ？」

声と同時に、ベッドを囲っていたカーテンが開けられる。

まだ疼く火傷のひきつれをこらえて、白花は上体を起こした。

「お父さ――」

口を開きかけた白花は、父のすぐうしろにいる人の顔を見た途端、言葉を失った。

そこにいたのは、黒いスーツ姿の巧だった。

憧れ、幼い頃から恋心を抱き続けた人。

その人はヒマワリと淡いイエローの小花をカスミソウと共にあしらった花束を持ち、白花を見て痛ましそうに目を伏せると、深々と頭を下げた。

「白花さん――」

「いやあああああっ!!」

一気にパニックに陥った白花は、悲鳴を上げて巧に背を向けた。

「見ないで！　出て行って！　いやだ、お願い、お願いだから見ないで！」

悲痛な声をあげながら泣きじゃくり、折れた脚にも構わず、逃げるようにベッドから降りようとする。

「危ない！　白花、落ち着け！　白花！　どうしたんだいきなり！」

「白花さん暴れては駄目よ！　傷が！」

清十郎と叔母が宥めようとするが、必死な白花にはまったく聞こえていなかった。

見られたくなかった。

火傷と怪我で醜くなった今の自分を、他の誰でもない、巧にだけは見られたくなかったのだ。

（いやだ、いやだ、いやだ――！）

白花がベッドから転げ落ちたのと同時に、勢いよく引っ張られた点滴スタンドが、ベッド側に倒れてくる。

だがそんなことにも気付かず、白花はベッド脇の床に崩れて、燃えてチリチリになった髪と、涙でぐしゃぐしゃになった顔を両手で覆った。

「……いやぁ……」

白花はこの時知ったのだ。この悪夢が夢などではなく、紛れもない現実なのだということを。そしてその一方で、立ち尽くす巧がどんな悲痛な表情をしているかなど、知るよしもなかった。

第一章

三月最後の夜。

実家の二階にある自室でドレッサーの前に座った白花は、バスローブの前を緩めて鏡に自分の肌を映した。

女の象徴である丸い膨らみ。左側は張りのある白い肌。だが右側は……不自然な赤黒さとひきつれが貼り付いている。今が湯上がりというのもあるが、部分的に赤味が濃い。そのせいで色白部分との境目がくっきりと見える。これでも火傷（やけど）の痕（あと）を消すために美容整形手術と放射線治療を繰り返してよくなったほうなのだが、無傷の左胸と比べるとその差は歴然。自分でも目を背けたくなるが、こうして肌のチェックをするのは、もはや日課だ。

白花は大きなため息をついた。

母と兄、そして父の第一秘書の命を奪った事故から六年。白花は二十五歳になっていた。

あの事故で、右肩から胸にかけて負った火傷は、ケロイドと色素沈着となって、今もなお白花の身体に残っている。骨折した右脚も、歩けるまでには回復したが、いまだに踏ん張りが利かない。

事故当時大学二年生だった白花は、大学を三年間休学した。

名目は療養とリハビリ。でも本当のところは、外に出られなくなったからというのが正しい。

肉親を一度に二人も失い、生き残ったのは自分だけという負い目。そして身体に残る傷痕――それは十九歳の女の子が受けとめるには、あまりにも酷な出来事だったのだ。

そっとしておいてくれればいいものを、テレビや週刊誌は、現役官房長官の家族に起こった悲劇！　と、センセーショナルに騒ぎ立て、人々はお茶請け代わりにそれを消費する。

自室に引き籠もりがちになった白花は、毎日泣いて、毎日絶望して、毎日『もう生きていたくない』と願っていた。でも、身を挺して護ってくれた兄を思うと、自分から死ぬことなんてできるはずもない。だから今も、こうしてのうのうと生きている。

表情をなくしたままケロイド部分に触ると、いびつな肌の盛り上がりに、またため息をついた。

（明日……これを人に見られるのよね……いやだな……）

気が重い。

明日は白花の結婚式なのだ。

お相手は高辻蓮司という今年三十一歳の若手政治家。父、清十郎が卒塾した松平政経塾の後輩だ。弁は立つが、政治とは無縁の一般家庭に育った男で、知名度も地盤も皆無。だが、清十郎とは気が合うらしい。

清十郎は数年前、高辻蓮司を自らの後継者に指名した。

長年清十郎を当選させてくれた神奈川県第二十区から去年初出馬した高辻は、清十郎の手厚いバックアップの下、見事当選。早くも〝ポスト倉原〟なんて囁かれているらしい。

彼は清十郎の後継者に指名された時から〝倉原蓮司〟を名乗っており、今回も〝倉原蓮司〟で出馬、当選しているくらいだ。

明日の白花との結婚で、正式に倉原家に婿入りすることが決まっている。

だがそこに、白花の意志はない。

この結婚は、清一という後継者を亡くした清十郎が、新たに高辻という後継者を得るためのもの——つまりは政略結婚だ。

「いやだ」なんて、白花は言えなかった。それが他の誰でもない、清十郎の希望だったから。

白花だって清十郎の娘なのだから、後継者として政治家になる未来も間違いなくあっただろう。

だが、あの事故から口数も減り、人目を避けて引き籠もるようになった白花に、政治家など務まるはずもない。

白花ではなく清一が生きていれば——

口さがない人はいるもので、それは白花の耳にも入っていた。

清十郎はなにも言わなかったが、事故後、明らかに酒量が増えたのは思うところがあったからかもしれない。そして酒がたたり、肝炎を患うようになってしまった。

父をそうさせてしまったのは間違いなく白花だ。

父から後継者を奪ってしまった罪悪感は計り知れない。

白花は清一に護られるのではなく、清一を護るべきだったのだ。それができなかったのだから、父のために父の新しい後継者と結婚することは、白花にできる唯一の贖罪。

（結婚、か……）

実感がない。ケロイドからどけた手を、今度は髪に触れさせる。

事故当時と同じくらい伸びた黒髪を軽く指で梳いて、白花はドレッサーの上からブラシを取った。それで丁寧に丁寧に髪をとかす。

窓の外からは、霧雨のような気配がする。

この雨で結婚式が中止になってくれやしないかと、あり得ないことを考えていた。

（結婚するなら……巧さんと結婚したかったな……）

遠くに置いてきた初恋を思い出してため息をつく。

清十郎は去年政界を退いたが、巧は変わらず清十郎の秘書をしている。

あの事故から、白花と巧の関係はギクシャクしたままだ。きっと、嫌われたのだと思う。

いくら自身に起こったことを受け入れられていなかったとしても、せっかく見舞いに来てくれた巧に対して、白花の態度はあんまりだった。

退院後、人目を避けて引き籠(こ)もっていた白花が大学に復学した頃、久しぶりに会った巧からは、すっかり笑顔が消えていた。

白花は自分のことだけで精一杯になっていたが、あの事故で亡くなったのは、なにも白花の肉親だけじゃない。巧の父親もなのだ。

聞くところによると、事故を取り上げたテレビ番組で、『運転手が急ハンドルを切らなければ、あんな事故にはならなかった』と言ったコメンテーターがいたらしい。

運転していた彰氏も亡くなっているのに、責めるなんてあんまりだ。

そしておそらく、直接巧にあれこれ言った人もいるのだろう。巧だって父親を亡くして傷付いていたのに。

彰氏が生きていれば、彼は家族を喪(うしな)うことはなかった。清一が生きていれば、巧は華々しく清一の第一秘書になっていたはず。彼の人生は、今とは大きく変わっていたかもしれない。

それに、あの事故の唯一の生き残りである白花と接して、巧が愉快な気持ちになるとは到底思えない。巧に告白なんて、できるはずもなかった。

(でも……これからは頑張らないと……役立たずのわたしが、やっと役に立つんだから……)

巧は今は清十郎の秘書だが、区切りがつけばいずれ清十郎の後継者——つまり、白花の夫の第一秘書になることが決まっている。それは巧がもともと得るはずだった地位だ。

白花がこの結婚を受け入れれば、すべてがまるく収まる。なら、受け入れない理由なんてない。

清十郎のためにも、巧のためにも――

でも傷付いた胸に残るのは、好きな人に愛されたかったという想いだ。

(馬鹿ね……こんな気持ち悪い身体……巧さんだっていやがるに決まってる……)

だから諦める。それが一番いいのだ。

高辻には事故のことも話している。

お見合い後、何度か二人で話したが、「足が不自由って言っても、日常生活には問題ないんでしょう？　火傷だって気にしませんよ」と言って彼は笑った。

あの事故のことを直接知らず、引き籠もっていた当時の自分を知らない人。そして、昔の明るかった自分をまったく知らない人だから、逆にうまくやれるのかもしれない――白花はそう思うようにしていた。

ブルルルル――邸のガレージに車が入る音がして、白花はブラシをドレッサーに置いた。

(お父様のお帰りだわ)

時間は二十二時過ぎ。引退したといっても、元官房長官の清十郎に意見を求める政治家も多い。

そのため、洋館を改装したモダンで広い本邸内には、キッチンや主寝室以外にも、来客専用の応接間やゲストルームがあり、バスルームやレストルームは二階にだって備え付けてある。そして洋館の奥には、昔ながらの日本家屋が続いているのだ。これは倉原家の長い歴史を物語っている。

いつ何時お客を連れてくるかもしれない清十郎の出迎えは必須。娘として、だらしない格好はできない。

バスローブをドレッサーの椅子の背に掛けて、ワードローブから下着と藍色の五分丈カットソー、それからシフォンのスカートを取り出して着替え、すっぴんの顔にパウダーとリップをサッと引く。

「はぁ……」

本日何度目かになるため息が無意識にこぼれる。ため息の数だけ増えるのは、あの人への想いだ。

——会いたい、会いたくない。昔に戻りたい、戻れるわけがない。愛されたい、愛されるわけがない、でも……愛されたい。

白花は唇を引き結ぶと、部屋の電気もそのままに急いで一階に下りた。

「お帰りなさい——お、お父様⁉」

スーツを霧雨で濡らし、顔を真っ赤にした清十郎が、巧に背負われて、「ぐぉーぐぉー」と盛大ないびきをかいている。

そんな清十郎からプンと酒の臭いがして、白花は思わず顔を顰めた。

「ええっ、飲んでるんですか？」

「すみません。おとめしたのですが今日は前祝いだからと、後援会の会長と三軒はしごで……」

桜の花びらを肩に載せた巧は、申し訳なさそうな顔で頭を下げてくる。

肝炎を患ってから、清十郎は医者に酒を控えるように言われているのに、ちっとも言うことを聞かない。家では白花が酒類を絶対に買わないから、こうして外で飲んでくるのだ。

それにしても今日はだいぶ飲んだようだ。明日が白花の結婚式だから、羽目を外したくなったのだろうか。

（それだけ喜んでくれている、ってことなのかしらね）

とにかく巧に父を背負わせたままにするわけにはいかない。

白花は一階奥、日本家屋のほうにある清十郎の寝室に巧を案内すると、雨に濡れている彼にタオルを渡した。

畳の上に無理矢理置いたベッドに清十郎を寝かせ、ネクタイやジャケット、ベルトを脱がせる。

清十郎のシャツのボタンを寛げながら、白花は静かに謝った。

「父が、ごめんなさい。巧さんにすっかり甘えて……」

多い時は一度に三十人以上いた清十郎の秘書も、今や巧しかいない。政界を退いた時点で、清十郎に秘書は必要ないからだ。

他の秘書は皆、市長選に出たり、他の議員の秘書になったりしているのに、巧は清十郎の側を離れない。それは、清十郎の後継者——白花の夫となる倉原蓮司の第一秘書になることが決まっているからかもしれないが。

彼が今やらされていることは、清十郎の運転手。そして雑用という名の介護だ。

ずっと清十郎に付き合わされているから、自由な時間もほぼない。

そのせいか彼は、三十二歳になった今も独身だ。恋人の存在はわからないが、浮いた話は一度も聞いたことがなかった。

「いいんですよ。先生は、俺にとって親父みたいなものですから」

そう言ってくれる巧は、笑顔はなくとも、とても優しい声だ。

ベッドを挟んで向かいにいる彼を盗み見るように少し顔を上げると、たまたまこちらを見ていたのだろうか……タオルで髪を拭いていた巧と目が合った。

(――っ！)

それだけで白花の鼓動は波紋を広げる。彼と、こんなに近い距離に来たのはいつぶりだろう？ いつも清十郎に付き従っている彼とは、二人っきりになることもない。白花から側に寄らない限り、彼が距離を縮めることはないのだ。

子供の頃は――あの事故の前は違ったのに。

あの事故は白花からいろんな物を奪った。

でも、この人にときめく気持ちだけは、今もなお、白花の中に深く深く残っている。

(あぁ……好きだなぁ……)

このままずっと、見つめ合っていられたら――

けれども先に視線を外したのは巧のほうだった。

「タオル、ありがとうございました。先生のジャケットはこっちに掛けておきますね」

「あ、ありがとう、ございます……」

巧の使ったタオルを受け取って、ドキドキする自分がいる。

彼は白花にスッと背を向けると、清十郎のジャケットを取り、皺にならないようハンガーに掛けてブラッシングまでしてくれた。が、そんな巧の背中を見ながら、白花の胸はチクンと痛む。

こうやって時々、彼に避けられていると感じることがある。

無理もない。先に避けたのは白花のほうなのだから。

彼は仕事だから、ここにいるだけ。

白花に視線を向けられることすら、彼には迷惑なのかもしれない。

(……わかってるの。でも、ごめんなさい……巧さんが、好き……)

明日になれば、さして親しくもない男の妻にならなくてはならない。この家を出ることになる。巧と会う機会も今よりずっと減るのは目に見えている。

その前に一度でいい。たった一度でいいから、巧に女として愛されてみたい。

今まで蓋をしていたその想いが、今日に限って、――いや、今日だからこそ――堰を切ったようにあふれてくる。それが自分でもとめられない。

手を伸ばせば、ずっと恋してきた男に手が届く。振り払われるかもしれないけれど――

でもきっと、今しかない。今しか……

白花は手の中のタオルをギュッと握りしめた。

(振り払われるなら……それでもいい)

振り払われたその瞬間だけでも、この人に触れられるなら本望だ。

女として見てもらえるかもしれない。

たとえそれが、一秒にも満たないわずかな時間だとしても。

熟睡している清十郎に布団を掛けて、白花と巧は部屋から出た。

「た、巧さんっ!」

玄関に向かう巧の背中に声をかける。足をとめて振り返った彼に、白花は礼儀正しく頭を下げた。

「ありがとうございました。助かりました」

巧が小さく首を横に振った気配がする。

「先生の秘書として当然のことです」

「あ、あの……こ、これからのご予定は、おありですか？」

「これから？　いえ、ありません。帰って寝るだけですが……？」

白花がこんなことを聞いたのは初めてだったからだろう。巧は少し戸惑った様子を見せた。

それとも、まだ用事があるのかと、面倒くさそうにしているのかもしれない。

今から自分が言うことは、彼を更に困らせるだろう。

(でも、今日だけ……一度だけだから――……)

身勝手になることを自分に許してしまえば、こんなにも気が楽になるのか。手を振り払われる瞬間さえも楽しみになるなんて思わなかった。

気持ちがなくても男の人は女を抱けるという。

なら、ただの性処理としてでいいから、この身体を抱いてほしい。

ゆっくりと顔を上げた白花は、巧を正面から見つめた。

爽やかな印象が強かった昔より、精悍さが増した少し冷たい表情。

笑いかけてくれることはなくなったけれど、やっぱり彼は、白花にとって特別な人だった。

「巧さん……わたしを……わたしを、だ、抱いてもらえませんか？」

「…………」

巧が眼鏡の奥の瞳でじっと白花を見つめてくる。驚きと困惑と……あとはなんだろう？　わからないが、目を瞬いた次の瞬間には、彼の眉間に深々と皺が寄っていた。

「白花さん……あなた、自分がなにを言っているのかわかっているんですか？　あなたは明日、結婚するんですよ⁉」

呆れているのだろうか？　巧らしからぬキツイ口調だ。軽蔑されたのかもしれない。

だが、それでも構わなかった。これはもう、叶わない恋なのだから。

「わかって……います」

「じゃあ、どうして……」

理解できないと言いたげに、巧が両こめかみを押さえるように顔に手をやる。

ああ、彼の表情が見えなくなってしまった。ずっと見ていたかったのに……

「お、思い出を……いただけたらと……」

好き……とは、言えなかった。今でも迷惑なことを言っている自覚はある。

「あの、か、彼女さんがいらっしゃるなら……無理にとは……」

顔を覆っていた巧の手が下がる。彼は小さく息を吐くと、白花から目を逸らした。

「……恋人なんかいません」

（あ……いないんだ……）

彼のプライベートに少しだけ触れて、それだけで嬉しくなってしまう。

いや、違うか。

今、自分は、彼に愛されている女がいないことを喜んだのだ。なんて汚い心なのか。

「あの――」

「……わかりました。白花さんの部屋に行きましょう」

「！」

望んだ答えをもらったはずなのに、心臓は歓喜よりも緊張で高鳴った。

洋館の玄関ホールから、緩やかにカーブを描いた階段を上って二階に上がる。

四つ並んだ部屋のうち、一番奥が白花の部屋だ。

「ど、どうぞ……」

ドアを開けて巧を促す。

中に入った彼は、視線を一巡させてベッドに座った。

部屋に唯一あるドレッサーの椅子に座らなかったのは、背凭れに脱ぎっぱなしのバスローブが引っ掛かっていたからだろう。己の行儀の悪さが恥ずかしい。

ピンクのシーツに包まれたベッドと、巧の黒いスーツのコントラストが不似合いなのに妙に艶めかしくて、彼の存在を色濃く感じた。

「白花さんの部屋に入るのは久しぶりですね」

「そう、ですね」

子供の頃は、清一と巧、そして白花の三人でよく遊んでいたっけ。

正確には、清一にからかわれた白花が巧に泣きついて、清一が笑いながら謝ってくるまでがセット。

巧はいつも白花の味方で、清一がやりすぎるとすぐに間に入ってくれ、白花がぐずると気晴らしに外に連れ出したりもしてくれた。

兄よりも兄らしく、白花を可愛がってくれたのは巧。

彼との思い出は楽しいことしかない。今はもう懐かしいだけだ。

あの事故が壊したのは幸せだった時間だ。

清一は死に、白花は身体を損ない、巧は笑顔を消した。

「そんなところにいないで、座ってください」

ポンポンとベッドを叩かれて、ドキドキしながら巧の横に座る。

彼は白花がずっと持っていたタオルを無造作に取り上げ、バスローブの上にポンと置いた。そして、脱いだ自身のジャケットを軽く畳んで脇に置き、白花の頭を包み込むようにそっと撫でてくれる。その手は昔と同じく、あたたかくて優しい。そのことがなんだか無性(むしょう)に切なくて、泣きたくなって、白花は唇を噛んだ。

「よしよし……どうしたのかなぁ。マリッジブルー、かなぁ……。結婚が怖くなりましたか？」

頭を撫でながら聞かれるが、うまく答えられない。

「白花さんは昔から、新しい環境に入る前はナーバスになっていたから。覚えていますか？　小学校に入学したばかりの時、清一と俺に学校について来てって大泣きして、俺達ひと月くらい白花さんの学校まで送っていったんですよ」

　こうやって昔話をして落ち着かせてやれば、「抱いてくれ」なんて馬鹿なことを言ったと、白花が思い直すと彼は思っているのかもしれない。

　彼にとって白花は、親友の妹で、幼馴染みで、妹分で、上司の娘で、無下にもできない厄介な存在なんだろう。たとえ、心の奥底では嫌っていたとしても。

　巧の肩にコツンと額を載せてみる。男らしくも甘い、優しい匂いがした。

「大丈夫ですよ。なにも心配なんかいらない。明日が一番、白花さんが綺麗な日だって、今日、先生が飲みながら話していました。白花さんのお母さんも、清一もきっと空から見てくれます。俺も……楽しみにして――っ！」

　白花は無言で、巧の唇に自分のそれを押し付けていた。

　明日の話なんかしてほしくない。楽しみだなんて尚更、言わないでほしかった。

　生まれて初めてのキスは、ただ一瞬、触れ合うだけのぎこちないものになってしまったけれど、そこには白花の意志が確かにある。

「……どうして、俺なんですか？」

　離れた唇が紡ぐ声は、さっきよりも硬い。

「……初めての男を……女は……わ、忘れないと、聞いたので……」

　尻すぼみになりながら曖昧な答え方をすると、白花を映した瞳がわずかに揺れた。

「なるほど」

瞬きする間もなく押し倒され、身体がベッドにぽすんと沈む。

無防備な白花を見下ろしながら、巧は眼鏡を片手で外した。

「……それはいいですね……魅力的だ」

「！」

苦悶の滲む表情で口の端を吊り上げる——

今まで見たこともない彼の表情に驚くのと同時に、唇が重なる。「あっ」と息を呑んだ時には、口内に舌が差し込まれていた。

「んっ！」

深いキスに呼吸の仕方がわからず、もがくように喘ぐ。

こういうキスがあることは知ってはいたが、いきなりだなんて。

巧は少し唇を離し、角度を変えてまた口付けてきた。

さっきより深い。今度は舌の腹を擦り合わせ、絡みながら扱かれてしまう。

舌が触れ合うことがこんなに気持ちのいいものだなんて知らなかった。

「はぁはぁ……はぁはぁはぁ……あぁ……はぁはぁんっ」

激しい……激しくて息ができない。でも、お互いの舌と吐息、そして唾液が絡み合っていくのがわかる。

（あ……わたし……巧さんに、キスしてもらってる……）

その事実だけで、歓喜に沸いた身体が異常に熱くなっていく。

ずっとこうしてほしかったのだ。

長年恋してきた人のキスが、こんなにも激しく、情熱的だなんて。それを知れただけでも、心が満たされていく。身体に感じる彼のぬくもりと重みが、これが現実だと教えてくれる。

巧は念入りに舌を絡ませながら、白花の身体にのし掛かり、服の上から左の乳房に触れてきた。

そして、そっと撫でるように円を描いてくる。

なんて優しい手つきなんだろう。胸が甘く高鳴る。

甘い吐息の裏側で、ぴちゃぴちゃ、くちゅくちゅと唾液のまざる音がする。

（好き――……）

どれくらいキスしていただろう？

乳房の上で円を描いていた巧の手が、次第に下から揉み上げる動きに変わってきた。

「んっ……はぁはぁ……んっ、ん……んんん、んっ……はぁはぁ……」

（あ――これ、気持ちいい……）

じくじくとお腹の奥が疼いて、気持ちが昂る。

その時、カットソーの裾から巧の手が中に入ってきた。

「っ！」

ビクッと大袈裟なくらいに身体が跳ねて、キスの途中にもかかわらず顔を背ける。幸せの鼓動が、不安のそれへと変わる瞬間だった。

「待って！」

腹に触れる巧の手を、服の上から押さえる。

そこから上には、火傷の痕がある。

自分で見るのもいまだに苦痛なこの傷痕を、好きな人に見せるなんて。電気だって、こんなに明々とついているのに。

「か、身体は……見ないでください……ひどいから」

なにが——とは言わなくても、悲しいかなそこは伝わってしまう。

白花の上に覆い被さったまま、巧は落ち着いた声色で囁いてきた。

「なら、よしましょう。あなたには、高辻さんがいるんだから。明日結婚するんですよ？　これ以上は——」

「！」

高辻がいるなんて、巧だけには言われたくなかった。想いも身体も、高辻には捧げていない。

（わたしには、あなただけなのに！）

巧には初めから、白花を抱く気なんてなかったのかもしれない。彼にとって、高辻は未来の上司だ。キスだけでお茶を濁して、白花を説得するつもりだったのかも——

そう思ったら、白花は巧を押しのけていた。

上体を起こして、自分のカットソーとキャミソールを引っ掴み、一気に脱ぐ。

「白花さ——」

制止する巧の声も聞かずに、スカートやブラジャー、果てはショーツまで脱ぎ捨てる。

全裸になった白花は、涙目で巧を見据えた。

「わ、わたしは、高辻さんのものじゃないっ……！」

誰のものにもなっていない自分を巧の目に晒す。

彼の目が焼け爛れた右胸に行くのを感じた。

「……ひどいでしょう？　おいやなら、そう仰って」

高辻のものだから抱けないと言われるくらいなら、焼け爛れた身体がいやだからと言われたほうが千倍マシだと思ったのだ。

「……本気ですか……？」

呆れられてもいい。軽蔑されてもいい。今夜だけでいいのだ。そうしたらもう、ワガママなんて言わないから。困らせることもしないから。

黙って頷いた次の瞬間、白花はベッドに押し倒されていた。

「じゃあ、脚を開いて」

じっと見下ろしてくる巧に、落ち着いた声で囁かれてドキッとする。自分から脚を開くなんて。

「恥ずかしい？　できない？　俺を誘ったのはあなたなのに？」

試されている気がした。

言われた言葉の中に「〝本当に抱かれたいのなら〟できるはず」という彼の真意が感じ取れる。

（巧さんに抱いてもらえるのなら……わたし……）

なんでもしてしまう——

覆い被さってくる巧の身体の下で、白花は真っ赤になって震えながら、おずおずと脚を開いた。たったそれだけで息が上がって、手に汗が滲む。羞恥心から目を伏せた。

「……そうまでして、俺に抱かれたいんですか？」

唇を噛んで、黙って頷く。

婚約者がいる身で言うことではないとわかっている。でも、初めては本当に好きな男に捧げたい。

そう思うのは悪いことなのか？

白花は泣きそうになりながら巧を見上げた。

懇願の域にまで達した目に、憐れみでも覚えてくれたらいい。愛してくれとは言わないから、どうか今夜だけ――

「抱いてください……お願いします……」

巧は一瞬だけ苦い表情をすると、白花のお願いに応えるように唇を重ねてきた。柔らかく目を閉じると、上唇、下唇と交互に甘く食まれる。なんて優しいキスなんだろう。

柔らかくあたたかい彼の唇の感触や、ちゅっ、ちゅっと繰り返されるリップ音にまじって、巧がワイシャツのボタンを片手で外す気配がする。抱いてくれる気になったのだろうか？

ゆっくりと唇が離れ、それを惜しむように目を開けると、白花の腰に跨がった巧が無造作にシャツを脱ぎ、均整の取れた上半身を惜しげもなく晒してきた。その様子を見つめて、うっとりとしたため息が漏れる。

（……綺麗……）

スーツの上からではわからなかった肩幅の広さや、胸の厚み、そして割れた腹筋に目が釘付けになって、白花の中の女が淫らに疼く。

この男がほしい。この男に抱かれたい。この男に――

求める気持ちのままに黙って巧に手を伸ばすと、彼もまた無言で白花の上に重なってきた。

胸と胸、額と額をぴったりと重ね、抱きしめて見つめ合う。

磁石が引き合うように、自然に唇が重なった。

巧がねぶるように舌を吸ってくれるから、ぎこちないながらも白花もそれを真似してみる。

すると巧は、白花のこめかみ辺りから指を差し込んで、頭の丸みに沿って撫でてくれた。それが褒めてもらえているようで嬉しい。彼のぬくもりが触れ合ったところから伝わってくるのだ。

だんだんとキスが激しくなってくる。

巧は唇に噛みつくようにキスをしながら、白花の髪を両手で掻き回してきた。

（ああ、巧さん……好きです……ずっと、ずっと好き……あなただけ……）

六年前のあの日、もしも事故がなかったら。

パーティーを無事に終えて、白花は家族揃って家に帰っただろう。そして、留守中の報告のために事務所から戻ってきた巧をそっと庭に連れ出して、長年の想いを伝えただろう。そしたら彼は、白花の想いにどう応えてくれただろうか。こんなふうにキスしてくれていたんだろうか――

彼のキスが情熱的であればあるほど、白花に〝もしも〟を考えさせる。

手に入らなかった未来は、現実よりも色鮮やかに美しい。

「ん……ぁあ……」

小さく声を漏らして息をつく。

ゆっくりと離れた巧の唇は、顎から首筋へと流れて、乳房に触れた。

左の乳房を揉みながら、爛れた右の乳房に舌を這わされて、ピクッと指先に力が入る。

だが巧は、犬や猫が傷口を舐めて治そうとするように、ゆっくりと丁寧に舐めてくれた。こんな醜い痕を、この人は舐めてくれるのか。

優しさが染みる。乳首を口に含まれて軽く吸い上げられただけで、恥ずかしいくらいにぷっくりと膨らんでしまったそれを、彼は味わうように舌で転がしている。

おそらく自分は、今後この傷痕を見るたびに、今日のことを思い出すのだろう。

優しく触って、こんなに丁寧にしゃぶって、慈しむように舐めてもらったことを、何度も何度も思い出す。そんな気がする。

傷付いた乳房も、そうでないほうも、巧は平等に揉んでしゃぶると、片手をゆっくりと肌に滑らせた。すでに開かれていた脚をそっと撫でてくる。

太腿の内側を伝った彼の指先は、そのまま上がって秘められた女の部分に触れてきた。

白花の顔に一気に熱が上がったのも束の間、巧の指が淫溝を撫でるように上下に擦ってくる。

好きな男に乳房を揉まれて吸われながら、そこを触られるなんて。気持ちよくて、奥からなにかが湧き出てくる。吐く息に、甘さを帯びた声がまざった。

「ん……ふ……ひぅ、ううう……ぁん……」

「駄目ですよ、白花さん。声は抑えて。明日お嫁に行くあなたが、俺とこんなことをしているって、先生に気付かれるわけにはいかないでしょう？」

そうだ、一階には清十郎がいる。だいぶ酔っていたし、しとしとと雨も降っているが、白花が大声を上げればどうなるかわからない。

白花はそっと自分の口を手で押さえた。

「そう。そのまま声を抑えていてくださいね。約束ですよ？」

巧は囁くと白花の淫らな穴に、指を一本、ぬるんと差し込んできた。

（っ⁉）

突然の挿入に、息を呑んで目を見開く。生まれて初めてカラダの中を触られている。ヘンな感じだ。巧は挿れた指をゆっくりと抜き差ししながら、白花の胸の上で囁いてきた。

「中がキツい。本当に初めてなんですね」

さっきまでしゃぶられていた乳首に、巧の息が当たってゾクゾクする。そのことに彼が気付いたのかはわからない。が、巧は自身の唾液に濡れた白花の乳首を、キュッと軽く摘まんできた。

「ひゃ！」

ビクンとカラダが反応して、中に埋められた巧の指を締め付ける。

「ああ……ぁ……あああ……」

（や、やだ……こんなっ……ヒクヒクしちゃう……）

初めての異物感に身体は敏感に反応する。緩急を付けて乳首を摘ままれるだけで、挿れられた巧の指を、蜜路がぎゅうぎゅうと締め付けるのだ。まるで、あそこが意志を持って、巧の指をしゃぶっているみたいだ。それが恥ずかしいのに、気持ちいい。

ゆっくりと引き抜かれる指に媚肉をまんべんなく擦られて、白花はブルブルと震えた。

くちょんっと軽い音を立てて、指が引き抜かれる。なのに疼きがとまらない。腰がガクガクする。むしろ、さっきよりも疼きが強くなっているような？

自分のカラダが示すいやらしい女の反応に、白花は戸惑いながら涙目になった。

「女は初めての男を忘れない、か。じゃあ、白花さんには、俺をしっかりと覚えていてもらわないといけませんね。俺がすることも――」

巧はそう言うと、白花の膝裏を抱え上げて、つま先をぐっと頭のほうにやった。

「えっ!?　ひゃぁああんっ！」

なにが起こったのかわからずに、目を白黒させる。

気付いた時には、白花の身体はほとんど二つ折りにされた状態だった。そして、ぱっくりと割れた秘裂を覗き込むように、巧の顔が迫ってきて――

（や、やだ、うそ！　全部見えちゃうっ！）

動揺したのも束の間、さっきまで指を埋められていた白花のいやらしい穴は、巧の舌によってれろーっと舐め上げられた。

「――――!?」

驚いて腰を引こうとしたが、そもそも浮いた腰に巧の両膝が差し込まれていて動けない。脚がバタつくだけだ。

巧は白花の太腿の裏を両手で押さえ、伸ばした指先で花弁を左右に割り広げると、隠されていた敏感な蕾にじゅっと吸い付いてきた。

「はうっ！」

シャワーを浴びたばかりとはいえ、こんなことをされるとは思っていなかった。

信じられない。巧が、あの巧が、自分のあそこにむしゃぶりついているなんて。

「ほら、声は駄目だったでしょう？」

顔を上げた巧に優しい声で叱られて、「ごめんなさい」と唇を噛む。

心臓は速さを倍にしたし、羞恥心は高まる一方。

でも抵抗できないし、したくない。羞恥心を上回るのは彼への想いだ。

この人に抱いてもらえるのなら、どんな恥ずかしいことをされても構わない。

白花は秘部を晒して膝を折ったまま、震える唇に手の甲を押し当てた。

そんな白花を見下ろして、巧はその目を細めてくる。外の雨音にまじって、彼の声がした。

「可愛い」

巧は押し上げる動きと、円を描く動きを交互に繰り返して包皮を剥き、コリコリとした女芯を探り当てる。そして、その赤く尖った女芯の根元を重点的に擦ってきた。親指でくにくにと押し潰されて、突き刺すような快感に苛まれる。

（ああっ！　そこは……！）

白花は感じた声を呑み込んで、ぎゅっと目を閉じた。

「〜〜〜っ!」

「気持ちよさそうですね。入り口がヒクヒクしてる。昔は小さくて甘えんぼうだった女の子が、こんなにいやらしい女になるなんて思いませんでしたよ」

羞恥心に震えながら、窺うように巧を見上げる。自分を見下ろしてくる目と視線が絡んでゾクゾクした。ここに愛はなくても、恋して憧れ続けた彼が自分を見てくれているという事実に、歓喜と興奮を覚えるのだ。

ずっと避けられていたぶん、歓びのほうが大きいかもしれない。

好きな男に触られて歓んだ女のカラダが、奥からじわりと汗をかく。

「ああ、もうぐちょぐちょ……」

巧はふたたび白花の中に指一本を挿れてきた。さっきよりもスムーズに入るそれに、媚肉が絡み付いていく。埋めた指をねっとりと抜き差ししながら、彼はもう一本、指を増やした。

「んんん……」

少し苦しい。先ほどまではなかった圧迫感に眉根を寄せる。内側からみっちりと広げられる感覚に抵抗するように、ぎゅっぎゅっと蜜路が締まっていく。

ぐちゅ、ぐちゅっ、くちゃ——っと粘り気のある音が身体の中から響いてくる。恥ずかしさに涙が滲んだ。

「は……ぅ……ううう……ぁ……」

巧の指の腹が、お腹の裏を押し上げながらそこを執拗に擦ってくる。それが気持ちよくて、押し殺した声が漏れてしまう。声は我慢しなければならないのに。

（こ、声、駄目……巧、さんと、お約束……お約束したの……お約束し――）

背中がぞわぞわと粟立っていく。

蕾をいじられた時とはまた種類の違う快感が、白花の頭を真っ白にしていく。

「白花さん、ほら、見て」

突如、巧に呼ばれて薄く目を開ける。

視界に飛び込んできたのは、埋めた指で白花の身体の入り口を開いた巧が、そこに尖らせた舌を差し込んでいるところだった。

「……ひぃっっ……ん――ッ!?」

指を二本挿れた白花の中に、巧の舌まで入ってくる。うねうねと蠢く舌は、お腹の裏を擦り回す指とはまったく違う動きで蜜路を広げ、奥へ奥へと侵入してこようとする。

「はっ、はっ、はっんぐ、た、巧さん、巧さ……ぁう、ゃぁあぁ〜〜っ！」

中からせり上がってくる快感から逃れるように、ブンブンと強く首を振る。そうしたら、埋めた指とは反対の手の親指で、蕾をくにゅっと押し潰された。

「――――ッ!!」

見開いた目からぶわっと涙があふれる。白花は跳ねるように大きく仰け反った。間髪を容れずに、じゅぼじゅぼと指が出し挿れされる。

（な、なに、これぇ……、やだ、きもちいい、きもちいいの、どうにかなっちゃうっ！）

頭の中を直接掻き回されているかのような強烈な快感。全身が発熱したように熱くなって、呼吸がめちゃくちゃになる。汗びっしょりで、もう、なにも考えられなかった。

「ひっ！」

いつの間にか、巧の舌は中から引き抜かれ、剥いた女芯に、乳首にしたように吸い付いている。じゅっとそこを強く吸われたら、一瞬、視界が白く染まった。

「ぁ……あ、あ、あ——……」

感じすぎた身体がくったりと弛緩して、だらしなく口が開く。そんな身体が倒れなかったのは、巧に太腿の裏を押さえつけられているから。

腰が浮くまで抱え上げられた脚をＭの字に開いて、肩で息をする白花を巧が見下ろしてきた。

「すっかり女の顔をするようになったんですね」

冷ややかな声にゾクゾクする。

結婚前夜に婚約者以外の男を誘う淫乱だと思われているのかもしれない。それでも構わなかった。

白花は淫らな蜜口から、とろとろの愛液を滴らせながら、巧に懇願した。

「お願い、です……抱いて……抱いて、ください……あなたがいい……巧さん、がいいの……」

泣きながら手を伸ばす。

「おねがぃ……」

巧はどう思ったんだろう？　それはわからないが、彼は黙って白花の手に自分の頬を撫でさせた。

「……どうなっても知りませんよ」

ベルトを外した巧が、スラックスの前を寛げる。そこからビュンと弾け出る物に息を呑む。

初めて見た男の人の物は、大きくて、赤黒い。

興奮してくれているのか、反り返ったそれは臍の辺りまである。青筋まで浮いて、途中が張り出していてごつごつしている。

白花が知る巧には不釣り合いで、怖いくらいだ。でもどうしてだろう？　じゅんっとあそこが濡れてしまう。

巧は生の漲りに手を添えると、ぱっくりと開いた白花の淫溝に充てがってきた。

「んっ」

想像以上に熱いそれが、白花の上をぬるぬると滑る。そのたびに、くちゃっと粘っこい音が部屋に響くのだ。

「本当に挿れていいんですか？　ゴムはないですよ。仕事中に持ち歩く趣味はないので」

くぷっと蜜口に漲りの先がはまって、息を呑む。遮る物なく抱いてもらえるのかと思うと、それだけで嬉しい。

「いいの……」

白花がとろんとした目で見上げると、巧の喉がゴクリと鳴った。

巧の手のひらが、白花の太腿の裏を押さえつける力が強くなる。その瞬間、ぐぷぷっと巧の物が中に入ってきた。

「――――!!」

ギチギチとした、激しい肉の引っ掛かりに目を見開く。

苦しい。蜜口が引き裂かれそうなくらい、みっちりと引き伸ばされているのがわかる。

指を挿れられた時には、あんなにぬるぬるのぐちょぐちょになっていたのに、初めての身体はまるで巧を拒むように硬く強張るのだ。

でも巧は、両手で花弁を割り広げ、真上から体重をかけてのし掛かるようにして、白花の中、奥に奥にと、漲りを捻じ込んでくる。

「う、ううう、あぁぁ……」

痛い、苦しい、熱い――でも、幸せ。

声を押し殺し、ぽろぽろと泣きながら、身体を開かれる痛みと歓びにこらえる。

初めての痛みを巧に――本当に愛している男から与えられていることに心が震えた。

巧という男の身体が自分の中に入ってくることで、自分が女である意味を知ったのだ。

今までこの人に抱いてきた憧れやときめきが、愛液となって一気にあふれてくる。

(たくみ、さん――)

見上げると、目が合った巧が一瞬だけ眉根を寄せ、白花の目尻に口付け、涙を吸い取ってくれる。

そして少しだけ鼻の頭を触れ合わせると、唇を重ねてくれた。

(ああ――……)

これは自己満足で、巧にしてみれば迷惑な話だったことは理解している。でも、勇気を出してよかった。ワガママを言ってよかった。もう、この思い出だけで生きていける。

感情のままに、また涙が流れた。

「痛いですか？」

巧が心配そうな顔で覗き込んでくるから、白花は小さく首を横に振った。

「幸せで……」

白花がそう呟いて目を伏せると、頭を包み込むように巧に抱きしめられる。

「……俺もです……」

優しい嘘なんだろう。本気にしてはいけない――そんなことはわかっている。たとえポーズだとしても、この人はやっぱり優しいのだ。

(好き……)

言えない気持ちを呑み込んで、白花は巧の肩にコツンと額を当てた。

何度か頭を撫でてくれた彼の手のひらが、今度は頬に触れてくる。しっとりと唇を合わせて、巧が腰を揺すった。

「ん、んっ、んっ、ふ、ぁ……んっく……」

ゆったりとした彼のリズムに合わせて、舌を絡めながら小さく喘ぐ。

開かれたばかりの身体は熱くて、心臓は壊れてしまいそうなくらいに高鳴っているのに、ひどく満たされている。好きな男と繋がれていることに、身体以上に心が満たされるのだ。

彼が動くたびに、中が擦られて身体が熱くなる。

痛いはずなのに、漏れる白花の声に甘さがまじってきた。

「は……はんっ……たくみ、さ……んっ！　ああっ……」

唇を触れ合わせたまま名前を呼んでもらったら、泣きたくなるくらい嬉しくて、心も身体もきゅんとときめいてしまう。

「白花さん……白花……」

「っ……！　駄目ですよ、そんなに締めたら……」

巧が少し頬を緩める。いつも硬い表情だった彼が、こんなに柔らかい表情を見せてくれるなんて！　思わず見蕩れていると、彼は白花の両の乳房を揉みながら、耳元に唇を寄せてきた。

「ゴム付けてないんですから、中に出してしまいますよ？」

直接的な言い方をされたからか、それとも生身の身体を繋げていることを思い出したからか、ぽっと赤面する。白花は視線を下げながら、もじついた。

「……中に、出して……ください……」

それがいけないことだということもわかっている。でも、自分が本当に望んでいることでもある。

今日だけはワガママになると決めたから。

「……あなたは明日結婚するのに、そんなこと言っていいんですか？」

巧は腰を揺するのをやめて、白花の顔を覗き込もうとしてくる。だが、ワガママになると決めたものの、白花も白花で自分が言ってしまったことのはしたなさに羞恥心を感じないわけではないのだ。だから白花は、真っ赤になった顔を両手で覆った。

「……お、お願いです……欲しいの……初めては全部、巧さんがいい……」

「そんな可愛いこと言うんだ？」

顔を覆う両手ごと、巧の手に包み込まれる。指先に彼の唇が触れる気配がした。

「じゃあ、明日の結婚、やめましょう？」

「え？」

なにを言われたのかもわからずに呆ける白花の顔から手を退けるなんて、きっと造作もなかっただろう。巧は白花の両手首をベッドに押し付けると、じっと目を見つめてきた。瞳の奥の、そのまた奥を覗くように。

「明日の結婚なんて、やめてしまえばいいじゃないですか。本当はいやなんじゃないんですか？　だったらやめましょうよ」

巧の言葉を理解した瞬間に目を開いて、そのまま固まる。

（やめる？　結婚を――？）

考えたこともなかった。いや、考えないようにしていた。なぜならそれは不可能だから。

清一（あととり）を亡くした倉原家が新たな跡取りを迎え入れるためには、白花の婿とするのが一番いいのだ。

高辻が清十郎の義理の息子となれば、有権者や後援会も納得してくれる。

むしろ、それ以外の道がない。

なぜなら、高辻はもうすでに、〝倉原蓮司〟として立候補し、当選しているのだから。

「ね？　やめて俺と――」

「そ、それは――……」

視線を逸らした白花が言えない言葉を呑み込む一方で、それを代弁してきたのは巧だった。

「できないんだ？」

「……………」

押し黙る自分を見下ろしてくる巧の目を、白花は見ることができなかった。

「俺に処女差し出して！　俺とこんなセックスして！　その翌日に、他の男と結婚するって言うんですかっ⁉」

普段の話し方からは想像もできないような荒々しい口調で、彼は叫ぶ。一階にいる清十郎のことなんて忘れたかのようなその声は、あまりにも苦しく白花の胸の内側を引っ掻いた。

（わたしは……わたしは……）

巧は押さえつけていた白花の手首を離し、こめかみから指を差し入れると、髪を掻き回してぎゅうっと抱きしめてきた。

「――本当、悪い女ですね……」

視界に入ってきたのは、悲しそうに歪んだ巧の表情(かお)だった。

「たくみ、さ――ゃああっ！」

白花に噛みつくようにキスしてきた巧は、そのまま荒々しく腰を振ってきた。

「～～～っ⁉」

鋭く押し込まれた漲(みなぎ)りが、肉襞を強く擦りながら引き抜かれ、また問答無用で奥まで貫いてくる。

今までの揺さぶるような動きとはまったく違う、叩きつけるような乱暴な抽送に、処女を散らしたばかりの白花は目を見開くしかない。

彼は優しくしてくれていたのだ、今まで。

「う！　うんっ！　た、たくみ、さ、んんんっ、ま、まって、く、はげし、はげしぃの……」

「わざと激しくしてるんですよ……白花さんの中をしっかり、俺の形に変えて、ぐちゃぐちゃに汚して、マーキングしとかないと、いけません、から、ね！　ほら、見なさい」

彼は白花の頭を手で起こして、ぬらぬらと光る肉棒が、女の穴を出入りしている様をわざと見せつける。

（ああ……入ってる、入ってる、巧さんのが、わたしの中に、いっぱい……ああ……）

根元まで挿れて、途中まで引き抜いて、また挿れて。

これがセックス。巧とのセックス――

体重をかけて押さえつけながらゆっくりと抜き差しされれば、愛液は泡立ち、とろとろの中を掻き回される。ずぼっと奥の奥まで挿れられて、その圧で呼吸がとまった。

巧は奥のほうを念入りに何度か突いてから、今度は手前にあるお腹の裏側を執拗に擦ってくる。

彼の太く張り出した部分が、引っ掛かりながら処女肉を味わうように捲ってくるのだ。

奥、奥、手前、手前、奥、奥、奥、また手前――不規則に擦るリズムの中に、時々大きなストロークでガツンと突き上げられて、目の奥に白い火花が散る。

「はっ、ぁはああっん！　はぁ――はぁ――はぁひっ！　ああん！　あっ、あっ、あんっ！」

「さっきまで処女だったくせに、もうすっかり仕上がってますね。奥まで入る。ほら、びしょびしょ。濡れまくり」

白花のいやらしい穴を指で広げながら、巧はそこを凝視する。

大好きな男に、恥ずかしい処を全部見られてしまった。

身体の火傷も、身体の中も、全部。でもその事実が嬉しくて、心臓のドキドキはとまらない。

もっと見てほしかった。

わたしを、覚えていて。わたしの身体だけでも、覚えていて——

「ああ。なんて締まりだ。気持ちいいですよ。吸い付いてくる。こんなに嬉しそうに俺のを咥え込んで。婚約者を裏切って、俺とするセックスは気持ちいいですか？　そんなに俺に抱かれたかったんですか？　俺に中出しされたいんですか？」

「はぃ……うれ、し……きもちぃ、きもちぃです……すごく……たくみさん……たくみさん、ああ、ああ……う、ううう……おねがぃします……わたしのなかに、ください……」

ずっとこうされたかった。今、その望みが叶っている。

巧に詰られようとも、嘲笑われようとも構わない。

「……明日結婚するくせになんでそんな顔するんですか！　くそっ！　中に射精してやる！」

巧は吐き捨てると、抽送のスピードを上げた。彼のリズムに合わせて揺れる乳房は、熱い手のひらで揉みしだかれ、乳首は吸い上げられる。火傷の痕も丁寧に舐め上げられ、強く吸われた。

「は……白花……」

しゃぶり尽くした乳首を口から出して、今度は唇を吸われる。舌でこじ開けられた白花の口の中に、巧のそれがぬるりと入ってくる。

「ん、んっ、んんんっ！」

熱烈に舌を絡ませながら、下肢では繋がった巧が絶え間なく白花の中に出入りしている。

肌と肌がぶつかる音とキスの音、そして二人の荒い息遣いが部屋に響く。

巧に激しく揺さぶられた白花の身体は、ますます濡れた。太腿もシーツもびしょびしょで、巧が動くたびにはしたない音がする。

巧の目が見たこともないほど、欲望に燃えていた。

愛する男が、この身体を貪ってくれている——その事実だけで、幸せだった。

「あっ！」

目の前にパッと閃光が走って、背中がピンと突っ張る。その瞬間、身体の奥でなにかが弾けた。

ドクドクと熱いものが何度も分けて注がれているのがわかる。

抵抗できない。むしろ、気持ちよくて身体が弛緩していく。そんな中で子宮だけが痙攣していた。

「は——っ、は——っ、は——……」

肩で息をしながらぐったりと横になる白花の膝を、巧はベッドに付くほど割り広げた。

「ほら、白花さん……見て……」

脱力した身体に鞭打って瞼を持ち上げる。

白花の中に深々と突き刺さった漲りを、巧がゆっくりと時間をかけて引き抜くところだった。

巧が身体から離れた瞬間、蜜口からくぽっと白い射液があふれ出てきて――

「あ――……」

身体の中で感じたあの熱は、彼に中で出されていた時の熱なのか。こうやって目で見ると、強い満足感が胸に広がる。

白花がホッと息をつくと、射液で満たされた蜜路にふたたび巧の漲りが捻じ込まれた。

「ああ！」

泣きながら目を見開く。

硬い。出したばかりなのに、ちっとも衰えない太いそれに、ごしごしと乱暴に中を擦られる。まるで、愛液と射液を中で掻き混ぜられているみたいだ。

巧は踊るように腰を使って、太い雁で肉襞を捲りながら一番奥を突き上げた。

「あ、ああ……」

子宮が女の悦びに震える。

「まだ終わりませんよ……終わるわけないでしょう？　あいつと結婚する前に、あなたの身体、中から全部、俺ので汚してあげます……洗っても取れないように……」

巧は、快感に涙ぐむ白花の頬をひと撫でしてくる。その手は昔となにも変わらない。泣きじゃくる白花を慰めてくれていた、あの時のままだ。

彼は雨がやむ明け方近くまで、何度も何度も白花を抱いた。

自分からはしたなく脚を広げさせ、時には雌犬のように四つん這いにしてうしろから貫く。

そうしてたっぷりと中に射精した。

◆　◇　◆

翌日――四月一日。結婚式当日、朝。

「おはようございます！　白花さん！」

白花と清十郎を倉原の邸に迎えに来たのは、婚約者の高辻蓮司、その人であった。

無造作に七、三に分けたヘアスタイル。街頭演説のせいか浅黒く日焼けしており、キリッとした目鼻立ちと、白い歯が特徴的な男だ。学生時代はサッカーをしていたそうで、背は高く運動神経抜群、と聞いている。

政治家になるルートにはいくつかあるが、秘書として下積みを重ねる者が多い中、高辻は松平政経塾を卒塾後、即、神奈川市の市長選に最年少出馬。当時はかなり話題になった。フレッシュさとクリーンなイメージで見事当選。そこで清十郎の目にとまったのだ。子育て支援事業と介護支援事業の両立を掲げ、市長として四年の任期を経て以降、今度は清十郎の後押しで国政へと出馬し、現在が衆議院議員一年目。

実を言えば、清十郎の目にとまらなければ、高辻が国政へ打って出るのは難しかったかもしれない。それがわかっているからこそ、彼は自分を拾ってくれた清十郎を大変に尊敬している。

時々酒を飲みすぎる清十郎を「先生のお身体に障ります。国の損失です！」と、大袈裟に窘めてくれたりもする。

高辻に言われると清十郎も満更でもないらしい。清十郎を無下にせず、気長に話に付き合ってくれる彼は、娘としてもありがたい存在だ。

清十郎だって、高辻に将来性を見出したからこそ目を掛けているのだろう。その証拠に彼は勉強熱心だし、清十郎に現役時代の話をよく聞いたり、政策実現のための相談もしたりしているようだ。国の未来を考える立派な人なのだと思う。

そんな彼に恋することができたなら、どんなによかったか――

「おはようございます……高辻さん……」

ボディラインを美しく見せるカットソーと、ミモレ丈の濃いめのベージュスカートを着た白花は、玄関先で出迎えた未来の夫に向かってゆっくりと頭を下げた。

今日、この人の妻になるのに、昨日、この人を裏切った――そのことにチクリと良心が痛む。でも後悔は微塵もなかった。白花にあるのは思い出と諦め。

「あれ？　顔色がよくない。寝不足？」

白花は一睡もしていなかった。

明け方、四時近くまで、白花は巧の腕の中にいた――いや、巧が白花の身体の中にいた、というほうが正しいかもしれない。

一度快感に屈してしまった白花は、ずっと巧の言いなりだった。

巧に求められるがまま脚を開いて、彼の精を胎内に受け入れる。何度も何度も――疲れても、苦しくても、「やめて」なんて言葉は出なかった。だってやめてほしくなかったから。

彼は白花の身体をもてあそび、女の悦びと、性的な快感を刻み込むだけ刻み込んで、陽が昇るのと同時に、倉原の邸を出たのだ。

白花を抱いている時、巧がなにを思っていたのかはわからない。でも彼は、執拗に火傷の痕を舐めて、触れた。その感触が今も身体に残っている。彼が注いでくれた残滓も。

思い出すだけで、身体が火照る。

好きなのだと——すぎるくらい優しいあの人を、愛しているのだと強く思った。

「そう、かも、しれません……いろいろと、心配で……」

頬に白い指先を当てると、白花は小首を傾げて微笑んでみせた。

「心配することなんてなにもありませんよ！　大丈夫です！」

高辻は張りのある声で言い切った。なにが大丈夫なのかわからない。

こんな時巧なら、たぶんこういう言い方はしないだろう。白花をソファに座らせ、手を握って、白花の不安を聞き出してくれる。どんなに時間がかかっても。そして、白花の不安を取り除くためにできることを、白花の気持ちに寄り添う形で提案してくれるだろう。昨夜、白花を情熱的に抱いてくれたように。

「おお～蓮司！　おはよう、おはよう」

奥から出てきた背広姿の清十郎が、高辻に向かって大きく手を広げた。

「先生！　おはようございます！」

高辻はよく躾された従僕のように清十郎のもとに駆け寄り、深々と頭を下げた。

「今日という日を楽しみにしていました！」

「わしもだ」

清十郎は高辻の肩を強めに何度か叩いている。

「神社にはな、わしの秘書がもう向かって、手はずを整えておる」

（！）

清十郎の言葉に、一人胸中でドキリとする。清十郎の秘書といえば、一人しかいない。

望んでもいない結婚式の準備をあの人にさせるなんて……。昨日、自分を抱いてくれたあの人に。

「ありがとうございます。うちの両親も、もう向かっていますので、そろそろ着いた頃かと」

「じゃあ、わしらが最後だな」

清十郎は顎をくいっと上げて、白花を呼んだ。

「白花、母さんと清一の遺影を」

「はい」

命じられるまま、白花は床の間に設えられた仏壇から、母と兄の遺影を手に取った。

変わらない二人の写真を見ていると、それだけで胸が苦しくなってくる。

二人が生きていたらどうなっていただろう？

清十郎の引退と同時に、母は旅行に行く計画を立てていた。

政治家の家に嫁いで、政治家としての清十郎をずっと支えてきた母には休みらしい休みがなかったから、引退後の旅行を楽しみにしていたのだ。

清一は、きっと国政に打って出ていただろう。そしてそんな清一の第一秘書は——

（…………）

それ以上考えるのをやめた白花は、紫の風呂敷で遺影を包み、玄関に戻った。

「白花さん、車にどうぞ。先生はもう乗車されていますので」

「わかりました」

高辻から促されるままに、白花は玄関を出た。

一歩外に出れば憎いくらいに眩しい陽射しが降り注いでいて、雲ひとつない青空に自然と目が細まる。地面も乾きはじめている。

きっと今日は暑くなる。思えばあの日も暑かった。白花の運命が変わったあの日——

昨夜の桜雨が作った薄紅色の絨毯を踏みにじるように、一歩、また一歩と車に近付く。

なんの皮肉か知らないが、高辻の車はあの日の車と同じ車種で色も同じ。

行き先の決まったこの車に乗ってしまえば、途中下車することなんてできないとわかっているのに自分から乗るのだ。まったくもって矛盾している。

「…………」

パタン。無機質な音を立てて、後部座席のドアが閉まる。

隣は父、清十郎。運転席には高辻。見送ってくれる人は誰もいない。

この車が連れていってくれる先に、昨日巧がくれた以上の幸せなんてあるのだろうか？

巧が身体の中に入ってきたあの瞬間、生きていてよかったと本気で思った。あの事故で死んでいたら、この幸せはなかったのだから。

そして、ふと思い出すのは巧の声だ。

『明日の結婚なんて、やめてしまえばいいじゃないですか。本当はいやなんじゃないんですか？　だったらやめましょうよ。ね？　やめて俺と――』

（結婚を、やめる？　やめたら、やめたら――……）

もしも昨日、あの時、自分が「結婚をやめる」と言っていたなら、巧はどうしただろう？　なんて言ってくれたんだろうか――？

「白花、いよいよだな！」

乾いた清十郎の手が、遺影を抱きしめる白花の手を握ってくる。

喜色満面な笑みを湛える父を見て、白花はハッとした。

そうだ。父がいる。

あの事故で失ったものがあるのは、自分だけじゃない。父もまた、妻と息子を失ったのだ。

その父の願いを叶えられるのは、生き残った娘である自分だけ――

「はい、お父様……」

白花はふんわりと微笑んで、父の手を握り返した。

白花と高辻の結婚式は、倉原が代々懇意にしている神社で執り行われた。過去には芸能人も式を挙げたことで有名になった神社だ。

白花の身を包むのは、昔ならではの黒打ち掛けに角隠し。格式高く「嫁ぎ先以外何色にも染まらない」というのが、もともと武家だった倉原家の女だ。

黒地に大柄の菊紋を金糸と朱色で刺繍した贅沢な一点物は、もちろん白花の趣味ではない。

一人娘の門出にと、清十郎が張り切って選んだのだ。

重たい着物は、己を押さえ込む枷にすら思える。なのに、自分からこれを脱ぐことはできない白花は、神社敷地内の会館で行われる親族紹介の儀をぼんやりと眺めていた。

高辻は男ばかりの三人兄弟の末っ子。一般家庭の出とはいえ、入り婿に抵抗がなかったことも、その辺が要因だろう。

何度か会ったことのある高辻の母親は、「なんて綺麗な！」としきりに白花を褒めそやした。

（わたしは……全然綺麗じゃない……）

そんなどろっとした気持ちが胸に流れ込むのをこらえて、人形のように薄く微笑んでやり過ごす。

着付けの時だって、着付け師が火傷の痕を見て同情的な顔をしていた。あの目が嫌いで、不快で、この身体を人目に晒すのがいやだったのに。

（でも巧さんは……わたしをあんな目で見なかったな……）

彼の目にあったのは、憐れみではなく慈愛だった。あるがままの白花を慈しんでくれた。だからだろうか。今日、着替えの際に自分の火傷の痕を見た時、前ほどいやではなかったのだ。いやだったのは、他者の視線。

「では、挨拶も終わったところで、白花さん。こちらに署名をお願いします」

高辻からスッと差し出されたのは、婚姻届。

元から、今日の結婚式と合わせて婚姻届を提出することになっていたのだ。

なんでも、記入済みの婚姻届を神社でお祓いしてもらってから提出するんだとか。

横にいる父をチラリと見ると、うんうんと頷く満面の笑みがある。

(これを書けばお父様が安心してくれる……)

白花は自分の義務を果たすように、婚姻届に名前を書いた。次に高辻が名前を書いて、証人の欄に清十郎と、高辻の父が署名する。

「こうやって見ると、おまえは母さんにそっくりだなぁ。母さんもなぁ、本当に綺麗だったんだ。おまえの花嫁姿、母さんにも、清一にも見せてやりたかったなぁ……」

「お父様……」

いつの間にか小さくなった父の背中に手を添える。

親指で目頭を押さえるように涙を拭った清十郎は、白花の手を何度も撫でた。

「では定刻となりましたので、一同様ご整列の上、本殿へとお進みください」

巫女の案内で席を立つ。俗に言う、花嫁行列というやつだ。

今日の挙式には、倉原と高辻の親類はもちろん、倉原を応援してくれる後援会の面々、そして清十郎と高辻が所属する党の幹部の面々も勢揃いだ。

斎主、巫女と続いて歩くのは、兄の遺影を抱いた清十郎。そのうしろを紋付き袴の高辻が、そして母の遺影を抱いた叔母に左手を引かれた白花が続く。

石畳に敷かれた真紅の絨毯を歩いて本殿へと進みながら、白花はなにも考えないようにしていた。

この空間のどこかにいるであろう、あの人のことは特に――

本殿に入れば、左右に分かれて親族が並ぶ。だが、どうしても白花側の親類は少ない。

母方の伯父夫婦や叔母夫婦も参列してくれているが、同じ三親等までを招待すると、両親健在の上に兄弟の多い高辻のところとはバランスが悪かった。そこで倉原の親族席には、倉原の後援会の重鎮達が入ってくれることになっている。

だが今は席がひとつあいていた。もしかすると遅刻かもしれない。でもそれも白花にとってはどうでもいいこと。

この婚儀の主役は白花ではない。倉原家に迎え入れられる高辻なのだ。これはそのための儀式。

挙式に先立ち、お祓いとお清めを済ませたら、斎主が祝詞を奏上する。

そして斎主から赤い盃が手渡された時、白花の視界の端に腰の曲がった老人が入ってきた。

「遅れまして……どうも……いや、どうも、どうも……」

後援会でも最長老の人だ。清十郎が若い時どころか、清十郎の父の代から世話になっている。杖を突きながら、周りに頭を下げているその老人の手を引いているのは、礼服姿の巧だった。

(っ!?)

巧の姿を見た途端、盃を取り落としそうになるほどに、白花は激しく動揺した。

他の男（ひと）の妻になる誓いを立てているところなんて、見られたくなかったのだ。

（見ないで……出て行って……いやだ、お願い、お願いだから見ないで……巧さん！）

いつか叫んだあの悲鳴を、今日は心の中で叫ぶ。

でもなにを思ったのか、巧は親族席に座った老人のすぐうしろから動かないのだ。そして、眼鏡の奥の瞳がじっと白花を見てくる。

強く、暗く、激しい怨念（おんねん）さえ籠（こ）もった眼差しだった。

「………っ」

白花は指先をブルブルと震えさせながら、盃（さかずき）に注がれたお神酒（みき）に軽く口を付ける。

一度目。

二度目。

カチカチと小さく歯が鳴る。

結婚なんかしたくない。ここから逃げ出したい。あの人のもとに行きたい！

でも、あの人のことは諦（あきら）めると決めたのは自分。

（わたしは――もう、思い出をもらったのだから……）

あの人の腕の中で、昨夜、自分は死んだのだ。

白花は一瞬だけ巧を見つめると、強く目を瞑（つむ）って、思い出ごと呑み込むように盃（さかずき）を呷（あお）った。

第二章

式のあとの披露宴は後援会の面々を中心にお祭り騒ぎで、清十郎と高辻は頭を下げっぱなし。白花は重たい婚礼衣装のまま、各人にお酌をして回り、「政治家の妻とはこうあるべき」というありがたいご高説を人数分賜り、解放されたのはもう明け方近く。

高辻と共に新居となる東京赤坂の議員宿舎に移ったのは、翌日、日曜夜のことだった。

赤坂の議員宿舎は、地上二十八階、地下二階。間取りは３ＬＤＫ。家具は備え付け。議員宿舎の中でも比較的新しい部類である。

実は白花は、この宿舎ができたばかりの頃に両親と三人で、三年ほど住んでいたことがある。その頃は、東京の大学に通っていた清一と巧は、ルームシェアをしていたし、清十郎の通勤に便利なようにと、越してきたのだ。

宿舎に入って一番忙しかったのは母だと思う。

買い物するにしても、ゴミ出しするにしても、すれ違う人全員を無下にするわけにはいかないのだ。なにせ、上の階から下の階まで全員が議員の家族。同じ派閥ならなおさらだし、違う派閥なら余計に波風を立てないようにしなければならない。奥様同士の情報はあっという間に広まるし、それがまた派閥の中でも影響を及ぼすのだ。

当時、白花の母は、宿舎内における奥様カーストの中でもかなりの上位におり、白花自身も他の議員の奥様達に大変可愛がってもらったものだ。そして時々、清一と巧の部屋に遊びに行ったっけ。いわば、古巣に戻ったような感覚を味わいながら、白花は辺りを見回した。多少のリフォームは入っているようだが、昔住んでいた頃と間取りは変わらない。

「白花さんの荷物は、全部リビングに置いています。勝手に開けていいものか迷ったので」

高辻が指差す先には、桐の衣装箱が三段、積まれている。いずれも先に実家から送った白花の私物だ。中身は母の形見の着物だったり、装飾品だったり、草履や靴、鞄類が多い。

毎日使っている美顔器や化粧品、私服なんかは、ボストンバッグとキャリーケースに入れて持ってきた。

「ありがとうございます。あとから自分で片付けておきますわ」

これからは代議士夫人としての仕事が待っている。

かつて母がやっていたことを、今度は自分もやるのだ。

白花の失態は高辻の失態。そして、白花を育てた両親の失態。内閣官房長官まで勤め上げた父の業績に泥を塗るわけにはいかないのだ。すべてを完璧にこなすことが求められる。

母にも同じ重圧があったはずだ。母は愛する夫、清十郎のためだからできた。

自分はどうだろう。できるだろうか……？

（できる、できないじゃないわ。やらなきゃ駄目なのよ。わたしは、倉原の娘なのだから……高辻さんと結婚したのだから……この人を愛さないと）

そう、これからは、夫となった人を愛さなければならない。愛していく努力をしなければならない。現実というモノは、しなければならないことと、諦めの連続なのだと、あの事故が教えてくれた。そして現実は、受け入れることしか許されないのだ。

白花が荷解きをはじめようとすると、なんの前触れもなく、背後から肩を掴まれた。知らない手とその温度に、ビクッと身体が強張る。

勢いよく振り返ると、高辻が白花の肩を上下に撫でながらニヤリと不敵に笑った。

「荷解きなんか明日でいいじゃないですか。先にシャワーに入ってください。今夜は初夜なんだし」

あからさますぎるその言葉と、肩を撫で回す手つきに、ゾワッと嫌悪感が湧き起こる。鳥肌が立ちそうなのを必死にこらえて、白花は目を泳がせた。

「あの、でも、わたし……お風呂に必要な物を鞄から出さなければなりませんの。あの、ですから、高辻さんからお先に……」

「そうですか。なら、お先に。ああ、でも、もう結婚したんですから、僕も〝倉原〟ですよ。どうぞ、蓮司と、名前で呼んでください」

「あっ……」

高辻の言っている意味もわかるし、正しいと思う。だが、白花が今まで下の名前で呼んだことのある男の人はたった一人だけなのだ。

でも——

「……れ、蓮司、さん……」

意を決して、高辻を下の名前で呼ぶ。そして「まだ慣れませんわね」と、愛想笑いを浮かべた。

「白花さんは本当に初々しいですね〜。ま、その辺はおいおい慣れていきましょうか」

余裕綽々(よゆうしゃくしゃく)といったふうに笑い、バスルームへと向かう高辻のうしろ姿を横目で見ながら、白花は小さくため息をついた。

高辻を名前で呼んだだけなのに、自分の中の特別をひとつ失った気がして、心に小さな穴があく。

きっと、自分の心に残る特別は、あの夜の思い出だけになるのだろう。

他はすべて失っても、汚されても、巧に抱いてもらったあの特別な夜だけは、ずっとずっと変わらないと思う。

よくも悪くも、過去は変えられないのだ。

白花の初めての男は巧……

自分を好きな男(ひと)に捧げられたのだから、あの幸せな思い出だけで、これからを生きていける。

（……大丈夫……大丈夫……高辻さんは、いい人だから……お父様が見込んだ方なんだから）

そう自分に言い聞かせ、白花は高辻と交代でシャワーを浴びた。

洗った長い髪を緩くシュシュで結わえ、シルクのパジャマに着替えた白花は、寝室のドアの前で大きく深呼吸した。緊張がひどい。でもこのまま立ち尽くしているわけにもいかず、覚悟を決めてドアを開ける。

電気が明々とついた寝室の中央には、クイーンサイズのベッドが置かれている。それが自分を調理するためのまな板に思えて、白花はゴクリと生唾を呑んだ。

そのベッドの上に寝転がり、スマートフォンをいじっている高辻は、上半身裸だ。巧に比べて日焼けしているその体躯は、野性味あふれていて男らしいのだろうが、白花には少し怖く感じる。

巧とは違う人――

（……駄目……巧さんと比べるのをやめなきゃ……わたしは、この人を見なきゃ……）

愛すべきは、目の前のこの人。

大丈夫。愛は育むものだ。ゼロからでも、時間をかけていけば、きっと愛が生まれる。好きになれる。これから、彼のいいところをたくさん見付けていこう。この人は白花を選んでくれた人なのだから、家族になったのだから、お互いに歩み寄れるはず。

「お、お待たせしました……」

ガチガチになりながら声をかける。

顔を上げた高辻は、柔和な笑みを浮かべて上体を起こした。

「そんなところに棒立ちになってないで、こっちに来て」

砕けた口調で言われたほうが、余計に緊張するのはなぜだろう？　白花は腹の前で組み合わせた両手をもじもじとさせながら、一歩ずつ高辻に近付いた。

ゆっくり、ゆっくり……それが時間稼ぎなのだと心のどこかでわかりながらも、そうせざるを得ない。これからなにをするのか、されるのかがわかっているから、余計に。

だがそれは、焦れた男には逆効果だったらしい。急に伸びてきた高辻の手に引っ張られ、バランスを崩して「あっ」と、小さく声を漏らした時には、白花はベッドに仰向けになっていた。

「もしかして、初めて？」

自分を見下ろす男の顔に、優越感が浮かぶのを見て目を逸らす。

答えたくない。巧とのあの夜の出来事は、白花の生きる糧だ。糧は自ら手放してはならない。

そんな白花の反応をどう思ったのかは知らないが、高辻は白花の耳に生暖かい息を吹きかけ唇を寄せてきた。

「大丈夫。俺に任せてくれたらいいよ」

「………」

目を閉じ、声を押し殺し、耳に触れる生暖かい感触を必死にこらえる。

——嫌悪など感じてはならない。いやだなんて言ってはいけない。この人は自分の夫なのだ。愛すべき人だ。身体を捧げることは、愛することになるはずだから。

背中に手が回され、抱きしめられる。それだけでブラジャーのホックが外れて、あまりの手際のよさに怯える間もなく、白花は唇にキスされていた。

じっと無抵抗でありながらも、唇の合わせ目をなぞる舌先を、歯を食いしばって拒絶する。でもそれだって、高辻に顎を掴まれたらなかったことになる。

口内にぬるりと男の舌が入ってきた。そのキスに応えるなんて、できなかった。

自分が汚れていくのを実感しながらも涙さえ出ない。

あるのは覚悟と諦め。生きていくことは受け入れること。

無抵抗な乳房が服越しに揉まれ、その手が今度はボタンを外す。

そして身頃をはだけるように捲られた時、高辻の動きがとまった。

「えっ、なにこれ？」

身体を起こした彼が、仰向けになった白花をマジマジと見下ろしてくる。その目は緩んだブラジャーとキャミソールから覗く白花の肌に釘付けだ。

その視線は、白花のよく知ったものだった。奇っ怪な物を見る若干の好奇心と、嫌悪感——

「うえぇ……火傷って、コレ？　うわ……」

高辻の声にビクリとして右肩を手で覆う。しかし完全に隠せるわけもない。

彼は嫌悪に歪んだ顔を隠しもせずに、白花のキャミソールの胸元を、人差し指でくいっと引っ張った。そこから中を覗けば、右肩から乳房、臍のすぐ上まで焼け爛れた肌が見える。電気だって、明々とついているのに……

「気持ち悪い……なんだこれ、聞いてたよりもひどいな。きっつー」

「！」

高辻の言葉に目を見開く。頭は真っ白で、彼の口調が変わったことにも気付けなかった。

この焼け爛れた肌がひどいと思っているのは、白花も同じだ。だがそれを人にあえて言葉で言われると、傷口を抉られるような痛みが走る。

「整形手術でマシになったって言ってたけど、全然マシじゃねぇじゃん！　俺、こういうの生理的に無理なんだけど。顔が綺麗だから火傷ってたいしたことないと思ってたのに、なんか騙された気分。とんだ傷物じゃん。えー、もしかして、整形したのって顔のこと？　確かに顔だけは綺麗だもんな」

（ち、ちが――）

違う。顔に火傷がないのは、身を挺して護ってくれた兄がいたから――

そう、言おうとしたけれど、ショックのあまりに喉になにかが貼り付いて声が出ない。

「あーあ。ま、いいや」

呆然とする白花の上から退くと、高辻はクローゼットからスーツを出した。

ネクタイまで締めて、事務所にでも国会にでも行けそうな格好である。

上体を起こした白花は、高辻が着替えるのをベッドの上でぼんやりと眺めていた。

「ちょっと出掛けてくるんで。先に寝ててどーぞ」

「…………」

白花が返事をする間もなく部屋から高辻が出ていき、寝室のドアが閉まる。

しばらくして、玄関の鍵がかかる音も聞こえた。

完全に一人になってから、白花ははだけていた上着を整えた。

「…………」

ショックが大きすぎて、心が落ち着かない。

極力、人に見せないようにしていたからというのもあるが、とにかく初めてだったのだ。火傷の痕を人にここまで悪し様に言われたのは。

高辻に素肌を見せたのは初めてだったが、どんな事故だったのか、どんな怪我だったのか、事前に説明はちゃんとしていた。だから高辻も、それなりに受け入れて、白花と結婚してくれたはず。だが、想像以上に醜くて、拒絶反応が出てしまったということなのだろう。

何度も何度も繰り返した手術も、放射線治療もすべては無駄だったのか。

(……そうよね、だってわたし、自分でも受け入れられていないんだもの……)

高辻の反応が普通なのかもしれない。無理なモノは、どうあっても無理だ。白花に、彼を責める資格はない。

感情こそ強制できるものではないことなんて、白花自身が一番よくわかっている。

自身に残るこの傷痕を、世界で一番嫌っていたのは、他の誰でもない白花だったのだから。

けれども、この傷痕を丁寧に舐めて慈しんでくれた人がいて、その人との思い出があるから、今の自分を少し愛せそうだと、これからを生きていこうと思えただけ。

もしかすると、心のどこかでは、高辻が巧のように自分に接してくれることを期待していたのかもしれない。

巧はただ、優しかっただけ。

知っていたじゃないか、彼が優しいことなんて。

大好きな人の優しさに付け込んで、夫となった男が逃げ出すほどの自分の身体を無理矢理抱かせた。その申し訳なさが今頃になって襲ってくる。

巧だっていやだったろうに。逃げ出したかったろうに。

こんな、汚い醜い身体——！

（ごめんなさい！　ごめんなさい、巧さん！　ごめんなさい——……）

夫に避けられ、置いていかれたことでは出なかった涙が、巧を思えばあっさりと流れてくる。

好きなのだ……どうしようもなく、あの人が好きで、好きで、だからこそ申し訳ない。

今だって、夫に避けられてどうしたらいいかわからない。

夫婦としてどう歩み寄ればいいのか、夫にどう尽くせばいいのか、どうしたら喜んでもらえるのか、愛されるのか、なにもわからない。

誰かに教えてほしい。相談にのってほしい。助けてほしい——

けれども学生時代の友達も、事故後に引き籠もっていた間に皆疎遠になってしまった。

構い倒してくれた兄も、なんでもアドバイスをくれたであろう母も、もういない。叔母には叔母の家庭がある。

なにより父には言えない——言えるわけがない。

高辻は父が連れてきた男だ。

幸せな自分の姿を見せてあげたくて、父を喜ばせたくて結婚したのに……

『巧さん！　巧さん！』

無邪気に追いかけて、じゃれ付いた記憶が蘇る。いつも優しく抱きとめてくれるこの人に、相応しい女になりたいと思っていたのに、なれなかった。

白花が助けを求めたら、優しいあの人は今でも助けてくれるかもしれない。親身に相談にのってくれるかもしれない。

でも夫婦のことを、初めて自分を抱いてくれた男に相談するのか？　自分が心から愛している男に？　夫が自分を抱いてくれないんです、と？

そんな馬鹿げた話があるか！

（……二度と、ご迷惑をお掛けしないようにしなくては、ね……）

巧に対してできることは、それしか思い付かなかった。

◆　◇　◆

結局、その日に高辻が帰ってくることはなかった。どこでなにをしていたのかは知らないが、地元へなら車で一時間もあれば行ける。

高辻が白花との新居に選んだのはこの赤坂議員宿舎だが、彼には地元で一人暮らしをしていた頃のマンションがある。当選するまではそこで暮らしていたらしい。

ワンルームで手狭だから引き払ったと聞いていたのだが、もしかしたらまだあるのかもしれない。

高辻が帰ってきたのは、火曜の朝、七時少し前。八時からはじまる若者党政策審議会に間に合うように帰ってきたのだということは、一目瞭然だ。

出ていった時と同じ服装だから、着替えに戻ってきたのかもしれない。真面目な人だと思う。

結婚したその翌日に、まる一日放っておかれた白花ではあったが、なにも言わなかった。

父、清十郎が朝帰りすることがあっても、母は決して小言を言わない人だった。

「男の朝帰りを責めると、ろくなことにならない」というのが、生前の彼女の教えだ。

男には男の付き合いがある。議員である以上、家族にも言えないことがある。ある程度は自由にさせてやらねば、外で夫に恥をかかせることになる。そう言っていた母も、さすがに結婚した翌日に放置された経験はないだろうが。

「お帰りなさいませ。朝食はいかが致しましょう」

きっちりと着替え、メイクまで済ませた姿で玄関で出迎えると、靴紐を緩めていた高辻が、ぎょっとした顔で振り返った。

「起きてたのか」

行き先も告げずに出て行った夫を、寝ずに起きて待つほど白花も馬鹿じゃない。ただ身支度を調えてベッドで休んでいただけだ。たかだか3LDKの部屋の物音なんて筒抜けも筒抜け。清十郎の車のエンジン音を聞き分けて、深夜だろうが早朝だろうが飛び起きて、玄関まで出迎えていた頃と変わりないだけである。

「別に起きてなくていい。着替えに戻っただけだ。食事だって、この宿舎は一階に食堂があるからそこで食べる」

「そう……ですか……」

高辻がいつ帰ってきてもいいように、食事の用意はしておいたのだけれど……

（起きてなくていいというのは、わたしの負担を考えてそう言ってくれているんだろうから、やっぱり優しいのは優しいのよね？）

俯く白花の横を通り過ぎて、高辻が寝室に向かう。

ジャケット、ネクタイ、ワイシャツ、ベルトと、着ていた服を順番に脱ぎながら歩くものだから、高辻が通った道筋には彼の服が散乱していくのだ。靴下まである。倉原家の王子様だった兄でさえ、こんなことはしなかったと思いつつも、無言でその服を拾ってまわる。

「あの、ところで、蓮司さんの秘書さんには、いつ頃ご紹介いただけますの？」

男所帯で育った人だ。ワイルドなだけだろうと、服の脱ぎ方について早々に諦めた白花は、できるだけ平然と尋ねた。

将来的には蓮司の第一秘書には巧がなるだろうが、清十郎の指示で引き継ぎが行われるまでは、今はまだ別の人が彼の第一秘書だ。その秘書を白花は知らない。結婚式で紹介されるかと思ったのだが、そんなことはついぞなかった。

「今後のこともありますし、一度ご挨拶させて――」

「ハッ」

白花がすべてを言い終わる前に、高辻が鼻で嗤う。

彼は新しいスーツに袖を通しながら、チラッと白花を一瞥した。

「深窓のお嬢さんだったあんたに、うちの秘書を紹介してなんになるって言うんだ。先生のとこでしていたみたいに、秘書を運転手代わりにこき使うつもりか？　ったく、世間じゃ公費の使い方ひとつで槍玉に挙げられるってのに……」

確かに白花や白花の母らは、清十郎の第一秘書の運転する車によく乗っていた。けれどもそれは、清十郎の議員活動に、家族が同行する場合のみだ。買い物や旅行といった私用で、秘書に運転を頼んだことは一度もない。そんなことは、まず清十郎が許さない。

「わ、わたしは、そんなつもりでは……」

白花はただ、今後の〝倉原蓮司〟のスケジュール上、そこに自分が〝妻〟として出席する予定があるかどうかを確認するために、秘書との顔合わせをと、思っていただけなのに。遮られたのではなにも言えない。

白花の意図を完全に誤解したらしい高辻は、不機嫌そうにジャケットを羽織った。

「そのうち機会があれば紹介くらいはしてやるよ。ただし、おまえの送迎なんかはさせない。代わりに家のことは任せるから、深窓のお嬢さんらしく好きにやってろ。でもな、絶対に俺に恥をかかせるなよ！」

高辻はピシャリと言い放つと、白花には目もくれずに玄関を出ていった。きっと一階の食堂に行ったのだろう。

一階の食堂はいい。一流シェフの料理が格安で食べられる上に、午前中から昼にかけては議員だけでなく、その秘書や官僚等の出入りもあるから、活発な意見交換がなされている場でもあるのだ。真面目な人ほどよく利用する。父、清十郎も頻繁に顔を出していたっけ。高辻は代議士一年生。人脈を作るために、きっと朝から必死なのだ。行くなととめて、自分の手料理を無理に食べさせるほうが、妻失格というもの。

白花は〝倉原清十郎の跡取り〟を、妻として補佐するために教育され、清十郎の跡取りと結婚したのだ。父の名に――代々続く倉原の名前に、泥を塗ってはならない。

高辻の口調が荒かったのは、初夜で白花の身体に驚いてガッカリしたからだ。あのショックは白花自身がよくわかっている。一度や二度見たくらいでは慣れやしない。

高辻はあの日、騙(だま)された気分だと言っていたから、「なぜもっと早くに教えてくれなかったのか」と、怒っているんだろう。

白花としては騙(だま)したつもりはなかったのだが、言葉で説明するだけでなく、婚約中に肌を見せるべきだったのかもしれない。「気にしない」と言ってくれた高辻の言葉に甘えていたツケだ。「知っていたら、結婚なんかしなかったのに！」という彼の心の叫びが聞こえてくるようじゃないか。

（……きっと、嫌われたんでしょうね……）

悪いのは自分だ。これ以上、高辻をガッカリさせないように頑張らなくては。

妻として彼の役に立てたなら、いつか認めてもらえるかもしれない。自分に対する嫌悪感が、少しは緩和するかもしれない。そしたら、愛してもらえるかもしれない。

（あの人を愛する努力をするのと同時に、愛される努力もしなくちゃね。『好きにしていい』と、裁量を与えてくださったのだから、代議士の妻としての役割には、きっと期待していただいているんだわ！　頑張って、わたし！）

白花は玄関の鍵を掛けると、リビングに戻った。

昨日少し荷解きした中から、母の遺(のこ)した手帳を取り出す。

これは生前、母が事細かに記録していた議員本人と、その夫人の好みなどが網羅（もうら）された虎の巻だ。

（まずは結婚式へ来てくださった方への御礼状と、宿舎のご挨拶からね）

白花は持参していた上質なレターセットも取り出すと、宿舎備え付けのテーブルへと向かった。

六月中旬。結婚してふた月半が経とうとしていた。

新婚時期なんて、普通は幸せいっぱいの楽しい時期だろうが、白花にとっては代わり映えのない毎日だ。

夫の高辻は基本的に家にいない。それだけならまだしも、高辻はまったく連絡をしない人だった。

いや、忙しすぎて連絡する暇さえないのかもしれない。

代わりに食事は外で済ませてくるので、楽と言えば楽である。彼が家で白花の手料理を食べたことは一度もない状態だ。

宿舎にすら戻らず、その辺のホテルに泊まっていることもあるようで、クリーニングに出そうとしたスーツのポケットから領収書が出てくることもしばしば。

宿舎にある夫婦のベッドに、高辻が寝たことはない。もはや、白花専用と化している。

代議士一年生。議会に追われる生活に慣れたとは言えないだろう。そこに新妻の相手まで加わったら、彼がパンクしてしまうかもしれない。

だが、地元に戻る週末までなんの連絡もなく、宿舎に置いてきぼりなのは、少々困りものである。白花だってたまには実家に帰って、父の顔を見たり、後援会の面々にご挨拶をしたいと思っても、高辻が一人で勝手に済ませてしまう。

（地元の地盤はすでにしっかりしているから、今は宿舎での人間関係を万全にしておけ、ということなのかも……）

どの議員にも言えることだが、政敵が多いのは地元より永田町だ。

なにも言わない夫の指示をそう解釈した白花は、母の虎の巻を使って、倉原が所属する党の代議士夫人――特に力を持った数人を中心に挨拶の手紙を送った。

父、清十郎が内閣官房長官時代に世話になった礼からはじまり、高辻蓮司という男を婿にして結婚したこと、今は赤坂宿舎で勉強させてもらっていることなどを書き記し、当選一回目の夫が、慣れない議員活動に苦心していたら手助けをしてほしいということ。亡き母が、ご夫人は大変にお優しい方で、尊敬していると話していたこと。自分からも挨拶させてもらいたいから、いつか時間を取ってもらえないかということを、丁寧に書きしたためた直筆の手紙だ。

内閣官房長官を勤め上げた倉原清十郎の実娘。しかも、夫は若輩者（じゃくはいもの）といえども代議士。そんな白花からの手紙を、無下（むげ）にする代議士夫人などそうそういない。

すでに送った分の九割は返事が返ってきていて、実際にお茶会にもお呼ばれしたので参加させてもらった次第だ。

当選回数の多い議員のご夫人方は皆、白花の母のことをよく覚えてくださっており、しかも子供の頃、母に連れられて会った方もいらしたので、思い出話に花が咲いたのは言うまでもない。白花が母の形見の着物を着てお茶会に行ったから尚更だ。白花の結婚と再会を、涙を流して喜んでくれたご夫人もいたくらいだ。

中でも、苅部夫人とは格別に馬が合う。

清十郎が官房長官を務めていた時の内閣総理大臣が苅部。彼は今も内閣総理大臣を務めている。もともと、苅部夫人と白花の母が同じ大学のＯＧということで親交があり、白花自身も幼い頃から苅部夫人とは面識があった。事故後も何度か見舞いに来て励ましてくださっていたのだが、白花自身が塞ぎ込んでいたこともあり、だんだんと疎遠になっていたといえる。だが今回、白花から手紙を出したことで、苅部夫人との親交が再開したのだ。

夫人は娘がほしかったが、生まれたのが全員男だったそうで、白花をとても可愛がってくれる。このふた月の間に、四回以上もお茶に誘ってもらったくらいだ。

高辻が国会にいる間は、苅部夫人をはじめ、倉原が所属する党のご夫人方とお茶や食事、観劇などをして過ごし、お喋りの中から党内の派閥情勢を耳に入れ、情報を集める。宿舎内の上下関係もすでに把握済み。むしろ倉原清十郎の実娘であり、現職の内閣総理大臣を夫に持つ苅部夫人と親交がある白花は、宿舎内で最年少ながらも、なかなかの上級ポジションにいると言えるだろう。

当然、少なくない交際費が発生するのだが、高辻は口座から引き落としになっている宿舎の家賃と、光熱費以外の支払いをしてくれない。つまり、白花の食費や白花にかかる生活費はすべて白花持ちだ。たぶん、高辻は忘れているのだろう。

幸い、白花には父方の祖父母から受け継いだ資産がある。マンションやビルといった不動産投資や株式投資は白花個人でも続けており、そこそこの利益になっているので、そこから自分の生活費を賄っている次第だ。

「政治家なんて当選しなければ無職なのだから、その妻はいつもいつでも、サッと〝帆待ち〟を出してやれるくらいでないと務まらない」と、母は常々言っていたっけ。

夫婦の財布が別々というのは、ある意味、現代的なのかもしれない。だが、夫が妻や家族を養って当然だという昭和意識の強い清十郎が知ったらなんと言うか。

（……わたしが波風立てなければいいことよ……）

なにも嘘をついているわけではない。言わないだけだ。

苅部夫人や、宿舎の奥様方がよくしてくれるのは、白花が〝倉原〟だからだ。そんなことはわかっている。だからこそ、時々虚しくなるのだ。

身銭を崩し、気を張ってあれこれ人脈作りに奔走する――そんな型にはめた代議士夫人の役割を忠実にこなすことが自分の人生なのか、と。しかし、〝倉原の嫁は使えない〟だなんて一度噂されようものなら、高辻が――ひいては倉原が軽く見られることになる。

神奈川県第二十区を代々背負ってきた倉原が、蔑ろにされることなどあってはならないのだ。

それは倉原を長年支持してくださった有権者の皆様への背任行為に他ならない。そのためだけに白花はここにいる。

母がしてきたことを娘の自分もやるのだ。やらなければならないのだ。

高辻に愛されているどころか、心を開いてもらえている気すらしない。それもこれもきっと、自分の努力が足らないのだ。

（もっと頑張らないと。他の奥様達と仲良くなって、蓮司さんを支えていかないと――）

そんなある日、最近打ち解けた宿舎の奥様方と、新宿のカフェでブランチをいただいていた頃、白花のスマートフォンが鳴った。

実に珍しいことだ。高辻はああいう人だし、父の清十郎は機械に疎い。ひと昔前のフィーチャーフォンなら使いこなせたが、機能が増えたスマートフォンは敬遠しているようだ。

「あら、お電話？　白花さん、お出になって」

一緒に食事をしていた奥様の一人に促されて、「ごめんなさいね、失礼します」と断って鞄からスマートフォンを出す。そして画面に表示されている名前を見て、思わず口元に手をやった。

（た、巧さんっ⁉）

巧から電話がかかってくるなんて、何年ぶりだろう。どんな用事なのか、見当もつかない。それどころか、なんだか悪い予感がする。

（まさか、お父様の秘書を辞めるからその挨拶とか⁉　そうだったらいやよ！）

一気に落ち着かなくなった白花は、愛想笑いさえするのも忘れて席を立った。

「も、もしもし――」

カフェの入り口付近の壁に身を寄せ、口元を覆いながらいそいそと電話に出る。機械越しに聞こえてきたのは、少し硬い巧の声だった。

「もしもし、白花さん。巧です。あの、落ち着いて聞いてください」

「は、はい」

　改まって頷きながらドキドキしてしまう。巧からの急な電話だなんて、きっと悪いニュースなのだと心のどこかでわかりながらも、巧から電話がかかってきた、今、巧と話している——そのことにときめきを覚えているしょうがない自分がいるのだ。

「実は昨晩、先生が体調を崩されました。病院にお連れしたところ、緊急入院ということになって」

「えっ！　緊急入院……そ、そんなに悪いんですか？」

　確かに清十郎は長いこと肝炎を患（わずら）っていたが、いつの間にか悪化したということなのか？　それとも他の病気？

「……よくはないようです。肝硬変（かんこうへん）か……もっと悪くて癌化（がんか）しているかもしれないから検査したほうがいいと。入院にあたって家族の同意書が必要のようで、それで白花さんに連絡を……」

「癌……」

　とにかくこうしてはいられない。清十郎は白花のたった一人の肉親なのだ。今すぐ、入院先の病院に行かなくては。

「今からそちらに向かいます。どこの病院ですか？」

　巧は「神奈川県立清水（しみず）中央病院」だと教えてくれた。奇しくもそこは、あの事故で白花が運ばれた病院と同じだ。

震える指先で電話を切って、よろよろと覚束ない足取りで席に戻る。

「白花さん、お顔の色が悪いわ。どうなさったの？」

同じ宿舎の奥様が心配そうに眉根を寄せて、声をかけてくれる。

「じ、実は父の秘書さんからの連絡で……父の具合がよくなくて、入院して検査しないといけないようだって……わたし、今から父のところに行ってきます。皆さん、ごめんなさい。楽しいお食事の時間にこんな……」

申し訳ないと頭を下げると、奥様方はわざわざ席を立って、白花の背中をさすってくれた。

「そんなことはいいのよ。検査入院ということは、まだわからないことばかりなのね。白花さんも不安よね。ぜひ倉原先生のお側についていらして」

「皆さん、すみません。ありがとうございます。またご連絡させてください」

白花は奥様方に深々と頭を下げると、店主にも食事にろくに手を付けていない状態で席を立つことを詫びて店を出た。そして店先でタクシーを拾い、とりあえず神奈川に向かう。

（はぁ……こんな時、蓮司さんの秘書さんの連絡先を知っていれば言付けを頼めるものを……）

しかし、現状は教えてもらえていないのだから仕方ない。

白花はメッセンジャーアプリを起動した。そして、今まで一度も使ったことのない高辻のトーク画面を開き、メッセージを送る。

『父の秘書から、父が検査入院することになったと連絡がありました。わたしはこれから神奈川県立清水中央病院に向かいます。詳細がわかり次第、また連絡します』

嫌っている妻からのメッセージとはいえ、緊急性があるのだ。さすがの高辻も、今日の議会が終われば連絡をくれるだろう。幸い、今日は金曜日だ。地元に帰ることも考えられる。

白花はスマートフォンを握りしめると、父の身を案じて目を閉じた。


「巧さんっ！」

タクシーを一時間走らせ、十三時頃、神奈川県立清水中央病院に到着した白花は、患者で混み合う待合室の隅に立っていた巧を見付けるなり、瞬時に駆け寄った。

「白花さん……」

巧と顔を合わせるのは、結婚式以来初めて。実にふた月半ぶりである。

（少し……お痩せになった……？）

変わらない精悍なスーツ姿なのに、眼鏡の奥の瞳に、どこか陰りを感じる。父親の容態が気になって駆け付けたはずなのに、心が目の前のこの人をどうしても想ってしまう。

（ちゃんと休めていますか？　栄養のある物を召し上がっていますか？　誰か……今のあなたを支えてくれる人はいますか……？）

この人を想う資格なんて、他人の妻になった自分にはない。そんなことはわかっている。でも、以前と違う疲れたこの人の表情を見ていると、支えさせてほしいと思ってしまう……

できることなら側にいたい。なにかお手伝いできれば……癒やして差し上げることができたら……。でも、そう思うことすらおこがましいのだと、懸命に自分を諫める。

自分のワガママのために、この人を利用したのは他の誰でもない白花なのだから。

「遅くなって申し訳ありません。父に付き添ってくださり、ありがとうございました」

「いえ、私がついていながらこのようなことになってしまい申し訳ありません」

「そんなこと仰らないで。巧さんがいてくださったから、早く気付けたんですから」

深く頭を下げながら、彼の労を労う。労うことしかできない。

どうぞ帰宅して休んでくださいと言いたいが、現状どうなっているのかを教えてもらわなくてはならないのが心苦しい。それは巧もわかってくれているようで、看護師から預かっていたという入院に関する書類を手渡してくれた。

「私が記入できるものは、もう記入しています。あとは家族の同意書だけです。それは明日までに記入してもらえればいいとのことでした」

「ありがとうございます。助かります。あの、父の病室は……？」

「ご案内します」

疲れているだろうに、巧は白花をわざわざ病室まで案内してくれた。

南棟の個室で、病院特有の消毒液の臭いに満たされているが、なかなか広い。思えば、六年前に入院していた部屋も、こんな感じだったかもしれない。

入り口のドアからベッドが見えないようカーテンで仕切られ、窓際には来客用のソファもある。これは昔はパイプ椅子だった気がする。

「午前中にひと通りの検査は終わっています。結果は、明日という話でした。先生もお疲れのご様子で、今はお休みになっています」

点滴を打たれた清十郎は、巧の言葉通り深く眠っているようだった。

「お父様……」

小さく声をかけてみるが、清十郎が起きる気配はない。彼の乾いた肌に、黄色味が増している。

黄疸が以前よりひどくなったのだろう。

(どんな検査結果が出るのかわからないけれど……それなりに覚悟はしておかないと)

清十郎ももう、七十後半。若くはない。

肝炎の症状があっても、清十郎は酒を完全にやめたりはしなかったし、定期的に病院に通うこともしなかった。

白花がうるさく言うから、家では飲まなかったが、外では飲んでいたようだし、白花が嫁いで邸に一人で住むようになった今、もしかすると家でも好き勝手に飲んでいたのかもしれない。悪化していてもなんら不思議ではないのだ。

たった一人の肉親である清十郎がいなくなれば、白花は完全に一人になる。この世で自分を本当に愛してくれる人がいなくなるのだ。そう思うと心細い思いがよぎる。

(弱気になっちゃ駄目! こんな時こそ、わたしがしっかりしなくちゃ!)

「なにからなにまで本当にありがとうございました。あとはわたしが父に付き添います。巧さんもお疲れでしょう? どうぞお家でお休みになってください」

振り返って巧にそう言ったのだが、彼はいつもと同じ表情で首を小さく横に振った。

「いいえ。お側におります」

巧が側にいてくれたら、これ以上心強いものはないだろう。でも側にいてほしいなんて、言えるわけもない。彼はすでに、ただの秘書以上によくしてくれているのだから。それに、自分が頼るべき男は彼じゃない。夫である高辻であるべきなのだ。

「いえ。これ以上、巧さんに甘えるわけには参りません」

いつになく強い口調で言うと、巧はほんの少しだけ肩を竦めた。

「ご主人はいつ頃病院に来られますか？」

ご主人、だなんて巧から言われて、はて誰を指しているのかと、戸惑う本音が漏れるように一瞬間が空く。

「……あ、高辻ですか？　さぁ……。連絡は入れましたけれど、まだ本会議中ですし……」

高辻の予定をまったく知らない白花は、彼が何時頃病院に来るか予想すらできない。なにせ普段から彼は宿舎にすら帰ってこないのだから。まごつく白花を前に、巧は自分の腕時計を軽く見た。

「今日の議題は、内閣の重要政策に関する件なので、終わりは十七時から十八時でしょうね。すぐにこちらに来られても、まだまだ後ですよ。面会時間に間に合うかもわからない。その間お一人で待つのはきついでしょう？」

（それは、そう……だけど……）

まず、高辻が来たところで、白花の気が休まることはないのだろうが、それを巧に言うわけにもいくまい。

彼は黙ってソファに座り、外した眼鏡をジャケットの胸ポケットに入れながら、ポンポンと自分の横の座面を叩いた。

「座って」

促（うなが）されるままに、巧の右隣に座る。

「大丈夫。私はどこでも眠れるんです。一時間くらい仮眠させてもらえれば、それで充分ですから」

そんな睡眠時間で充分なわけなんてない。この人の身体が大事ならば、強く断らなくてはと思う反面、この人に側にいてもらえる安心感で、ワガママな心が満たされる。

そんな白花が選んだのは、口を噤むことだった。

ソファに横並びに座り、巧の体温を、息遣いを、強く感じる。それだけで、泣きたくなるくらいドキドキしてしまうのだ。

（……わたしは、駄目ね……）

病身の父から逸らした目を伏せる。

プラチナ素材の細身でシンプルな結婚指輪をした白花の左手に、巧が上から手を載せてきた。

「どうですか？　結婚生活は？」

巧の声は静かだ。

少し冷たい彼の指先が、白花の薬指にある結婚指輪を軽く撫でる。その手を払い退けるなんてできずに、白花はただ曖昧な返事をした。

「さぁ……どうでしょう……？」

高辻とうまくいっているだなんて、思ったことは一度もない。むしろ、身体の火傷の痕を嫌悪されているようだと、この人に打ち明けるなんてできない。プライドから強がれたのなら、まだマシだったかもしれないが、邪魔をしているのは、忘れられない恋心と、山のような罪悪感だ。

――あなたも本当はいやだったでしょう？

「噂は聞いています。苅部夫人や、他の奥様方とよくお会いになっているらしいですね。派閥内を奥様側からうまく回していると。さすがは倉原のお嬢さんだと他の先生に言われて、先生も鼻高々でしたよ」

「……そうですか……お恥ずかしい話です」

「……頑張ってるんですねぇ……」

そう静かに言われて、見開いた目から涙がこぼれそうになる。今、瞬きなんかしたら終わりだ。この人に褒められた嬉しさで、きっと泣いてしまう。

白花が懸命に涙をこらえていると、トン――と肩に巧の頭がもたれてきた。

（っ！）

驚いて飛び上がりそうになりながら、そっと巧を見ると、彼は柔らかく目を閉じて、穏やかな寝息を立てていた。きっと疲れていたんだろう。

背中側から射し込む柔らかな陽射しが、彼を穏やかに包み込む。細い黒髪が、彼の額を流れて顔にかかった。

長い睫毛、色白の輪郭、スッと通った鼻筋、いつか口付けたあの唇。そして触れ合ったままの手――彼のすべてが愛おしく思えて、我慢していた涙が頬を伝った。

（……好きです……ごめんなさい……まだ、あなたが好きなんです……）

謝ることしかできない。

この人を愛してはいけないのに。自分が愛さなくてはならないのは別の男の人なのに。こうやって、ただこの人の隣に座っているだけで幸せを感じてしまう。

初恋に終止符を打つために、必死にお願いして無理に抱いてもらったのに、未練たらしいこの恋心は、昇華されるどころか募るばかりだ。彼の頭にそっと頬を触れさせる。

（これじゃいけない……こんなんじゃ駄目なのに……わたし……）

このまま時がとまってしまえばいい。それが無理なら、この胸から彼への恋心を取り除いてほしいと、白花は本気で思った。

◆　◇　◆

結局、清十郎の入院先に高辻が来たのは、翌日昼になってからだった。

「先生！　お倒れになったと聞いて、冷や汗をかきましたよ！　すぐに駆け付けたかったのですが、生憎、本議会のあとに、超党派議員連盟会合と、委員会質問の打ち合わせが入っていまして……」

病室に到着するなり、高辻は大袈裟に清十郎の両手に縋った。

清十郎は実に嬉しそうに高辻を歓迎し、「心配かけて悪かったね」と、ソファに座るよう促す。

巧は秘書として面会時間中、ずっと清十郎の病室にとどまってくれている。椅子を勧めてみたが、ドアの横に立ち、直立不動で動かない。

高辻から連絡があったのは、昨日の十八時過ぎ。本議会が終わってから連絡してくれたようだが、このあとも予定があると言う。病院の面会時間もあるから、明日にということになったのだ。

国会議員のスケジュールのハードさは、白花もよく知っているつもりだ。多忙な中、高辻はメッセージに返事をして、翌日にはこうして見舞いに来てくれたのだ。

普段はなんの連絡もしてくれない高辻だが、やはりそれは忙しいだけで、大切なことには返事をしてくれるのだと、白花は密かに安堵したものだ。

病身の父に、火傷の傷痕が原因で、夫に嫌われてしまったなんてことは知られたくなかったから。

昨日は面会時間が終わったあと、白花は巧の運転する車で、倉原の邸に送ってもらった。その間、会話らしい会話はなかった。白花がなにを話せばいいのかわからなかったように、もしかすると彼もそうだったのかもしれない。

到着した実家は、たったふた月半しか離れていなかったにもかかわらず、猛烈な懐かしさを白花に感じさせてくれた。自室に入れば、ここで巧に激しく抱かれた時のことを思い出す。

『――本当、悪い女ですね……』

自分から脚を開く白花に、巧はそう言った。

呆れていたのだと思う。なのに抱いてくれた。しかも何度も、何度も……

彼の射液は白花の子宮を満たし、膣を逆流して蜜口からあふれた。

太腿も、お尻も、シーツも、ぐちゃぐちゃのどろどろ。あったのは、快感と女としての幸せ。

巧に――夫以外の男の人に、中に射精してもらった。その時感じた、あの満たされた気持ちを思い出すだけで、自然に濡れてしまう。そんな自分の淫らな身体を、白花は恥じた。お陰で今朝から、巧の顔がろくに見られない。

「――先生。それでお加減はいかがなのですか？」

「お陰様でね、昨日ほど悪くはないよ。検査は昨日ひと通りしたと聞いていたんだが、今朝になって追加の検査をいくつかしなきゃならないと言われてね。あとひと月ばかり入院生活になりそうだ」

「そうですか……」

高辻は難しい顔をして唸りながら、「大事ないといいのですが」と、付け加えた。

白花には冷たい高辻だが、清十郎のことは本気で心配しているように見える。

(やっぱり、根は優しい人なのよね、きっと)

自分の父を、実の親のように心配して、心を砕いてくれているこの人を妻として愛する――きっと難しいことじゃない。そう自分に言い聞かせる。

でも、一番大変だった昨日、ずっと付き添っていてくれたのは――

病室内のドア付近で直立不動の巧に、気持ちと視線が向かいそうになったその時、清十郎が口を開いた。

「おまえ達、今の常会が終わったら、新婚旅行に行くことになっていただろう？　わしに遠慮せずに行ってきなさい」

確かにそういう予定にはなっていた。国会開会中に新婚旅行に行くほど高辻も暇じゃない。それに高辻のパスポートは改姓手続きもある。だから、今年は常会が六月末日――つまり、あと十日ほど後に――一旦閉会することになっているので、七月なかばに三日ほど、グアムに行く計画になっていたのだ。まぁ、その時期が一番無理がないだろうと言ってくれたのは、清十郎なのだが。

「そんな！　お父様が大変な時に旅行になんか行きません！」

白花は珍しく声を張り上げた。

この調子だと、旅行が予定されている日に、清十郎は退院していない。

「旅行なんて――」

「いやいや、白花。おまえの気持ちは嬉しいが、わしの心配はいらないよ。そのために病室の世話になっとるんだ。旅行は行ける時に行っておきなさい」

半べそをかく白花の頭を撫でながら、清十郎は苦々しく笑った。

「次の臨時国会は八月一日からだ。今年は七月に参議院議員通常選挙があるからな。まぁ、三日か五日程度だが、蓮司も出にゃならん。それにな、国会が予定通り閉会するかなんて、まだわからんぞ。わしが母さんと結婚したばっかりの七月に、おまえ達と同じように旅行の計画を立てていたんだ。そしたらな、六月二十日に三十二日間の会期延長が決定しやがって。あん時ゃ本気で参ったなぁ。母さんは『もう、どうせ駄目になるかもしれないんだから、あなたが引退するまで旅行には行かない』って。——結局、連れて行ってやれんかった……」

母だけ旅行に行く手もあったのだが、母が望んでいたのは、清十郎と二人の旅行だったのだ。

白花も家族旅行は何度も連れていってもらったが、そこに父が加わることは稀だったと記憶している。だから母も清十郎も、引退してからが夏休みだと、二人で行く旅行を楽しみにしていたのだが——それはついぞ叶わなかった。

病室内の空気がしんみりと重たくなったところに、「今期は大丈夫そうだから、行きなさい」と清十郎に言われたら、白花はもう、いやだなんて言えなかった。

「白花さん、先生もこう仰ってくださっているんだ。新婚旅行は予定通り行こう。そして、先生にたくさん写真を送ろうじゃないか」

宿舎でたまに顔を合わせる時には見たこともない夫の優しい顔に、白花は思わず目をみはった。

（蓮司さん、あなたはこんなふうに笑うの……）

思えば婚約時代、きちんと高辻のことを見ていたかというと、それは〝違う〟と言わざるを得ないだろう。あの時の白花は、巧への恋心をどう忘れようかと必死だったのだから。

でももう、あの初恋には終止符を打ったのだ。

これ以上どうにもならない恋は諦めて、夫を見なくては。高辻を見なくては。この人は優しい人のはずだから。

病室内のドア付近に立つ巧には、意識的に目を向けないようにして、白花は表情を緩めて頷いた。

「はい。蓮司さんがそう仰ってくださるなら……」

「おー。写真を送ってくれるのか。そりゃ楽しみだ。なんせ入院中は暇だからな。どれ、わしもひとつ、〝すまほ〟を買って練習してみようかな」

今まで「〝すまほ〟は無理だ」と言っていた清十郎が明るく言うから、場の雰囲気が少し柔らかくなる。

「じゃあ、わたしと同じスマホを買いましょうね」と、白花は笑った。

◆　◇　◆

（さてと……。どうしたものかしら……？）

宿舎の狭いリビング・ダイニングで椅子に座ったまま、白花はさっきから決心がつかない。足元には自前のパステルピンクのスーツケースを置いて、スマートフォンを眺める。画面に開かれたのは高辻とのトーク画面だ。

『グアムに持っていく荷物はいかがしましょうか？　蓮司さんの分も、わたしが用意したほうがよろしいでしょうか？』

このメッセージを送信したのが、通常国会が予定通り閉会した六月三十日なので、もう一週間も返事がない。スマートフォンを買ったばかりの父、清十郎とのやり取りのほうが頻繁なくらいだ。

国会が閉会しても、議員にはやることが山積みだということは理解しているが、来週頭からグアムに行くことになっているというのに。

白花はすっかり用意ができているのだが、高辻の荷物は手付かずのまま。「用意してくれ」とも「用意しなくていい」とも返事がないので、白花はこの一週間、ずっと悩みっぱなしだったのだ。

しかし、いい加減決めなくてはならない。探してみたが、この宿舎には高辻のスーツケースはないようだから、まずはそこから買いに行かなくては。

(蓮司さんは返事もできないくらいにお忙しいのだから、わたしが用意するのが当たり前よね)

なにも、意地悪で返事をしないはずはないだろう。単純に忙しいだけなのだ、彼は。

宿舎に彼のスーツが常備されているから、服のサイズはわかる。父、清十郎が外遊に行く際の荷造りだって手伝ったことはあるし、なんとかなるだろう。

(うん！　やろう！)

一度決めたら時間が惜しい。

白花は兄の清一が気に入って、よく買いに行っていた青山にある男性衣類専門店へと向かった。オーダーメイドスーツから、カジュアルなポロシャツまで幅広く取り扱っている店だ。そこで、高辻に似合いそうな衣服を見繕う。

店頭にはすでに秋物の服も出はじめていたので、グアム旅行用とは別に、そちらも何点か買っておくことにした。

(蓮司さんはいつも遅くまでお仕事頑張っているし、そろそろネクタイも新しいのを用意したほうがいいんじゃないかしら。蓮司さんは、スーツよりもネクタイにこだわりがありそうなのよね)

〝倉原蓮司〟の政策を訴えるサイトのイメージ写真で彼は、グレー系の細身のスーツに、淡いブルー系のストライプタイを合わせていた。おそらくそういう配色が好きなのだろう。彼のポスターは全部見たが、どれも似たイメージだ。そのわりには、宿舎のクローゼットに並んでいるスーツはどう見てもつるし。

清十郎も清一も、銀座の老舗テーラーで仕立てたオーダーメイドスーツを着ていたから、初めて見た時は正直驚きもした。が、気取らない庶民派スタイルとして印象付けたいのなら、このチョイスは正解なのかもしれない。

白花としては、倉原家から輩出する政治家として、銀座の老舗テーラーで仕立てたオーダーメイドスーツをバシッと着せたいところではある。でないと、白花の着物とバランスが取れない。白花が持つ着物は、訪問着であれ、色留め袖であれ、どれも上等な代物だ。価格が一千万はくだらない物もある。

だがその気持ちを高辻に伝えるには、まだ夫婦としての距離がある。いずれ、こういったことも伝えられる関係を築けたらいい。白花はそんなことを考えながら、高辻が好みそうなネクタイを三本選んだ。そちらはプレゼント包装にしてもらう。あとはグアムで着るポロシャツや、スラックス、それから下着類から靴下なんかも全部買い揃える。

(服はこれでいいとして……)

次はスーツケースだ。スーツケースをレンタルで済ませる人もいるが、蓮司も国政に出たのだ。これから何度でも外遊に行く機会はあるだろう。レンタルでは急な予定の際に間に合わないこともあるし、この際だから買ってしまおう。

（今日はいろいろと奮発して、わたしから蓮司さんへの初めてのプレゼントってことにしよう！）

そう思えば、心持ちも変わる。

今はお世辞にもいいとは言えない二人の関係だけれど、旅行を機にいい方向へと変わるかもしれない。いや、変わらなければ。終わった恋を本当に終わらせるには、新しい恋が必要だというではないか。巧への想いをきちんと終わらせるためにも、高辻に恋できるよう彼と向き合っていかなければ。

白花はショップの店長にタクシーを呼んでもらい、今しがた買った品物を積み込んだ。

「気が利く！」と褒めてもらえるだろうか？「センスがいい」と気に入ってもらえるだろうか？

そんなことを考える裏で思い出すのは、白花が選んだ物なら無条件で喜んでくれた巧の顔だ。

（巧さんのことは、忘れなくちゃ……ね？　わかってるでしょ？　わたし……）

巧のことを考えても苦しい。考えないようにしても苦しい。

どちらにしても苦しいなんて、この恋が自分のすべてだったのだと思い知らされる。

白花は巧への想いを振り切るように、タクシーで贔屓（ひいき）の鞄屋に向かい、自分の持っているスーツケースと色違いのものを購入した。高辻と初めてのお揃いだ。それもタクシーに積んで、宿舎まで運んでもらった。

「ありがとうございました」

タクシーの運転手に部屋まで荷物を運んでもらったお礼に、少しばかりの心付けを渡して、白花は早速、高辻の荷造りに入った。

偶然にも、この日の夜二十時過ぎ、高辻が宿舎の自宅へ帰宅した。

「お帰りなさいませ。お疲れ様でした」

朝帰りの多い高辻が、夜に帰ってくることは珍しい。夫婦の寝室にはベッドがひとつしかないので、それを白花と使うのがいやなのだろう。

リビングに入ってきた高辻は、二つ並んだお揃いのスーツケースを見るなり、顎をしゃくった。

「おい。あれはなんだ？」

「グアムの用意をしたんです。もちろん、蓮司さんの分も。そうしたら、とても素敵なネクタイを見付けまして。蓮司さんのネクタイもそろそろ新調してはどうかと思って、買ってきましたの」

（喜んでもらえるかしら？）

ネクタイを渡した時の高辻の反応を想像して、少し緊張する。

「今、持ってきますね！」

白花が寝室のクローゼットから、綺麗にプレゼント包装されたネクタイの包みを取り出して、「どうぞ」と、高辻に差し出す。が、返ってきた反応は予想とは反していて、彼は喜ぶどころか、顔を顰めた。

（あっ、もしかして、好みに合わないと思われたのかもしれない！）

「あの、三本とも蓮司さんがお好きなブルー系のネクタイですからご安心——」

「まさか全部買ってきたのか？　スーツケースから、なにからなにまで？」

突然、言葉を被せられて、白花はきょとんと目を瞬いて首を傾げた。

「？　はい……。もちろんです」

買ってきたから家に品物があるのだ。なにを当然なことを言っているのだろう？　と内心、思ってると、蓮司はますます顔を顰めて「はぁ」っと、あからさまなため息をつくのだ。

「なにを勝手なことをやっているんだ！　誰も用意してくれなんて頼んでないだろう！　スーツケースくらい持ってるに決まってる！　だいたいな、俺の用意は全部秘書がしてる！　無駄金ばかり使いやがって！　知ってるんだぞ。他の議員夫人と毎日毎日派手に出掛けて遊び回ってるそうじゃないか！　まさかその金は、俺の政治資金から出すつもりじゃないだろうな？　これだからお嬢さん育ちは困る。金遣いが荒すぎる！　考えられない！　庶民感覚がなさすぎる！」

「えっ？」

思ってもみなかったことを言われて、面喰らうしかない。

まったく帰ってこない高辻に、グアムの用意についてはあらかじめメッセージを送っていた。そのメッセージに一週間も返事をしなかったのは高辻じゃないか。秘書が用意しているなら用意していると、そうひと言言ってくれればよかっただけのこと。

それに、他の議員夫人との交流だって、好き好んでやっているわけじゃない。〝倉原蓮司〟となった高辻の広報のためにやっていることだ。断じて遊びなどではないし、政治家歴の長い夫を持つ夫人ほど、横の結束が強い。なにも知らないで同じ催し物に出席して、服装が被ったりしたら顰蹙物だし、なにか委員会を設立するといったことになった場合、「誰々議員さんはいかがかしら？　あそこの奥さんの話だと、誰々議員さんはそういうのがお得意なんですってよ」なんて、母が父に人を推薦したりする様を、白花は子供の頃から見てきた。

もちろんそれは家庭内で行われる会話の中でだが、誰しも知らない人間より、多少知っている人間に任せたくなる意識が働くのは仕方がないことだ。

高辻の場合は、世襲とは似て異なる婿養子だ。婚家と良好な関係であることのアピールは必須。高辻は高辻だから当選したのではない。高辻の政策が素晴らしいから当選したわけでもない。倉原が推す〝倉原蓮司〟だから当選したのだ。

そしてなにより、ネクタイもスーツケースも、今日買い揃えた物はすべて、純粋にプレゼントのつもりだった。もちろん、お金だって白花の手持ちから出している。政治に庶民感覚が大切なのは一理あるが、経済は回してこそ経済だ。

（えっ？　どうして？　なにをそんなに怒っているの？）

「そ、そんな、わたしは――」

「この際だから言っとくけどな。おまえの贅沢に俺の政治資金をびた一文使う気はないからな！」

高辻は怒鳴るように叫ぶと、白花が差し出していたネクタイの包みをバシッと乱暴に床に叩き落とした。

「っ！」

直接暴力を振るわれたわけではないにせよ、倉原家で蝶よ花よと愛されて大切に育てられた白花は、自分が用意したプレゼントを叩き落とされるなんて経験はしたことがない。

あまりのショックに呆然として、そのまま目頭に涙が滲んだ。

「ふんっ！　整形ブスが泣きまねなんかして見苦しい！」

高辻はそう吐き捨てると、ジャケットの内ポケットから航空会社の封筒を取り出し、ダイニングテーブルの上にヒラリと置いた。

「ほら！　おまえの分の飛行機のチケットだ。自分で管理しておけ。当日のラウンジで合流だ。遅れるなよ」

「……わ、わかりました……」

返事をする声が細かく震える。怖いのだ、高辻が。

突然怒りだしたこともそうだが、プレゼントを叩き落としたその手が、いつ自分に飛んでこないとも限らない。

高辻は、寝室のクローゼットからスーツを三着出してカバーに入れて二つ折りにすると、そのまま家を出ていった。

玄関が閉まって、部屋に一人になっても、まだ震えが止まらない。

白花はただ、政治家の娘として生まれ育った自分の常識の中で、自分にできる最善を尽くしてきたつもりなのに。高辻に歩み寄ろうとしただけなのに。今、そのすべてを否定されたのだ。

白花はどうしていいか、本気でわからなくなっていた。

◆　◇　◆

七月なかば――グアムへ出発する当日、朝八時四十分。

白花は自分で手配した空港送迎専用ハイヤーで、成田国際空港に予定通り到着した。

本日の装いは、シンプルながら袖のフリルがポイントのオトナ可愛いカーキ色のワンピースだ。白や淡い色の服だと、火傷の痕が透けてやしないか気が気でないのだ。だから白花が選ぶ服は、たいてい色濃く、胸元は詰まっている。足元はパンプスサンダル。

運転手に荷物を運んでもらって早々にチェックインを済ませ、自分のダイヤモンドカードで、第二ターミナル本館三階にあるファーストクラスラウンジに入った。相変わらず清潔感と高級感があふれていて、雰囲気のいいラウンジだ。

ざっと辺りを見回してみたが、まだ高辻の姿はないようだ。

もらったチケットにあった飛行機の出発時間は九時三十五分。まだ余裕があるので、白花はフルーツタルトと紅茶をいただきながら待つことにした。

実は白花はここのフルーツタルトが大好きで、銀座の本店にもたまに買いに行く。

タルトをすっかり食べ終わり、腕時計を見ると九時。

（蓮司さん、遅いわね。ラウンジで合流だと仰っていたのに）

チケットに間違いがないか、念のために確認する。やはり、出発時間は九時三十五分だ。搭乗クラスがエコノミーなのがちょっと気になるが……。ホテルと航空チケットがセットになっているプランなのかもしれない。

その時、白花のスマートフォンに着信があった。画面を見ると高辻からである。

彼から電話なんて初めてじゃないかしらん？　と思いながら通話ボタンを押した。

「もしもし――」

「遅い！　おまえ、いったいどこにいるんだ！」

開口一番に怒鳴られて、ビクッと身を竦める。高辻の怒鳴り声が、この静かなラウンジに受話器を通して聞こえてやしないか気が気でない。

「ラ、ラウンジです……。ラウンジで合流だと仰ったじゃありませんか……」

「ラウンジ？　いないじゃないか！」

「第二ターミナルの、ファーストクラスラウンジにちゃんとおります。蓮司さんが来られるのをずっと待ってて……」

自分は間違っていないはずだと思いながら、ビクビクと辺りを見回す。が、やはり、このファーストクラスラウンジには高辻はいない。もしかして、違うラウンジだったのか？

行き違いが発生したことを察しはじめた時、電話の向こうから苦々しい舌打ちが聞こえてきた。

「ファーストクラスラウンジだって⁉　チッ！　これだからお嬢様は！」

（ええっ？　なんで？）

どうして自分が怒られているのかがわからない。飛行機で旅行に行く時には、白花はいつもこのファーストクラスラウンジを利用している。白花はいつも通りにしただけなのに。

むしろ、違うラウンジなら違うラウンジだと、そう言ってくれたらいいのに、高辻はなにも言わなかったじゃないか。白花も聞かなかったが、仮にメッセージを送って聞いたとしても彼から返事があったかは怪しい。

（ううん……わたしがちゃんと聞かなかったのが悪いの……わたしがちゃんと確認していれば……）

「あの、ごめんなさい。わたし――」

高辻だけを責めてはいけない。自分にも責任の一端があったのだからと白花が馬鹿正直に謝るのを、高辻は遮ってまた怒鳴った。

「時間が惜しい！　今すぐ搭乗ゲートまで来い！」

ブチッと電話が切れる。白花は飛び跳ねるようにソファから立ち上がった。

機内に持ち込むスーツケースを引っ張って、人の波を掻き分け、急いで搭乗ゲートまで向かう。

搭乗ゲート前に仁王立ちしている高辻はすぐに見つかった。その彼の隣には、アッシュグレーの髪をふんだんに巻いた濃いメイクの女性がいる。赤い口紅が印象的だが、知らない人だ。

高辻は男兄弟ばかりだし、結婚式でも会ったことがない。ジャケットは黒。セクシーなタイトスカートは赤。金色のフープピアスを付けた、どこか挑戦的で妖艶な美女だ。高辻の知り合いだろうと直感を覚えながらも、白花はおずおずと二人に近付いた。

「すみません、遅くなりました……」

本当はだいぶ前から空港には来ていたのだけれど。それは胸中に押し込んだまま、白花が頭を下げる。そんな白花の頭上で、「ふんっ」と高圧的に嗤う声が聞こえた。

「な？　いつもこんな感じで気が利かないんだ」

「センセったら。またそんなふうに仰って」

逆に窘めているのは、さっきの美女だ。少し低めのその声は、惚れ惚れするような色気を感じる。

白花は顔を上げると、高辻に紹介を求めた。

「蓮司さん、こちらの方は……？」

「おまえが紹介しろ、紹介しろとうるさく言っていた俺の秘書だ。名前は花藤翠」

高辻に秘書を紹介してほしいと言ったのはたったの一度で、特別うるさく言った覚えはないのだが……。そうは思いつつも、これで高辻のスケジュールについて把握しやすくなると喜んだ白花は、改まって花藤に向き直った。

「秘書さんでしたか。夫がいつもお世話になっております。倉原の家内でございます。どうぞこれからも倉原を支えてあげてくださいね」

恭しく最敬礼のお辞儀をする。顔を上げた時に、母譲りのたおやかな笑みを浮かべると、花藤の表情がスッと細まった。

「センセがご結婚された方って、どんな方なのかとても気になっていましたの。とてもお綺麗な方ではありませんか」

どこかむくれた……拗ねたような彼女の声に表情には出さないまでも不穏なものを感じる。普通、こういう場合は秘書のほうから名刺を差し出してくるものだ。そして、議員の妻である白花が「生憎、名刺を持ち合わせておりませんので、後日、こちらに連絡させていただきます」なんて定型文のやり取りを交わすものではないのか。

「あいつが綺麗だって？　そんなことあるわけないだろう？　君のほうが綺麗だよ、翠。あいつはね、整形なんだよ。昔やった事故でね、身体の半分はケロイドで見られたもんじゃない。君の真っ白な柔肌を知っているのに、どうしてアレに触らないといけないんだ？　冗談キツイぜ」

猫なで声で花藤の機嫌を取りはじめた高辻の言葉が、白花の傷を抉る。幾分か機嫌を直したらしい花藤が、白々しく手を口元にやって「あらまぁ、お可哀想に」だなんて言うのだ。

白花の目の前がカッと赤くなった瞬間だった。

「か、帰ります」

短くそれだけを言って、踵を返す。

高辻と花藤の距離は議員と秘書の距離じゃない。男と女の距離だ。

今のやり取りだけでソレがわからないほど、白花はうぶでも馬鹿でもない。今まで外泊の多かった高辻だが、もしかすると花藤と一緒に夜を過ごしていたのかもしれない。

彼女は高辻の愛人か？　秘書が愛人になったのか、愛人に秘書をやらせているのかは定かではないが、これで彼が秘書に会わせたがらなかった理由が呑み込めた。

政治のために必死なのだと思っていたからこそ、宿舎に帰ってこないことを咎めなかったのに。

自分を裏切り、馬鹿にした相手とこれから新婚旅行だって!?　冗談じゃない！

搭乗ゲートとは真逆に向かって歩きはじめた白花の腕が、背後からガシッと掴まれる。

「そういう自分勝手は困るなぁ。先生に写真を見せなきゃならない。あんたがいないと困るんだよ」

生暖かい息を吐く高辻を、白花はキッと下から睨み付ける。精一杯の抗議だった。

「お困りになったらよろしいではありませんか」

「へぇ？　俺にそんな態度取っていいんだ？　なんなら離婚でもするか？　離婚なんてしたら、先生ガッカリするだろうなぁ～。だいたいさ、おかしいと思わないのか？　一度検査入院してるのに、また追加でいくつも検査だなんて。よっぽど病状が思わしくないから、医者が慎重になってるんじゃないのか」

高辻にそう言われて、白花の顔から血の気がサーッと引いた。

白花だって、本当はおかしいと思っていたのだ。ひと月も入院しなければならないほど、たくさん検査があるなんて。でもそれが、高辻の言う通り病状が思わしくないのだとしたら？

引退したとはいえ、官房長官を勤め上げた清十郎は、政治家として人気が高かった。そして清十郎本人からすると極めて不本意だろうが、現役官房長官の家族が死傷するというあの事故は、彼を一躍時の人にした。

清十郎は交通事故被害者への賠償金が、加害者側から充分に支払われないことが多いという現状から、国が賠償金を立て替え、加害者へ取り立てをするという新しい法案を提出したのだ。その時の印象から国民の間でも、悲劇に負けずに国政に立ち向かう善良な政治家として、いまだに記憶に残っている人も多い。残念ながら、法が成立する前に清十郎は政界を退いたが、政策自体は高辻が引き継ぐことになっている。

〝倉原派〟なんて派閥もあるくらいなのだ。そんな清十郎の病状確認は慎重にしてほしいと、巧が秘書として医者にそういう打診をしている可能性だってある。

「俺と白花さんが離婚なんてしたら、ガッカリしたついでに、そのままポックリ……な～んてね。優しい白花さんは、先生を悲しませたりしませんよねぇ？」

「…………」

ニヤニヤとした口調で言われて、本気で腹が立ちながらも、それを上回るのは肉親を失うかもしれない恐ろしさだ。身体から力が抜けていくのを感じる。その通りだと言わざるを得ない。

白花はたった一人の父親をガッカリさせたくない。もうこれ以上、悲しませたくないのだ。

母と兄の遺影の前で、震える肩を何度見てきたかわからない。

清十郎は――父は、もう充分すぎるほどに悲しみ、苦しんできた人なのだ。

能面のように表情をなくした白花に、高辻は笑顔でこう言った。

「世の中には二種類の人間がいる。〝自らの意志で選び取り、人生を生きる者〟そして、〝選ぶことを放棄して、用意された人生を生きる者〟だ。俺は前者、あんたは後者。それだけのことさ」

「…………」

白花はなにひとつ言い返すことができなかった。

できないまま、引きずられるように搭乗ゲートを潜り、グアム行きの飛行機に乗せられる。そして驚くべきことに、秘書の女――花藤も一緒に搭乗ゲートを潜ったのだ。

シートクラスは全員エコノミーだったが、高辻と花藤は隣り合わせで、白花だけ座席が離れている。しかも斜め前の二人が微妙に視界に入ってくるのだ。

高辻が白花の分だけの航空チケットを渡してきたわけがようやく理解できた。彼は自分がどの席に座るかを、白花に把握されたくなかったのだ。

（愛人連れの新婚旅行、ね……）

愛人がいる夫と、どうやって歩み寄れというのか。こんなの、絶対に無理じゃないか。

高辻にはすでに愛する人がいたのだ。だが彼は、倉原の後継者になるために白花との政略結婚を選んだ……

（でもそれは、わたしも同じね。わたしは結婚前夜に巧さんと寝て、巧さんを愛していながら、お父様を安心させるためだけに、この人と結婚したのだから）

これは愛する人とではなく、愛の欠片もない結婚をした自分への罰――

愛を貫かずにいた自分に、幸せになる権利など初めからなかったのだ。

白花はもう、これ以上考えるのをやめた。

◆　◇　◆

グアムには約三時間半で到着した。

新婚旅行に関しては全部自分が計画しているし、ホテルや航空チケットの手配は秘書に任せてあるからと、高辻が言っていたから、もしかすると彼は、旅行の計画を立てるのが好きな人なのかもしれないだなんて前向きに捉えていた頃の自分をはっ倒したくなる。

グアムは事故に遭う前に、何度か父抜きの家族旅行で行ったことがある。だから人が立ててくれる旅行計画というのも新鮮だと思って、完全にノータッチだった。

だが実際のところ、この新婚旅行は高辻と花藤が二人で決めたのだろう。つまり、おまけは白花のほうなのだ。いったい誰と誰の新婚旅行なのか。

高辻らが選んだのは、グアムで最も華やかな街、タモン。

ショッピングモールやホテルが集中しており、深夜まで多くの観光客で賑わうエリアだ。エメラルド色に輝くタモン・ビーチは、観光でも人気スポットである。

飛行機を降りた白花は、無表情のままタクシーの助手席に押し込められた。

後部座席に乗るのは、高辻と秘書の――いや、愛人の花藤だ。

『車の席次は後部座席が上座だ馬鹿。それでも政治家の娘か』

そう言っていた兄のことを思い出す。

(この様子をお兄様がご覧になったら、なんて仰るかしら)

「妻より秘書の席次が上だなんて舐めてんのか⁉」と激高して、高辻を張り倒す様が目に浮かぶ。

誰かに助けてほしい深層心理からだろうか、もうこの世にはいない人にそんなことを思うのだ。

タクシーの運転手は流暢な日本語を話す現地人で、「あなた達運がいいね！」と言った。

七月は、グアムの雨季。台風シーズンに相当し、本来は最も暑い時期なのだ。だが今年は、世界的な異常気象で雨が非常に少ないらしい。

「イルカウォッチング、お勧めよ！　絶対絶対見に行くといいよ！」と、運転手は何度も繰り返した。提携しているマリンアクティビティ・クラブがあるので、ホテルから予約を取れば、紹介した彼にもマージンが入る仕組みにでもなっているのだろう。

お喋りなタクシーが向かったのは、タモン・オリーブリゾートという、白亜のホテルだった。外観にズラリと生えるヤシの木がいかにも南国といった雰囲気で、玄関ホールを入ればすぐに噴水があり、高級感を醸(かも)し出している。入り江を囲むように湾曲した建物は、フランスの有名デザイナーの設計で、どの部屋からもタモン・ビーチが一望できるというのがウリのようだ。

ガイドの話によると、ホテル内レストランに日本料亭が入っているのもポイントが高いのだとか。そのせいかはわからないが、宿泊客も日本人が多いように感じる。

フロントでチェックインを済ませる高辻と花藤を少し離れたところから眺めながら、白花はため息をついた。

（帰りたい……）

高辻と少しでも仲良くなれるだろうかと期待していた新婚旅行だが、出だしからの大コケ。それどころか、今後の結婚生活にも決定的な亀裂が生じた。

期待した自分が馬鹿だったのだ。だがそれでも、高辻に離婚する気はないらしい。

花藤はそれでいいのだろうか？　高辻が白花と結婚する以前からの恋人なら、他の女との結婚なんて裏切りだと思うだろうし、許せないだろうに……

そんなことを考えているうちに、バシッとお腹になにが飛んできた。

「いたっ！」

カチャンと硬質な音を立てる足元を反射的に見ると、そこにはヤシの実キーホルダー付きの鍵があるではないか。おそらくこのホテルの鍵だ。まさか鍵を投げつけられるなんて思ってもみなかった白花は、キャッチすることもできずに、足元に落ちたそれをじっと見つめる。手渡しすればいいものを、なぜ投げるのかわからないのだ。

「な？　言ったろ？　トロいから受けとめられないって」

「センセったらぁ～意地悪なんだから。ふふ……奥様、可哀想～」

知恵の輪のように高辻と腕を絡ませた花藤が、優越感顔で白花を見て笑っている。悔しさをこらえるように唇を噛み締めながら、白花は足元の鍵を拾った。

「ソレ、おまえの部屋の鍵な。俺らとは別々の部屋だから。とりあえず荷物置いて、十分後にここに来い。翠が買い物行きたいって言ってるからな」

昼食なら機内で食べたから、次はショッピングを、ということなのだろう。日本とグアムの時差は一時間。あってないようなものだ。到着してすぐ行動できる。

白花としては、高辻と別々の部屋なのはありがたいことだ。ショッピングでもなんでも、存分に愛人といちゃついてくればいい。

「お二人で行かれたらいいじゃありませんか」

表情のない顔で言う白花に向かって、高辻は「はぁ～～っ」と、大袈裟(おおげさ)にため息をついた。

「わかってないなぁ～。俺達だって、貴重な二泊三日を全部おまえと行動したかねぇんだよ。先生に写真を送る約束してるだろうが。今日一日で写真撮り溜めして、時間ずらしながら送ってやるんだよ。どうせいつ撮った写真かなんて、わかりっこないんだから」

写真には撮影日時や場所、撮影機材などといったExif情報が記録されているのだが、それを削除して清十郎に送るつもりなのか、それとも機械音痴の清十郎にはExif情報を見ることができないと高を括っているのか。おそらく後者だろう。

結婚した直後から、いや正確には失敗した初夜の後から、清十郎の前と自分の前とでの態度が違いすぎるとは思っていたが、こちらが彼の本性か。

いい人ぶって、クリーンなイメージを作り上げて、清十郎の気を引いていただけなのか。きっと、心の中では清十郎のことも馬鹿にしているに違いない。

しかし高辻のこうした本性を、病身の清十郎に伝えることが果たして正解なのか。高辻の言う通り、ショックでかえって負担になるのではないかと思うと口を噤むしかない。

高辻に恋愛感情を抱いたことは一度もないが、政治家として一生懸命なところは尊敬できると、清十郎の意志と政策を引き継いでくれる人だと信じていたのに、こんな人だっただなんて――

いやいやながらも、白花は二人のあとに続いてエレベーターに乗った。機内でも、二人は恋人モードを隠そうともしない。ここは日本ではないから、スクープされる可能性が低いとはいえ、緊張感に欠ける。

同じ空間に妻がいるというのに、人目を憚らないというか、なんというか。もしかして、白花を〝人〟として認識していないのか。

先に三階でエレベーターがとまる。ここが白花が泊まる部屋のある階だ。上階に行けば行くほど部屋のランクが高いのは言うまでもない。

先ほどチラッと見たが、高辻が持っていたのはカードキーだったので、ランクが高い部屋はカードキー、低い部屋は通常の鍵、というふうになっているようだ。

「では奥様、のちほど～」

にこやかに手を振る花藤の上機嫌な笑顔が、これまた白花を馬鹿にしている。歯がゆい気持ちを呑み込んで、白花はエレベーターを降りた。

割り当てられた部屋の鍵を開けて中に入る。

中は白とブルーを基調としており、そこまで貧相ではなかった。曲がりなりにも観光地の有名ホテルだ。日本のビジネスホテルを一回り広くした感じだろうか。

シングルベッドが一つ、ドレッサーが一つ、テレビ、それからユニットバス。清潔感はあるが、タオルやアメニティがない。このクラスのホテルなら通常アメニティは置いてあるはずだが、高辻が相当安いプランで予約したと見える。朝食が付いているかも怪しい。あとでホテル側に確認しなくては。

本当はもうこの部屋から出たくなかったのだが、今日一日写真撮影に付き合えば、――帰りの飛行機は別にしても――あとのスケジュールからは解放されるのだろう。耐えたほうがまだいい。

（我慢よ……我慢……）

白花は自分にそう言い聞かせて、部屋を出た。

一階に下りてフロント前でしばらく待つと、高辻と花藤がやってくる。彼らは白花を待たせたことにはひと言の詫びもなく、「付いてこい」と言った。

「まずはタモン・ギャラリア・プラザよ！」

世界の高級ブランドやコスメ、ギフトセレクションが充実しているこの大型ショッピングモールへは、ホテルから無料のシャトルバスが出ている。

バスの一人用座席に座っている白花のすぐ横に立った高辻が、顎を突き出してスマートフォンのカメラを向けた。

「ほら、笑えよ。撮ってやるから」

「………………」

楽しくもないのに笑えるものか！　と思いながらも、長年、代議士の娘として後援会の皆様や他の議員、その奥様相手にナチュラルな作り笑いを披露してきた白花だ。口角を上げ、目を細め、小首を傾げれば、それだけで笑っているように見えるものだと、亡き母に仕込まれている。

「よしよし。ブスのわりには、まぁまぁのできかな」

「あーん、センセ！　私も撮ってくれなきゃいやっ！」

白花に張り合うようにして、花藤が高辻に写真をせがむ。高辻は白花に向けたのとはまったくちがう視線、まったく違う声色で、「ほら～撮るよ～」なんて言うものだから本気で呆れてしまう。

スッとふたたび無表情に戻った白花の耳に、花藤の甘えた声が聞こえてきた。

「センセ、奥様にツーショット撮ってもらいません？」

「ああ、それいいな。――ほら」

高辻が尊大な態度で自分のスマートフォンを白花に差し出してくる。無言でそれを受け取った白花は、肩を抱き合い、頬をぴったりと付ける二人を、要望通りに画像に収めてやった。

これは罰ゲーム。自分の人生の罰ゲーム。

ショッピングモールに来てからはまた別の罰ゲームが待っていた。

なんの嫌がらせか知らないが、花藤が並べてある商品を白花に無理矢理身に着けさせるのだ。趣味でもない帽子や髪留め、ネックレス、鞄までも持たされ、写真を撮られる。しかも、「ショッピングを楽しんでいま〜す！」という、品のない画像加工のおまけ付き。身につけている物も、画像加工も白花の趣味とまったく違う。

ビーチでは二人の足跡を撮った。もちろん、高辻と花藤の、だ。

小腹が空いたと花藤が言うから、マーメイド・ロックという人気の食事処に入る。

三人それぞれ違うメニュー――ハンバーガー、ピザ、シーフード料理――を注文し、そのすべてに白花のピースサインを入れて、「白花が日替わりで美味しい物を食べている風」に見せるつもりらしい。なんて小賢(こざか)しい。そして、それに協力させられている自分も情けない。

「さてと。夕飯時になったし、おまえはもう自分の部屋に戻っていいぞ」

ショッピングモールを半分ほど回った頃、まるで虫を追い払うように、高辻はシッシッと手を振った。花藤は、高辻に買ってもらったブランドワンピースとサンダルを身に着けてご機嫌な様子で、頭に生花なんか付けている。どうせこれから二人は、リッチなホテルレストランへ行くのだろう。そして、そこで食べた料理の写真を、また清十郎に送るのだ。

「そうですか。では失礼します」

白花は最低限の礼節として会釈をすると、くるりと踵を返した。そして、シャトルバスに乗って真っ直ぐホテルに戻る。

さすがは賑やかなショッピング街。夕暮れ時になっても人が減ることはなく、現地の人、観光客、家族連れ、カップル、バックパッカー、いろんな人がいる。

いろんな人生があるんだろう。自分の人生もその中のひとつになっているだけなのだ。

ホテルに戻った白花は、フロントに自分の部屋番号を伝え、まずは宿泊プランがどうなっているのかを確認した。フロントの話では、食事もアメニティの補充もない完全素泊まりプランになっているとのこと。

高辻用のネクタイやスーツケースを買ってきた時の反応からちょっと思っていたことではあるが、どうやら彼はかなり〝ケチ〟らしい。白花に自分のお金を一円も使いたくないのだろう。本当は、このホテル代すら出したくなかったのかもしれない。

今すぐホテルのプランを変更してもらったり、外に食べに行ったりすることもできたのだが、今は食欲がない。機内食も、グアムに到着してからの軽食も、ろくに喉を通らなかった。結局まともに食べたのは、成田空港のラウンジで食べたフルーツタルトだけ。

白花は自分の部屋に戻ると、シャワーを浴びてすぐさま横になった。

（……帰りたい……）

今日一日、何度こう思ったかわからない。口に出さなかった自分を褒めてあげたいくらいだ。
この旅行で冷え切っていた夫婦関係も少しはマシになるかもしれないと思っていたのに……

（……でも……わたしは本当に……そう思っていた、のかしらね……）

夫婦関係が改善するということは、とどのつまりは高辻に抱かれるということだ。それを本当に自分は望んでいたのだろうか？　あの初夜の日、火傷（やけど）の痕（あと）を嫌悪した彼に抱かれなかったことを、心の奥底では安堵（あんど）していたのでは？

そうすれば、巧に抱かれた身体のままでいられるから。

「巧さん……」

柔らかく目を閉じて、ここにいない人の名前を、無意識に呼ぶ。

高辻の関心は自分にはない。あの秘書だか愛人だかにあるのだ。

自分が高辻に抱かれる日はきっと来ない。むしろ、初恋のあの人に捧げた身体を、あの男に触れられずに済むと思えばいいのだ。

この身体を抱いたのは、愛するあの人だけ……

変な話だ、あの事故で負った火傷（やけど）の痕（あと）が、今は白花を護（まも）ってくれている。そう思うと不思議と心が穏やかになった。

◆　◇　◆

グアム旅行の二日目を、白花はホテルの部屋から一歩も出ずに過ごした。

部屋をアップグレードしてもよかったのだが、そうすることで高辻らの部屋と同じ階になっては目も当てられない。間違っても高辻らと鉢合わせしないように、食事は朝晩の二回、ホテルのルームサービスを頼み、昼間はホテルの部屋まで来てくれる出張マッサージで、グアムならではの伝統的なマッサージを堪能。

マッサージ師には背中と足のリンパ、それからフェイスマッサージをお願いしたので、火傷の痕を見られることがなかったのも、ストレスフリーで実によかった。

白花がホテルのサービスをバンバン使うからか、ホテル側が気を利かせてくれ、プランにはなかったアメニティの補充もしてくれた。

有り余る時間は、インターネットで映画を見て過ごした。

ビーチもプールも行かなかったが、悪いことばかりではなかったかもしれない。なにせ、高辻らの顔を見なくて済んだのだから。

清十郎への写真は適当に時間をあけて高辻が送っていたらしく、父からは『たのしんでいるかい』と、ひらがなばかりのメッセージが来た。慣れないスマートフォンを駆使してコミュニケーションを図ってくれる父に『楽しいよ！』と嘘をつくのがなにより心苦しい。だが、割り切りは必要だ。今の清十郎に、高辻の不倫を訴えるわけにはいかないだろう。

一に我慢、二に我慢、三、四がなくて五に我慢——結婚生活はとにかく我慢の連続だと言ったのは誰だったっけ。

第一に、浮気や不倫をする議員は昔から珍しくない。それでも夫のイメージのために離婚せずに耐えている妻がいる。ただ、自分もそうなっただけのこと。大袈裟(おおげさ)に捉(とら)える必要はない。

白花の人生最大の不幸は、六年前のあの事故と、初めて恋して、初めて愛した男(たくみ)と添い遂げられなかったことだけなのだから。

自分も高辻を愛してはいなかった。寄り添おうと努力したけれど、彼はその努力も不要だと教えてくれただけ。

そして今日が、待ちに待った旅行の最終日。日本に帰る日が来た。

(帰るにしても、お土産を買っていかないのはおかしいわよね……)

花藤の登場があまりにもショックで忘れていたが、お土産の手配をしなくてはならない。どなたになにを配るのかは、前もってリストアップしている。

お土産を配るリストは高辻にメッセージで送っているが、ハメを外している彼らが、果たしてちゃんと手配するだろうか？　任せておくほうが心配だ。仮に重複することになったとしても、自分で用意して安心しておきたい。

(ホテルのチェックアウトの時間が十二時だから、それぐらいにフロントに集合するように言われているのよね……)

きっとその時、高辻は白花の使ったルームサービス代に目玉を剥くことになるのだろうが。自分の分は自分で払うし、それだけの〝帆待ち〟はある。

フライトの時間は十六時五十分。空港には早めにつきたいし、グアム国際空港ラウンジは、最近リニューアルオープンしたばかりと聞く。そこでゆったりと過ごしたいものだ。

もうすぐ九時半になる。先日、高辻らに連れ回されたショッピングモールは九時開店だったはずだ。宿舎の奥様や、仲良くしてくださる議員夫人へのお土産に、白花は亡くなった母が大好物だった〝イゴス・マカロネス〟のマカロンを買うつもりだった。

グアムはスペイン統治時代が長かったから、イゴス・マカロネスもスペイン語だ。

イゴス——イチジクのソースが自慢のマカロン専門店なのだ。イゴス・マカロネスのマカロンの賞味期限は十日と、マカロンにしては日持ちがする上に、莉部夫人をはじめとする、お洒落な議員夫人にも大人気で、中には議員本人も気に入った人がいたほど。

白花はシフォンのプリーツスカートパンツに、リブハイネックの五分袖を合わせ、陽射し対策に、上からロングカーディガンを羽織った。足元は初日と変わらないパンプスサンダル。メイクはいつも通り、ナチュラルを意識しながらも、ハイトーンを部分的に入れて明るくする。

買い物をしてから荷物を詰め直すから、一度ホテルの部屋に戻ってくるし、今はお財布ポーチだけでいいだろう。そうして準備ができてから、ホテルとショッピングモールを往復しているシャトルバスに乗るために、一階のフロントへと下りた。

今日も晴天。天気に恵まれていると言った初日のタクシー運転手の話は本当だったようだ。シャトルバスに乗って、車窓から降り注ぐ南国の陽射しに目を細める。

モールに着いてからは、真っ先にインフォメーション横にある店内案内板に向かった。

あらかじめネットで検索しておいたから出店していることは確かなのだが、さすがにこの広いモール内のどこにあるのか……記憶も六年以上前だし、もはや朧気である。

(ええと……イゴス・マカロネス……イゴス・マカロネス……一階だったと思うんだけど)

マップの表に印刷された一階の案内図の中で、以前、店舗があったと思しき場所を真っ先に見るが、今はそこには別の店が入っている。

(あれ？　ネットにも一階にあるって書いてあったような気がしたんだけど、おかしいな)

マップを裏返して二階の案内図を見ると、二階のフロアの一番広いスペースを、イゴス・マカロネスが陣取っているではないか。

(広い場所に移転したのね！　すごいわ)

母が好きだった店が繁盛しているらしいことを我が事のように喜ぶ。移転に関しても、もしかするとネットの情報が古かったか、白花が見間違えていたのかもしれない。

見付けたなら早速向かわなくては。ショッピングモールにはエレベーターも、エスカレーターもあるが、今、白花がいる場所からは階段が一番近かった。

ちょっと階段を見上げると、先ほどまでは気付かなかったイゴス・マカロネスの看板が見える。

カラフルなパラソルの下には、以前にはなかったフードコートもあった。

(ああ！　そういえばその場で食べたって人のブログもあったわね。わたしも食べていこうかな)

「Hafa Adai」

チャモロ語で「こんにちは」と店員を呼び止めてから、白花は土産用のマカロンを三十個注文した。すぐ会う予定がある人の分以外は、あとで日本に送ってもらう予定だ。

「十個は持ち帰りで、残りは後日、日本に送ってもらえますか？」

白花は宿舎の住所を書いたメモを店員に渡して、フードコート限定メニューの、生クリームとイチジクの実がトッピングされたマカロンケーキを注文する。こちらは新メニューのようだ。

（ん～っ、最高ぉ～、ほっぺた落ちちゃう！）

グアムに来て、初めて食欲らしい食欲を感じる！　美味しいケーキを一人で食べるのも悪くない。これだけは自分で写真を撮って、清十郎にメッセージで送った。

『お母様が大好きだったイゴス・マカロネスの本店に来ました。お店は広くなっていたし、新メニューのマカロンケーキもとっても美味しいです！　お父様にも食べさせてあげたいくらい。日本にケーキを持って帰れないのが残念です』と、送信する。

すぐに既読になることはなかったが、清十郎は今、スマートフォンをいじるのに夢中だから、そのうち読むだろう。

ケーキを食べ終えたが、案の定、まだお土産用のマカロンの梱包が終わっていない。

店員と軽くアイコンタクトを交わして、白花は一階のフロアに向かうことにした。一階にある、プレッツェル&キャラメルポップコーンが大好きな後援会の支持者がいるのだ。同じ政党の議員達には、グアムらしいマカデミアナッツチョコレートを買うことにしている。

トントントン……先ほど上(のぼ)ってきた階段を、今度はリズミカルに下りる。昼時が近くなったせいか、さっきよりも人が多くなってきた。そんな中、階段を下りる途中、白花は上(のぼ)ってきた黒くつばの広い帽子を被った女性に、すれ違いざまにドンッと体当たりをされた。

「きゃっ！」

小さくよろけて階段を踏み外す。六年前あの事故で右脚を骨折している白花は、いまだに足の踏ん張りが利かない。咄嗟(とっさ)にすぐ横の手すりに掴まろうと手を伸ばしたのだが、パンッと手が振り払われた。小さな動きではあったが、それは確実に手すりを掴もうとする白花の動きを妨げ、バランスを崩させる。

「えっ？」

目を見開きその人を見る。

黒のノースリーブに、真っ赤なフレアスカート。

黒くつばの広い帽子に隠れていた顔が一瞬だけ見えた。

花藤翠――

彼女の真っ赤な唇がニヤッと弧を描くのと同時に、白花は真っ逆(さか)さまに階段から落ちた。

◆　◇　◆

「う――……」

目が覚めるのと同時に、激しい頭痛を感じる。いや、激しい頭痛が白花を目覚めさせたのか。

眉間に皺を寄せ、目だけで辺りを見回した。

自分がベッドに寝かされていることはわかる。一人部屋のようだが、宿泊しているホテル……ではないようだ。ここは病院か？

軽く自分の頭を触ってみると、包帯が巻かれている。服も、ブルーの二枚の布を左右の紐で結ぶようになっている、病院用の簡易患者着のようだ。とりあえず枕元のナースコールを押してみる。

すると、パタパタとした足音と共に、二人の女性が病室に入ってきた。どちらもアジア系だ。

白衣を纏っているほうが医者だろう。もう一人は看護師だろうか？　かなり豊満な体型で、私服である。グアムで病院を訪れるのは初めてなので、もしかするとグアムの看護師は私服で働いているのだろうか？　だなんて思ってしまったくらいだ。

だが、白花の予想に反して、私服の彼女は流暢な日本語で「ホテルからの連絡を受けて来ました、海外旅行保険会社の神田ミオです」と、自己紹介と共に名刺を渡してくれた。

白花が持っていたお財布ポーチから、パスポートと海外旅行保険の付保証明書、それからホテルの鍵が発見され、ホテル経由で保険会社に連絡が行ったのだと言う。そして、意識のない白花が搬送されたこの救急総合病院に、神田が派遣されてきた、というわけだ。

そういえば、クレジットカード付帯の海外旅行保険にそういうのがあったっけ。

「送迎や手続き、お医者さんとの通訳など、なんでもお任せください」と、神田は豊満な胸を拳でドンと叩く。なんとも頼もしいお母さんといった女性だ。

医者が、「もういいかな？」と神田と白花の話を遮って、症状を説明してくれた。

「You cut your head skin, so you bled a lot, but there's nothing wrong with your brain or bones. No blood transfusion was given. The wound had two stitches just in case. You don't have to remove the stitches. O.K.?」

「頭の皮膚を切っていたので、血がたくさん出ていました。でも脳や骨に異常はありませんし、輸血もしていません。傷口を二針縫っていますが、抜糸はしなくていいそうです」

神田の通訳がなくても、英語でのやり取りになんら問題はなかったのだが、素直に「わかりました」と答えた。

「念のために、今夜病院に泊まってもらって、明日の十四時頃、脳外科で脳波検査をするそうです。十中八九、大丈夫みたいですけれど」

「わかりました。なにからなにまでありがとうございます」

医者が出ていって、白花が頭を軽く下げると、神田は急に申し訳なさそうに肩を落とした。

「あのぅ……こんな時に言うのも申し訳ないんですけれど……倉原さんの旦那さんは、秘書さんと一緒に予定の便で帰国されました」

窓の外を見ると、もう日が落ちて真っ暗になっている。白花は六時間ほど気を失っていたらしい。フライトの時間は十六時五十分だった。あの高辻が、愛情の欠片もない名ばかりの妻が怪我をしたくらいで、予定を変更するとも思えない。

「どうかお気になさらないでください。主人は国会議員ですの。予定が詰まっていますから仕方がありません」

確か八月一日から臨時国会が開かれる。その準備が必要だと言われたら、高辻の不倫を知る前の白花なら信じた。今はどうだか――

白花はそう言って笑ったのだが、神田は釈然としないようだった。

「でも、視察でおいでだったんでしょう？　『せめて秘書さんだけでも奥様についていて差し上げたらどうですか』と申し上げたのですが……」

秘書を連れているんだ、さすがに新婚旅行だとは思われなかったらしい。と、ここで神田が申し訳なさそうにしていた理由がわかった。

異国で怪我をした白花の不安を取り除こうと、せめて知った人が側についていてあげたらどうだと高辻を説得したのに、応じてもらえなかったからだろう。

だが白花からしてみれば、高辻と花藤のどちらにも側にいてほしくない。

「あの秘書さんは主人の右腕なんです。わたしなんかのためより、主人のために、ひいては国政のために働いていていただかないと」と気にしないように言い含める。

（――だって、わたしにぶつかってきたの、花藤さんだったもの……）

見間違いなんかじゃない。あれは花藤だった。

なぜあそこに？　と考えて、お土産のリストを高辻に渡していたことを思い出した。

つまり、リスト通りに土産物屋を回れば、必然的に白花の行き先はわかるわけだ。

階段をまっ逆さまに落ちる白花を見て、花藤は笑っていた。

偶然ぶつかった――というのは正直、考えにくい。偶然ならば、手すりを掴もうとした白花の手を振り払うはずがないから。

あれは、意図的――

（………っ！）

自分に向けられた明確な悪意にゾッとして、今更ながらに身体が震えてくる。

「倉原さん、不安ですよね、やっぱり旦那さんに連絡して、奥さんの意識が戻ったから次の便で戻って来てもら――」

「大丈夫です！」

普段大声を出さない白花も、この時ばかりは声を大きくした。

「あの人を呼び戻すなんて、絶対にやめてください！」

「わ、わかりました……」

身を乗り出した白花に気圧(けお)されるように、神田はこくこくと頷いた。

◆　◇　◆

（ああ……やっぱり駄目みたい。壊れちゃってるのかな？）

階段から落ちた翌日、病院のベッドに座った白花は、画面に波紋のようなヒビが入った自分のスマートフォンを軽くさすった。

このスマートフォンはお財布ポーチに入れていたのだが、白花が階段から落ちた拍子に壊れたらしく、朝から何度も試しているが電源が入らない。画面だけではなく、内部も壊れてしまったのか。

神田から聞くところによると、昨日、人とぶつかった白花が、階段から落ちた瞬間を見た人はいなかったんだそうだ。

フードコートにいた他の客らは、白花が落ちた音で気が付き、床に倒れた白花が意識を失い、頭から血を流しているところを目撃した人ばかり。

悲鳴を上げる人もいて、ちょっとした騒ぎになっていたらしい。

階段を落ちる直前の出来事を見ている人はいなかったが、白花が一人で行動していたことは、イゴス・マカロネスの店員が証言した。

地元警察によって、一応、モール内の監視カメラも確認されたが、白花と帽子の女性がすれ違いざまに軽く、ほんの少しだけぶつかったところが記録されていたものの、手すりに掴まろうとする白花の手を彼女が振り払ったところは映っていなかった。きっと、彼女の帽子の広いつばの陰にでも隠れていたのだろう。

だからこの件は、不幸な接触事故として処理されている。

そして、ぶつかった女性は気を失った白花の救護手当てを真っ先にしたんだとか。だからもちろん、逮捕もされていないし、知り合いということですでに帰国済み。

かくして白花は、グアム国際空港から車で二十分の位置にあるこの救急総合病院に、一人で運ばれた、というわけだ。

（自分で突き落として、自分で手当て、ね……）

花藤はどういう心境でそれをやったのか。高辻を愛しているから、彼と結婚した白花の存在が邪魔で邪魔で仕方なかった？　その気持ちから、あんなことを？　高辻に優遇されているのは、彼女のほうだということは明らかなのに。

だが人間の感情というものは、理屈では割り切れないものでもある。

どんな考えがあったにせよ、花藤がわざと白花を突き落としたのは明白だ。だが、彼女に突き落とされたと白花が言おうものなら、「夫が愛人連れで新婚旅行に来た」ことが周りに知れ渡ってしまう。大恥もいいところだ。清十郎も心配するどころじゃない。

よしんば花藤本人を追及したとしても、一応の手当てをしていることから「わざとじゃない」と言い訳されるだろう。結局は言えないのだ。

ちなみに、イゴス・マカロネスでの注文は、店員の判断でキャンセル扱いになったらしい。

（マカロンはまた帰りに買えばいいんだけど……。問題は、この状況がお父様にどう伝わっているのか、よね……）

きっと心配している。

実家の番号なら覚えているから国際電話をかけようと思えばかけられるが、生憎清十郎は入院中。さすがの白花も、清十郎の病院の電話番号までは覚えていない。

検索しようにも手持ちのスマートフォンは動かない。ちなみに、蓮司の携帯電話の番号も覚えていない。そして、スマートフォンを買ったばかりの清十郎の番号も覚えていない。

白花が覚えているのは――巧の電話番号だけ。

親の番号も夫の番号も覚えていないくせに、巧の番号だけ覚えているなんて不自然すぎる。

（どうしよう……不自然だけど、巧さんに電話して、お父様に予定通りに帰国できなかったことを伝えてもらうしかないのかしら……でも、普通なら蓮司さんが伝えてくれるはずで……）

新婚旅行に愛人を連れてくる非常識な男が、白花がグアムで怪我をしたこと、自分は国会の用意のために帰国したが、保険会社経由で付き添いを頼んだことを清十郎に報告してくれているといいのだが……。検査が終わる頃に来てくれることになっている神田に、それとなく「夫は私の父に連絡している様子でしたか？」と、聞いてみようか。

神田は他にも日本人患者を担当しているそうで、なかなか忙しいらしい。白花は自身の語学力に問題がないことを伝え、退院手続きと送迎だけを彼女に頼むことにした。出血は多かったらしいが、頭の傷は派手に血が出るものだ。昨日の検査で問題がないわけだから、四六時中付き添ってもらう必要はない。

「Mrs. KURAHA, please come here for the examination.」

十四時になった頃、予定通りに検査があるから来るようにと看護師が呼びに来た。昨日聞いていた、「念のため」の検査だ。頭を打った患者には必ず行う予後検査らしい。

白花はおとなしく検査台に乗って、頭に十数個の電極を付けられた。

検査時間は三十分程度と短い。案の定、なんの問題もないということで、晴れて本日退院だ。あとは神田の到着を待って退院手続きを行い、ホテルへと戻るだけ。

白花を呼びに来た看護師は、「問題なかったんだから、一人で病室に戻れるわよね？」と言い、それに白花が頷いたので、彼女は他の仕事に戻っていった。

（神田さんが来るまでの間に、着替えて退院の用意をしておかなくちゃね）

ホテルに着いたら、とりあえずシャワーに入りたい。

あの大袈裟な頭の包帯だって取れたし、昨日は禁止されたシャワーも、出血がとまっているから大丈夫、と許可がおりた。洗髪もしていいらしい。ただ、帰国は一週間ほど見送るように言われた。小さくても頭の怪我だ。飛行機に乗れば、気圧の変化で傷口が開くかもしれないとのことだった。

（急いで帰る必要もないし。むしろ、わたしがいないほうが蓮司さんは気楽かもしれないわね）

検査室から病室へと一人歩きながら、そんなことを考える。

病室には誰もいないのに、ついつい習慣から軽くノックをしてスライドドアを開けた。すると、白花のベッドの前に黒いスーツを着た男の人がいる。初めは自分が部屋を間違えたのかと思った。しかし、その人のうしろ姿、背格好、そして感じる雰囲気に、勝手に鼓動が早まっていく。

「……たく――」

白花が最後まで名前を呼ぶ前に、パッと振り返った巧が駆け寄ってくる。白花は廊下に立ち尽くしたまま、巧の腕の中に抱きしめられていた。

強く、強く……呼吸がとまりそうなほど強く抱きしめられて、自然と涙が流れてくる。

今の状況が信じられない。どうして巧がグアムにいるのか。そして自分を抱きしめてくれるのか。

わからないことだらけなのに、一つだけ確実にわかることは、今がとてつもなく幸せだということ。

通りかかる患者や看護師が、こちらをニヤニヤと眺めながら、「Wow～」だなんてからかってくるものだから、顔に熱が上がってしょうがない。

「……た、巧さん……」

改めて呼ぶと、抱きしめる力が少しだけ弱まり顔を覗き込まれる。眼鏡の奥にある彼の目は、痛ましそうに細まり、いつも冷静なこの人には似つかわしくないくらいに、激しく揺れていた。

「無事なんですね……？」

念を押すような問いかけに、涙を拭いながら柔らかく微笑んで頷く。

高辻は非常識ではあるものの、一応は、清十郎に白花の容態を伝えていたらしい。

「さっき、検査を受けてお墨付きをいただいてきました。もう大丈夫です。今日、退院します」

白花の答えを聞いた巧は、俯き加減で「はぁ～～っ」と、細く長いため息をついた。

「よかった……本当に……本当に、よかった……」

掠れるその声から、本気で心配してくれていたことが伝わってきて、心がじんわりとあたたかくなる。でも、いつまでも廊下で抱き合っているのは、ちょっぴり恥ずかしい。

「中に入りませんか？　椅子もありますから。わたしも着替えたりしないといけないので」

「わかりました」と頷いた巧を病室に招き入れ、いつもは神田が使っている椅子を巧に勧める。

白花は「着替えをさせてください」とひと言断って、ベッド周辺を覆うカーテンを閉めた。が、日中ということもあってシルエットが透けてしまう。仕方ないので、白花が黙って患者着を脱ぎはじめると、巧が椅子に座ったまま背を向けたのが影でわかった。

彼の配慮に感謝しながら、ブラジャーを着けて、昨日着ていたシフォンのプリーツスカートパンツとリブハイネックの五分袖を合わせ、パンプスサンダルを履く。上から羽織っていたロングカーディガンには、だいぶ血が付いていたので着るのはやめた。

本当はメイクしたかったが、生憎手持ちの中にリップ以外のメイク用品はない。あるのはお財布ポーチと、壊れたスマートフォンだけ。せめてと、髪だけでも手ぐしで梳かす。

「――高辻は、女がいるでしょう？」

いきなりの巧の言葉に、幸せに躍っていた心臓が、一瞬とまりかけた。

肯定すべきか、否定すべきか……。でも、彼はある程度の確信を持っているようだ。

「あなたに抱いてほしいと言われるまで俺は、高辻との結婚は、あなたの気持ちがあってのものだと思っていたんです」

「………」

白花が無言でカーテンを開けると、椅子に座って肩を落とした巧が、いびつに歪んだ笑みを浮かべて「馬鹿だと笑ってください」と言った。

「あのあと調べました。高辻は女がいます。しかも一人、二人じゃありません。何人も。中には妊娠中の女もいますよ。それはご存知でしたか？」

夫の愛人が、秘書の花藤だけじゃなかったことにはさすがに驚きを隠せない。目を見開く白花に向かって、巧はガバッと頭を下げてきた。

「すみませんでした！　高辻と白花さんの結婚の話が先生から出た時、俺が……、俺自身が高辻の身辺調査をするべきでした。そうすればあなたを、あんな男と結婚させたりしなかったのに……。こんなに大事な女（ひと）なのに……俺は、俺は……」

後悔をあらわにする巧に、白花はなんて声をかければいいのかわからない。

自分と高辻の結婚話を持ってきたのは清十郎だ。清十郎は卒業した松平政経塾の講師らから、高辻の人柄を確認していたし、高辻の市長時代を知る人からも話を聞いたと言っていた。皆、高辻のことを今どきいない好青年だと絶賛していたと。だからおそらく清十郎は、高辻の身辺調査まではしていないのだろう。政治家としての彼の、他人からの評価を重要視したとも言える。

「……先生に、進言はしたんです。俺が高辻の身辺調査をしましょう、と。そしたら、『おまえは動くな』と言われました」

「どう、して……？」

白花の疑問に、一瞬だけ顔を上げた巧は、小さく目を逸らしてポツリとこぼした。

「俺が、白花さんと結婚させてくださいと……申し出たことがあるからです」

「え？　けっ、こん……？」

そんなの知らない。清十郎からも巧からも聞かされていない。いつそんな話が!?

「先生が引退される直前です。『白花さんが好きです。ずっと好きでした。結婚させてください』と。先生には『駄目だ』と一蹴（いっしゅう）されました」

清十郎の引退直前……去年じゃないか。そういえば清十郎が高辻を連れてきたのも、ちょうどその頃。でもそんなことよりなにより——

（好きって……？　巧さんが!?　わたしのことを……!?　本当に!?）

白花が自分の口元を両手で覆う。驚きがすぎる。だって巧は白花を避けていたじゃないか。笑ってくれなくなったじゃないか。

「先生はこう仰いました――」

彼は俯き加減で左右の指を組み合わせ、過去、清十郎に言われた言葉を教えてくれた。

『以前の白花がおまえを好いていて、おまえも白花を好いて、互いに想い合っていたことは知っている。わしもおまえ達二人の気持ちが通じ合っているのなら、結婚させるつもりだった。でもな、あの事故に遭ってから白花は変わった。今のあの子は、前のあの子じゃない。性格も塞ぎがちになったし、なによりおまえだって覚えているだろう？　見舞いに来たおまえを見てパニックになった。来ないでくれと泣いて叫んで……。あれを見てわしは思ったよ……。ああ、あの子にとっておまえは、大好きな幼馴染みから、母親と兄を殺した運転手の息子になったんだってな。もちろん、おまえ自身にはなんの非もないことはわかっている。しかしだな、白花に惚れてるおまえが、蓮司の身辺調査をしても、厳しくなるだけだろう。蓮司の人柄はわかっているんだからそれで充分だ』

巧の話を聞きながら、白花は声も出ずに、ただ首を小さく横に振り続けた。

違う。違うのだ。確かに巧を先に避けたのは白花だ。

しかし巧のことを「母親と兄を殺した運転手の息子」だなんて思ったことは、ただの一度もない。

事故の原因だって、巧の父親じゃない。対向車にあったのだ。

白花は醜くなってしまった自分を、大好きな彼に見られるのが怖かった、本当にそれだけなのだ。

「あの事故があって、白花さんに避けられるようになって、許されないんだと思いました。俺の親父が起こした事故で、あなたは一生残る怪我をして、家族を失った。本当は、先生の秘書も辞めるべきだってわかっていたんです。先生も本心では俺に辞めてほしかったんだと思います。でも、死んだ親父の手前、先生が俺をクビにできないのをわかっていて、秘書として居座り続けたんです。どうしてもあなたの側にいたかったから。たとえ、嫌われていても、許されなくても……あなたに他の男との結婚の話が出ても、諦められなくて、ただ、あなたが幸せになれるなら、あなたが想う男なら、俺も秘書として仕えようと決めていました。そうしたら、あなたの側にいられるから」

いつの間にか涙していた白花は、巧の前に両膝を折ると、彼の両手を包み込むように握って、強く首を横に振った。

巧は変わってなんかいなかった。巧は巧のままだったのだ。

塞ぎ込み、閉じ籠ることで、彼を必要以上に傷付けていたのは白花。

話したいのに、自分の気持ちを伝えたいのに、口から出るのは嗚咽ばかりだ。

巧は涙の伝う白花の頬に、そっと唇を当ててきた。そして何度も繰り返しキスして、白花の手を握り返してくる。

「女々しいでしょう？　俺は今も昔もあなたの側にいたいだけなんです。あなたに『抱いてくれ』と言われて、どれだけ動揺したか。どれだけ嬉しかったか――そして、どれだけ後悔したか」

「こうかい、したんです、か？」

やっと出た声は掠れている。巧は優しげに目を細めると、今にも消えてしまいそうな笑みを浮かべた。

「後悔しましたよ……。あの時、高辻との結婚にあなたの気持ちがないことに気が付いた時点で、あなたを攫って逃げればよかったって……」

『じゃあ、明日の結婚、やめましょう？』

あの日こう言ってくれた彼に頷いていたら、現状は違ったのだろうか？

巧はコツンと額を重ねてくると、眼鏡越しにじっと白花を見つめてきた。

「俺はあなたが好きです。愛してます。あなたは――？」

この問いかけに応えたら、きっとすべてが壊れる。

でも、今ここに、この想いを咎めるものはなにもない。結婚した男の裏切りを知った今、立てるべき操もなにも、ありはしないのだ。

「わ、わたしも……わたしも、好きです――……ずっと、ずっと、愛してます……」

積年の想いを口にした途端、白花は巧の腕に抱きしめられていた。

二人して床に膝を突き、カーテンの陰に隠れるようにして、互いを抱きしめ合う。

ああ、なんてあたたかいんだろう。

包み込んでくれる力強い腕と、厚い胸板から伝わってくる激しい鼓動、そしてなにより、自分の想いと彼の想いが同じだったことが、こんなにも嬉しい。

巧は白花を撫でようとしたのか、頭に手をやってすぐとめた。

「いけない。頭を怪我されたのに、うっかり触ってしまうところだった。傷はどこなんです？」

立ち上がり、白花に手を差し出しながら彼が聞いてくる。彼の手を借りて立ち上がった白花は、少しうしろを向いた。

「後頭部のちょっと右側です。二針縫ってもらって。抜糸は必要ないって言われたんですけれど、一週間くらいは飛行機に乗らないでって。気圧で傷口が開いちゃうかもしれないからって言われました」

髪を避けて傷口を見せると、巧はため息に似た唸り声を上げて、背後から白花の肩を抱いてきた。

「どうしてあなたばかりが、こんなに傷だらけにならないといけないんだ……」

悔しそうな声を上げてくれるこの人なら、信じてくれるだろうか。白花は思い切って、今回の事故について打ち明けた。

「高辻の愛人に突き落とされたんです」

「なんだって⁉」

巧の声色が変わって、パッと白花の前に回り込んでくる。彼は怒りに燃えた目で、白花に説明を迫ってきた。

「どういうことです？　高辻の愛人がグアムに偶然いたんですか？」

「いいえ。高辻が連れてきたんです。初日からずっと一緒ですよ。ああ、これは語弊がありますね。一緒に行動したのは初日だけです。二日目はわたしはホテルに引き籠もってましたから。高辻は愛人と二人でグアムを堪能したはずですよ。お父様に高辻が送った写真だって、無理矢理撮らされたものばかりですから。三日目になって、お土産を買いにモールに行ったら、高辻の愛人と鉢合わせして。それで、階段ですれ違いざまに突き落とされたんです。突き落としたわたしを最初に介助したのも彼女ですけれど、わたしはわざと突き落とされたと思っています。ぶつかったあと、手すりに掴まろうとした手を叩かれたんです。だから手すりが掴めなくて落ちたんですから」

「あの野郎……」

巧は地を這うような低い声で高辻を罵る。こんな彼を見るのは本当に初めてだ。

いつも爽やかで礼儀正しくて、人を罵るなんてことはしない人だったのに。でもどうしてだろう。自分のために怒ってくれていると思うと、彼の黒い一面さえ魅力的に見えてしまう。

「……白花さん。それ、高辻の指示で殺されかけたのかもしれませんよ」

「えっ？」

突然のことに白花は、なにを言われたのかがまったく理解できなかった。ぱちぱちと瞬きして、小さく首を傾げる。

「白花さんは足の踏ん張りが利かないでしょう？　高辻はそれを知ってますよね？」

「…………」

確かに高辻は知っている。婚約した時に六年前の事故の後遺症について、ひと通りの説明をした。身体に火傷の痕が残っていること、そして、足に後遺症があること。

脚については、日常生活には支障がないことも彼は知っているはずだが、同時に、日常生活以外には耐えられないことも知っている。例えば、急に押されたら足の踏ん張りが利かない、とか。

「白花さんなら、階段で軽くぶつかるだけで勝手に落ちてくれる。打ちどころが悪ければ、死んでもおかしくない」

「もちろん、嫌がらせにも効果的ですけれどね」と巧は付け加えたが、白花はガクガクと震えてきた。なぜなら、白花が死んで一番得をするのは高辻だからだ。

白花と離婚するメリットは一ミリもないが、白花が死ねば、白花が祖父から受け継いだ不動産など、白花個人所有の財産がそっくりそのまま、夫である高辻のものになる。

白花と高辻の結婚の際には、養子縁組までは考えていなかった清十郎も、白花が不慮の事故で死亡すれば、今度こそ高辻との養子縁組を本気で考えるかもしれない。そうすれば高辻には清十郎の扶養義務が発生するが、同時に、清十郎が持つ倉原家の莫大な財産が彼の手に入ることになるのだ。

邪魔なのは白花、得するのは高辻。この図式が成り立ってしまう以上、自分に惚れている愛人を協力者にして、白花を亡き者にすることだって充分考えられる。

「白花さん……大丈夫。そうはさせない。俺があなたを護ります」

今にも崩れ落ちそうな白花をベッドに座らせて、巧が力強くそう言い切ってくれる。その時、コンコンと病室のドアがノックされた。

「はい、どうぞ」

涙ぐみながら震えている彼は白花をカーテンに隠して、カーテンの外に出た巧が返事をする。すると、一拍置いてドアが開いた。

「失礼します。神田です」

病室に入ってきた神田が、巧の姿を見るなり病室の外にあるネームプレートを二度見しているのが、カーテン越しにうっすらと見える。

　涙を拭った白花は、呼吸を整えてベッドに座ったままカーテンを開けた。

「神田さん、お疲れ様です」

「ああ！　倉原さん！　お疲れ様です。ドアを開けたらかっこいい人がいて、部屋を間違えてしまったのかと、びっくりしてしまいました！」

　神田が大袈裟に胸を撫で下ろすのがちょっとおかしい。白花は「クスクス」と上品に笑って、巧を紹介した。

「この人はわたしの父の秘書です」

「広瀬巧と申します。このたびはお嬢様のためにいろいろとありがとうございました」

　スーツ姿がビシッと決まった巧が会釈をして名刺を差し出すと、神田も慌てて名刺を出してきた。

「海外旅行保険会社から派遣されてきました神田と申します。付き添い、送迎、通訳なんでもお手伝いいたしますので、気軽にお申し付けください」

「ありがとうございます。ですが、ほとんど私のほうで処理可能だと思いますので、無理だった場合だけ、相談させてください」

　巧は清十郎の外遊先へ同行するために、国際運転免許証を持っているから、レンタカーさえ用意できればグアムでも運転が可能なのだ。加えて語学も堪能。

「お嬢様の旦那様は国会議員をされておられるので、どうしても先に帰らなくてはならなかったのですが、お嬢様が怪我をされたと聞いたお嬢様のお父上の命で、私がお嬢様のお世話のために朝一番の飛行機でこちらに」

「ああ、そうでしたか！　知っている人がいない中で倉原さんも不安だったと思うんですけれど、本当に気丈に振る舞っておられたんですよ。——よかったですねぇ、倉原さん」

（そっか。お父様が……）

清十郎自身、入院しているから動けないし、叔母ももう高齢で、一人で海外に行くのは不安だ。そこで白羽の矢が立ったのが、巧というわけか。

巧がグアムにいる経緯を今の説明で知った白花なのだが、まるで「最初から知っていました」というふうを装って頷いた。

「でも、神田さんがいてくださって本当に助かりました。意識が戻った時、一番心強かったです。ありがとうございました」

きちんとお礼を言うことも忘れない。

今日、退院できるが、一週間は飛行機に乗らないように医者に言われたことを神田に伝え、このあとは保険と退院の手続きに入る。

退院の手続きは巧がしてくれたので、白花は神田と共に病室に残り、保険の申請手続きを行った。

「帰国延長は病院からの指示なので、それまでにかかるホテル代もお支払いするように私から保険会社に申し添えておきますので、ご安心ください。その時、付き添いの方の宿泊料まではちょっと無理だと思うんですけれど、ご了承いただけますか？」

「はい。問題ありません。ありがとうございます」

もともと本人限定のプランになっていたから、当然のことだ。

保険の手続きが終わった時、ちょうど巧も戻ってきた。

「ご宿泊のホテルまでは、私が車で送迎いたしますよ」と神田が申し出てくれたので、甘えることにする。

神田が運転する車の中で、白花は巧のスマートフォンを借りて、清十郎にテレビ電話をした。

もちろん、高辻が愛人付きで新婚旅行に来たことや、その愛人に階段から突き落とされたこと、もしかすると殺されかけたかもしれないことなんかは話さない。ただ無事であることと、一週間は安静にするように言われたことを伝える。

清十郎は画面越しに白花の顔を見たことで、安堵（あんど）してくれたようで、もう二度と階段から落ちないようにと釘を刺された。そして、巧に「白花から目を離すな！　それから、定期的に写真付きで連絡をよこせ！」と強く命令する。たぶん、そんな命令なんてされなくても、巧は白花から目を離さないし、清十郎に連絡をすると思うけれど。

「お父様が、スマホをマスターしてくださっていて助かります。そろそろホテルに着きますので、夕飯時くらいにでも、またご連絡しますね」。そう言って清十郎を持ち上げ、電話を切った。

ホテルに着いたらまずは、迷惑をかけたことをフロント支配人に謝る。すると、「とんでもない！」という言葉と共に、「無事でよかった！」と何度も言われた。どうやら、ルームサービスを利用しまくっていた白花のことを覚えていたらしい。

「すぐには飛行機に乗れないので、滞在を一週間延長します。そして、日本から付き添いに来てくれた人も一緒に泊まりたいんですけれど、お部屋はありますか？」と尋ねると、支配人は快く頷いてくれた。

「無事に戻ってきたお祝いに、いい部屋を用意しますよ！」と言って荷物を移されたのは、デラックスルーム。初めに白花が過ごしていた部屋よりも、格段にいい部屋だ。

広いし、天井も高いし、眺めも良い。なんとなく、備品のランクも高いように思える。オセアニアの青い海と青い空が、最高のアクセント。そして、白花の容態が急変した時に備えてと、シングルのベッドが二つ。

ベッドを見て、心臓が勝手にドキドキしてくる。この部屋で一週間、巧と二人きり……

静まり返った空間で、白花は背後から巧に抱きしめられた。

「俺と一緒の部屋はいやですか？」

「そ、そんなことは……」

あるわけない。巧と一緒にいられるだけで、ドキドキしてしまう。そのドキドキがピークに達した時、白花は叫んでいた。

「わ、わたし、昨日からお風呂に入ってなくて！　ごめんなさい！　臭うと思うので！　お風呂に入らせてもらいたいです！」

好きな人に抱きしめてもらえるのは嬉しいし、ずっと抱き合っていたいのだが、血と汗の臭いがこびりついた身体を抱きしめられるのは、女として正直辛い。

白花渾身の訴えが通じたのか、彼は含み笑いを漏らすと白花から手を離してくれた。

「わかりました。ゆっくり入ってきてください」

耳元で甘く囁く声に送り出されて、顔どころか耳まで真っ赤になってしまう。白花は巧を振り返られないまま、パタパタとバスルームに入った。

髪を洗う時に少し染みたが、それよりも断然、汚れを落としたい気持ちのほうが勝っていて、我慢して髪を洗う。血が固まってパリパリしていた髪も、ゆっくりほぐしていく。

（不倫になるのかな……？　これ……）

洗いながら考える。不倫の線引きは人によって違うかもしれない。

二人っきりで会ったら不倫か？　――怪我をしたら夫に置いて行かれたのに？

抱き合ったら不倫か？　――抱え込んでいた互いの想いを打ち明けあっただけなのに？

キスしたら――まだ、キスはしていない。

セックスしたら――もう不倫なのは否定しようがなくなる。

夫になった高辻を愛そうと、寄り添おうと努力した。巧を忘れようと努力した。結婚前夜の巧との逢瀬は、白花にとって一種のけじめだったのだ。

想いを振り切り、与えられた役割を果たすことで、役立たずの自分が存在することを許してもらおうとしていただけ。

高辻に愛してもらえたなら、あの一夜にも、現状にも罪悪感を覚えただろう。でも、結婚したのに彼になにも感じない。悪いとか、申し訳ないと思えないのだ。

いつも心のど真ん中にいたのは巧。

彼以外に愛せる男なんていない。

身体の汚れが落ちると、心の澱まで落ちて軽やかになり、自分を縛っていた物がなくなったようにさえ感じる。

自分の気持ちに正直になるのは、あの一夜だけのつもりだった。でももう、抑えられない。

初めて恋して、愛した人がいる。その人も自分と同じ気持ちでいてくれた。ならもう、自分の中にある本当の愛を貫きたいのだ。

百人の人がいて、九十八人の人がこの愛を否定したとしても、自分と巧の二人が肯定するなら、それでいい――

白花は髪を完全に乾かす時間も惜しんで、下着も着けず、髪も半乾きのまま、バスローブ姿で巧のもとに向かった。

向かい合って立つと、彼の表情が明らかに以前より柔らかくなっている。いや、六年前のあの事故以前に戻ったというべきか。爽やかな笑みには懐かしささえ覚える。

「お帰りなさい。俺も入ったほうがいいんだろうけど――」

そう言う彼に、白花は無言で強く首を横に振っていた。

自分の気持ちは、何年も前から定まっている。今はただ、巧の存在と彼の気持ちを確かめたい。

「白花さん……好きです。あなたを抱きたい。これは俺の意志です。抱かせてくれますか？」

はっきりとした巧の声が、白花の心を打つ。こくりと頷くと、そっと頬に手を添えられた。

眼鏡の奥の瞳が、真っ直ぐに白花を見つめてくれる。逸らされることがない。そのことに、ひどく安心する。

（わたしは……巧さんに、嫌われてなんか、なかった……）

むしろ、愛されていた。

彼が白花を避けていたのは、白花をふたたびパニックに陥らせないため。でもずっと側にいてくれた。白花がどんな状態の時も、傷付けてしまった時でさえも……ずっと、ずっと……

見つめ合っているうちに、どちらともなく吸い寄せられ、唇が重なる。あたたかく、柔らかな唇が、押し当てられ、甘く吸い付いてくる。

幸せだ。こんなに優しいキスをしてもらえる。白花にはその価値があるのだと、彼が言ってくれる。ギュッと抱きしめられたと思ったら、白花はベッドに押し倒されていた。

スプリングの利いたふかふかなマットと、上から覆い被さってくる巧が、白花の身体を包み込む。

彼のぬくもりと重みが、安心をくれる。

彼は自分の眼鏡を外して顔の角度を変え、何度か啄むようなキスをすると、尖った舌先を白花の口内に差し込んできた。

「んっ、あ……」

舌を絡め合いながら、両手で頬を挟まれる。

キスの時、目を閉じるのが本来のルールなのだろうが、巧の存在を確かめたくて、蕩けた顔で見つめる。その気持ちは彼も同じだったのかもしれない。互いに見つめ合ってするキスは、だんだんと深みと激しさを増していった。

巧の熱い手のひらが、バスローブの合わせから中に入ってくる。ケロイドで盛り上がった歪な肌に優しく触れてくるその手を、白花はもう拒絶しなかった。

バスローブの紐がほどかれ、白花の身体が巧の目に晒される。美しくもない身体を、愛するこの人の前に晒す。それが苦しくないわけではない。でも、隠したくはなかった。

巧はしばらく白花の身体を見下ろしていたが、いきなり乳房を鷲掴みにしてきた。

傷のある胸も、ない胸も、両方とも指先が食い込むほどの強い力で揉みくちゃにしてくる。痛くはないが、以前に触ってもらった時より荒くて、声が出てしまう。

「あんっ……」

「くそっ！　白花さんをあの男が好きにしたのかと思うと、腹が立つ！」

巧の表情は、苦々しく歪んでいる。その時、白花の胸に湧いたのは歓喜だった。

(巧さんが嫉妬してくれている！)

この人は結婚した白花が、高辻に抱かれたと思っているのだ。だからこんなに嫉妬している。

苦悩に表情を歪ませる巧の頬に、白花はそっと手を添えた。

「わたし、高辻には抱かれていません。あの人、火傷の痕を見て、気持ち悪いって――」

「あの男、そんなことを⁉」

巧は声を大きくすると、見開いた目を怒りに染めた。が、次の瞬間にはいつもの穏やかな表情になって、白花の火傷で爛れた乳房に頬擦りをしていた。

「そんなことない。これは白花さんが生き残ってくれた印なんです。そして、清一が白花さんを護った証拠でもある」

彼は一度言葉を切ると、爛れて決して美しいとは言えない肌にキスをした。

「……俺は、あなたが生きていてくれただけで嬉しい。あの時俺は、なにもできなかったんです。親族じゃないから集中治療室内にも入れなかった。親父やお母様や清一を殺したカミサマに、白花さんだけは連れていかないでくださいと祈ることしかできなかった。あなたが目を覚ましたと聞いた時、どれだけ嬉しかったか――」

火傷の痕を優しく吸い上げられてピクンと感じてしまうのは、身体より心。

「あなたに嫌われても、あなたが生きて幸せになってくれたら、俺はそれだけでよかったんです」

「……わたし、巧さんを嫌いになったことなんて、一度もありません。み、見られたくなかったの。事故のあと、お見舞いに来てくれた時、わ、わたしはまだ、火傷でぐちゃぐちゃになった自分の身体を受け入れられていなくて……だ、大好きなあなたにだけは、見られたくなかったんです。ごめんなさい。本当に……本当にごめんなさい。許してください――」

巧を見上げる白花から、目尻に沿って横に涙が流れていく。その涙を、彼の指がそっと拭ってくれた。

「違うから。謝らないで。俺が配慮に欠けていたんです。とにかく会いたかった自分の気持ちを、白花さんに押し付けた結果です。あなたはなにも悪くない」

抱きしめられたらまた涙が流れていく。

「愛してます。愛してる。俺はあなたが生きていて幸せでいてくれたら、幸せなんです。だからね、今、幸せ？　今の結婚生活は幸せですか？」

聞かれて、小さく首を横に振る。幸せなんかじゃない。義務と抑圧に支配された結婚生活に幸せなんてありはしない。あるのは虚しさだけだ。

巧はコツンと白花と額を重ねると、「じゃあ、俺も幸せじゃない」と言い切った。

「あなたが幸せじゃないと、俺は幸せになれないんです」

乳房を揉み上げるように触られながら、囁く甘い声に誘われる。

「あなたを幸せにしたい。俺にあなたを幸せにさせてください」

頷く代わりに唇が合わさって、抱きしめられたら力が抜けた。

巧は自分のジャケットを脱ぎ捨て、ネクタイを引き抜きながら、白花と舌の腹を合わせるように舐めて絡めてくる。その情熱的なキスは、白花を蕩けさせ動けなくする。

（ああ……幸せ……すごく……）

求められていることを強く感じる。唇がわずかに離れて、惜しむようなため息を漏らすと、微笑んだ彼が右胸の先をちゅっと吸ってきた。

「んっ……」

「白花さんは、右の胸のほうが敏感ですね」

見抜かれた恥ずかしさに、ぽっと頬が染まる。

本当にそうだと思う。火傷で皮膚が薄くなっているからかもしれない。

「白花さんは火傷の痕を気にしてると思うけれど、さっきも言った通り、これはあなたが生き残った印だから、俺には愛しく思えるんです」

そう言って巧は歪な乳首を優しくしゃぶりはじめた。片手で器用に自分のワイシャツのボタンを外しながら、口に含んだ乳首を舌先で転がし、ちゅぱちゅぱと音を立てて吸う。

「ふ、ふ……んっ、あん……」

白花は戸惑いながらも、ビクビクと仰け反った。自分が一番嫌っている身体の部分を、愛しんでもらえる。その安心感は白花を大胆な女にした。

「巧さん、抱いて？ 抱いてください……お願いですから……」

両手を伸ばして巧を求める。

今自分達がしようとしているこれが、世間一般で言う不倫に当たることだなんてわかっている。でもそれは、辛い現実からこの人に逃げているわけとも違う。なぜなら、この人との愛こそが、白花にとって本物の愛なのだ。

義務ではない、純粋な愛——

結婚する前から、いや、高辻を紹介される前から、ずっと胸に秘めていた大切な初恋。

巧が身体をぴったりと重ねて抱きしめてくれるから、白花も彼を同じように抱きしめた。

強く、甘く、もう二度と離れることがないように。

（ああ、巧さんの匂いがする。巧さん……巧さん、大好き……）

巧は白花を抱きしめながら、自身の身体を下げて、二つの乳房を交互に口で愛撫しながら、膝を使って白花の脚を開かせる。

自分の乳房を吸う巧の様子を見つめながら、白花はそっと彼の頭を撫でた。

（あぁ……なんでだろ……巧さんがすごく可愛い……）

巧とは八つも年が離れているせいか、「素敵」とか「かっこいい」「頼れる人」「優しい人」という、大人の男の人として、憧れに近い想いを抱いていたはずなのに。

今はこの乳房に赤ん坊のように吸い付き、誰も取りやしないのに、反対の乳房まで揉んでいる姿が可愛くて、愛おしくてたまらない。

太腿の内側に押し充てられた硬く熱い肉棒を、自分のこの身体で受け入れたい。

「巧さん……わたし、もう、待てないんです……」

自分が、とてつもなくはしたないことを口にしているとわかっている。頭ではわかっているけれど、身体はそうはいかない。さっきからすごく、お腹の奥がうずうずしている。

この人と自分の想いがひとつなら、想いだけでなく身体もひとつになりたい——

白花はもう懇願（こんがん）するしかない。

乳首から口を離した巧は、少し笑ってシャツを全部脱ぎ、上半身裸になった。

以前見た時と変わらない逞（たくま）しさ、男らしさに胸がときめく。

彼は白花の膝裏に手を通してすくい上げると、脚を広げさせた。

「ああ、すごい。こんなに濡れて……外まであふれてる……」

ぐずぐずに濡れてしまった身体を見られるのは恥ずかしいのに、巧になら見られても構わないと思ってしまう。あなたが好き。あなたが欲しい。そう言っている身体を受けとめてほしい。

巧は外にあふれた愛液を人差し指一本ですくうと、すぐ上の蕾になすりつけてきた。

「あんっ！」

敏感なそこを触られて、思わず声が出る。蕾の中にあるコリコリとした女芯を優しく押し潰されるのが、たまらなく気持ちいい。

「た、巧さん……そこ、ばかりいじらないで、ください……」

気持ちいい、気持ちよすぎて、頭がクラクラしてしまう。巧は反対の親指を舐めて唾液を付けると、今度は両手で蕾をいじってきた。

「はぁあああんっ！」

悲鳴を上げながら、ビクビクと震え、腰を浮かせる。巧は親指で蕾を起こし、人差し指で包皮を剥く。剥き出しになった赤く尖った女芯は、そのまま巧の舌先でれろーっと舐め上げられた。

「〜〜〜〜!!」

強すぎる快感に言葉も出ない。

「可愛い」

そう言った彼は女芯を唇で挟み、ちゅっと強く吸い上げたのだ。目の奥に白い閃光が走って、なにも考えられなくなる。一番感じる処を剥き出しにされたまま、親指と人差し指で緩急をつけながら、摘ままれる。まだ感じたばかりなのに、いじられ続けてますます感じてしまう。

「あっ、あっ、あっあ――……」

細かく痙攣しながら喘ぐ白花は、蜜口からサラサラとした快液を流した。

「本当に可愛い人ですね。ここ、いじられただけでイッて、潮まで吹いて。潮吹きなんて、どこで覚えてきたんです？　本当に高辻には抱かれてない？」

ひどいことを言われているのに、身体は昂っていくのだ。信じてほしい。あなた以外の男の人など、自分の中に入っていないと。

白花は恍惚に染まりきった眼差しを巧に向けた。

「たしかめて――」

吐息まじりの甘ったるい掠れた声に、自分でも驚く。こんな、男の人を挑発するような声が出るなんて。そして、これを聞いた巧が、大きく喉を鳴らすのだ。

「そんなことまで覚えて」

巧が自分のスラックスの前を寛げて勢いよく飛び出してきた物は、初めて見た時より怖くなかった。あれが自分と巧を繋げてくれる物――自分を彼の一部にしてくれる物だと知ったからかもしれない。

(ほしい……ほしいの、巧さん……巧さんがほしい……)

それ以外になにも考えられなくなっている自分がいる。

白花は自分から脚を開いた。それをわかってか、巧は持ち上げていたほうの白花の足首を掴み、愛液と快液でとろとろになった蜜口に、漲りの切っ先を充てがう。

くぷっと肉の凹みに鈴口が嵌まり、それだけで蜜口がヒクつき、奥の子宮がドクンと脈打った。

「しっかり確かめてあげますからね」

そう言った巧は、ずぶずぶと埋没するように白花の中に入ってきた。

「あぁ――――っ！」

ぐちょぐちょに濡れていても、ほぐしてもらっていない蜜路は圧倒的に硬く、狭い。しかも、初めてした時から、三ヶ月も経っている。その間、白花の身体は誰にも触れられていない。

膣肉が自分から纏わり付いているから、巧の物の凸凹した形まで、中で感じてしまう。

まるで処女のようにギチギチと締め付ける膣肉を味わいながら、巧が「ああ……」と安堵の息を吐いた。

「なんて締まりだ。本当にあの男に抱かれていなかったんですね？」

太く張り出した雁で、お腹の裏をごしごしと強く抉るように擦られる懐かしい快感が、白花の中の女を呼び覚ます。そうだ、この人に女にしてもらったのだ。あの時、女の悦びを教えてもらった。気持ちがなくても男の人は女を抱けると思っていたけれど、今ならわかる。あんなに優しく、激しく、情熱的に抱いてくれたのは、あの時の彼に白花への気持ちがあったから。

巧が腰を前後させるたびに、あふれた愛液が白く泡立つ。彼は何度か肉棒を出し挿れしていたが、急にズドンと奥まで一気に貫いてきた。

「ぁ、ああ、ああ……」

まだほぐれていない蜜路を貫かれて、あまりの衝撃に、白花は目も口も大きく開けて、ビクビクと全身を痙攣させる。そんな白花を見下ろしながら舌舐めずりをすると、巧は深く深く口付けてきた。白花の舌を吸い出し、れろれろと丹念に絡めながら、白花の中に埋めた物を、奥に奥にと押し付けてくる。唇と同じ濃厚なキスを、身体の奥でする感覚に、白花はまた濡れた。

唇がゆっくり離れると、まざり合った二人の唾液が細い糸を引いて白花の口の端に垂れる。それを丁寧に拭った巧は、ギュッと白花の身体を抱きしめてきた。それがまた更に奥を突き上げて、白花の身体を気持ちよくする。

剥き出しにされたままの女芯をキュッと摘まみながら、コリコリとした子宮口を押し上げられたら、気持ちよすぎて涙と同時に裏返った声が漏れた。

「ひぁあ!?」

奥を押し上げられる感覚は、激しく突き上げられるのとは、まったく違う。まるで、子宮口を鈴口で無理矢理こじ開けられていくような……そんな感覚。だが、女芯をいじられ続けているせいか、痛みはまるでない。逆に種類の違う快感が、身体中を這い回る。

「あっ……ああ……ううぅ、っううう……」

でも物足りない。処女の時には容赦なく出し挿れしてくれた。あの立派な雁首で、中の襞の一枚を抉って、擦って、ずぽずぽと出し挿れして、獣のようにいっぱい突いてくれたのに。

快感を教え込まれているぶん、はしたなくも物足りなく感じてしまう。

好きな男に求められたい白花の欲望を、巧は繊細な指使いと、腰使いによって暴いていく。

「ああ～もっと、もっとぉ……いっぱい突いてください……お願いします、いっぱいしてぇ……」

白花が泣きながら甘えると、巧はふっと笑ってよしよしと頭を撫でてくれた。

「白花さんは頭を怪我して、退院したばかりなんですよ？　激しく揺さぶったりしたら――」

「いいの！　大丈夫、大丈夫だから！　巧さんに、いっぱい突いてほしいの、激しくして、おねがいです、巧さんに抱いてもらってるって、安心したいの！」

巧が自分の怪我を慮ってくれているのはわかる。でも今の白花が求めているのは、肉欲以上の安心感なのだ。巧と愛し合えているという絶対不動の安心。

巧は白花に軽くキスをすると、ズルッと中から自身を引き抜いた。そして、白花の身体を横倒しにすると、グイッと腰を掴んでお尻を高く持ち上げる。

「あ……」

バスローブを剥ぎ取られ、お尻も蜜口もすべて丸見えになってしまう。カーテンも開けっ放し、オセアニアの青い海と空を背景に、恥ずかしい姿を晒す。

「なら、うしろから突いてあげる。そうしたら、頭の傷もベッドで擦れないでしょう？」

どこまでも白花の身体を思いやってくれるこの人からは、深い愛情しか感じない。だからこそ、抱かれたいのだ。

白花は蕩けた表情で、巧を振り返った。

「巧さん……」

「可愛い、白花さん」

ふっと笑った巧が、白花の中に入ってくる。肉襞を強く擦りながら、奥をズンッと突いてもらい、頭の中が真っ白な快感に染まっていく。

「ああ――……！」

ベッドに突っ伏し、お尻を高く上げた格好で、はしたない女の声を上げる。巧が肉棒を出し挿れするたびに、ずりゅっ、ずりゅっと強く中が擦られる。そしてなにより、お腹の裏を擦られながら蕾をいじられると、気持ちよすぎてもうなにも考えられなくなる。

「んあっ！　あっ！　ひ、うんッ！　はぁっ、はぁっ、ああんっ！」

「ああ、すごい。熱いくらいだ。こんなにぐちょぐちょに濡らして、可愛い。大丈夫、安心してくださいね、白花さん。一週間俺と二人っきりだから。片時も離れずに、ずっと白花さんの側にいるから。いっぱい抱かせてください。そして、全部、白花さんの中に射精(だ)させて――」

そう言われた瞬間、ビクンと中が締まったのが自分でもわかる。

「あ、締まった」

「～～～っ！」

巧に見抜かれたのが恥ずかしい。シーツに顔を埋め、いやいやと小さく首を横に振る。

顔が異様に熱い。期待しているのだ。誰にも邪魔されず、巧と愛しあえることを。

彼は甘い声で囁(ささや)いた。

「俺に中出しされるのはいやですか？　処女の時はあんなにねだってくれたじゃないですか。ねぇ、白花さん。俺は白花さんの中に射精(だ)したい。白花さん、俺の女(もの)になって」

いやだなんて、言えるわけがない。

彼と結ばれることが、白花の幸せなのだ。たとえそれが、どんな歪(いびつ)な形であっても。

リスク？　そんなものは承知の上だ。それでもいい。自分の幸せを、自分から取りに行くだけだ。

「わ、わたしを、巧さんの女にして、ください……わたし、の、中に……いっぱい射精して」

うしろから雌犬のように貫かれたまま、ワガママいっぱいにセックスをねだる。

肩越しに振り向くと、小さく身震いした巧が、喉を大きく鳴らす。次の瞬間には、白花は手加減なく侵されていた。

「ひゃぁあああ！　あ〜〜、あ〜〜、あ、あ、アアッ！　かはっ、あ、くっ……！」

子宮口がノックされるたびに、ブルブルと震えながらシーツを掻き毟り、涎を垂らして喘ぎに喘ぐ。乳首と蕾は絶えずいじられ、時々、鋭く摘まれる。それは、絶妙なタイミングで与えられる快楽に溺れそうになる白花の意識を、無理矢理引き上げる。

パンパンパンパン——と奥を念入りにしつこく突き上げられる。中の痙攣がとまらない。

巧の指がくにゅくにゅと蕾をいじるたびに、白花は揃えた太腿の内側をびっしょりと愛液に濡らし、足の指をきゅっきゅっと丸めた。

（きもち、いい、きもちいいの、もう、あたま、おかしくなる、ああ……すき、すき、すき……）

巧と自分がひとつになっている。今、自分達は愛し合っている。そして、彼に抱かれることで、縛られたあの結婚から解放されるのを感じるのだ。

「んんん——はぁん！　あん、巧さん、たくみ、さん——ああっ！」

限界を突破し、巧の名前を呼びながら気をやる。意識は朧気にあっても、身体に力が入らない。

そんな白花を押し潰すように、巧が背中に乗ってきた。

彼の手によって、脚を大きく左右に広げさせられる。巧は剥いた女芯を捏ね回しながら、乳房を揉みまくる。それがまた、白花の身体を痺れさせる。

「はっ、はっ、はっ、ああ――ううう……」

巧の愛撫に白花は呻きながら敏感に反応し、腰を振る。脚を肩幅まで広げ、中に巧の物を咥え込んだ状態で腰を振るなんて、恥ずかしいのに自分でもとめられない。

お腹の裏側を強く擦られるとますます濡れて、まるで奥に引き込もうとするかのように、巧の肉棒を扱き上げてしまう。

「白花さん、白花――愛してる。俺の女になって」

耳元で囁かれ、中の痙攣が大きくなる。そうしたら、身体の一番奥で熱い射液を注がれていた。

◆◇◆

怪我をして安静が必要なのを言い訳に、部屋から――いやベッドから出ない日々を送る。

ルームサービスで食事を頼み、甲斐甲斐しく世話を焼いてくれる巧に、昔のように甘えに甘える。

そして、求め合う本能のままに、何度もセックスする。朝も、昼も、夜も関係ない。一日に何度もセックスして、一緒にお風呂に入って、身体を洗ってもらったりもした。もはや、白花の身体で巧が見たことのない処はない。頭の先からつま先まで、白花は巧の女。

今まで離れていた時間を埋めるように、とにかくぴったりとくっついて離れない。

そんな生活の中でも、巧は清十郎の命令に律儀に従い、ホテルの部屋で安静に過ごす白花の姿を写真に撮っては、定期的に送っていた。

白花も白花で巧にカメラを向けられたら、作り笑いではない自然な笑みがこぼれる。

（なんか、幸せだな……）

こんなふうに幸せを感じるなんていつぶりだろう？

それでも時間は無情に過ぎて、とうとう明日は帰国する日になってしまった。

「今日は、お土産を買いに行くついでに、車を借りて少し出掛けましょうか」

巧がそう提案してくれたから、白花は素直に頷いた。

巧がレンタカーで連れ出してくれた先は、グアムの政治と文化の中心地、ハガニア。ここには古代チャモロ遺跡やスペイン統治時代の歴史が色濃く残る。

ショッピングスポットもあるにはあるが、タモンと違って一ヶ所しかない。のんびりとしたお散歩コースといった雰囲気だ。

タモンから車で約十五分。ラッテストーン公園近くに車をとめて、少し歩いた。

サンゴでできた石柱を眺めて、次は史跡と緑のあふれるスペイン広場へと手を繋いで移動する。

ここは公園のように広くて、人々の憩いの場になっているようだ。緑の匂いが濃く、とても清々しい気分にさせてくれる。

（わたし達、きっとただの恋人同士にしか見えないでしょうね……）

グアムだからと、羽目を外していちゃついていた高辻と愛人の秘書のことを笑えない。ただ、自分の左手の薬指にはまる戒（いまし）めのような指輪が恨めしいだけだ。

「いい天気ですね……本当に気持ちいい」

そよ風に髪を靡かせながら、〝帰りたくない〟というひと言をぐっと呑み込んだ。

グアムに到着したばかりの頃は、〝帰りたい〟と思っていたくせに、今は真逆のことを思っている自分が、少しおかしい。

「白花さん、見てください。あそこに教会がありますよ」

巧が指差す高台には、聖母マリア大聖堂がある。青い空を背景にした真っ白な外観の大聖堂は、まるで絵画のように美しい。背の高い時計塔が印象的だ。白花が思わず目を細めると、巧が「行ってみましょう」と手を引いた。

現地の人だろう。若い男女が何組か歩いている。その中に紛れながら、白花と巧は大聖堂に近付いた。さすがに宗教施設ということもあって、周辺も静かで厳かな雰囲気だ。入り口で修道女が規則的にベルを鳴らしている。

この神聖な建物に、不倫関係にある自分達が入ることに対して、白花は深層心理で躊躇いを感じたのか、足が自然ととまっていた。白花が歩みをとめると、巧もとまる。

二人して大聖堂から少し離れたところで手を繋いだまま、この荘厳な建物を見つめる。ここで結婚式を執り行うカップルもいるのだろうか？

――どれぐらいそうしていただろう。巧がふと、呟いた。

「白花さん……離婚してください」

「…………」

返事もできないまま、呆然と巧の横顔を見つめる。そんな白花に彼は向き直り、正面に立って繋いだ手を更に強く握ってきた。

「高辻と離婚して、俺と結婚してください」

（ああ――……）

胸の中を幸せと歓びが満たしていく一方で、心のど真ん中に消えないインクのような黒い雫がポツンと垂れて、シミとなって白花の想いを汚す。

巧の気持ちは嬉しい。白花だって彼と結婚したい。ずっとそう思っていた。願っていた。けれども現実問題として、あの夫が――高辻が離婚に応じるだろうか？　堂々と不倫する人だ。そして白花の夫であり続けることで、彼には確実にメリットがある。

高辻との結婚生活が破綻していることが事実であっても、それは外からでは絶対にわからないことなのだ。なぜなら、高辻の外面のよさは折り紙付きだし、白花も白花で、夫を支える貞淑な妻を演じている。白花のそれは代々続いてきた倉原家のためでもあり、たった一人の肉親である父、清十郎をガッカリさせないためでもある。特に今、清十郎の体調が思わしくない。

日本に帰れば、追加検査の結果を医者から聞くことになるだろう。

そんな中で、〝離婚します〟〝高辻さんは不倫しています〟〝わたしも巧さんと不倫しました〟なんて口が裂けても言えないのだ。

仮に勇気を持ってそれを公表したとして、ダブル不倫だと嗤われ、世間からうしろ指を指されるのは自分と高辻と清十郎。そして巧だ。

そして世間は、六年前のあの事故まで持ち出して、センセーショナルに面白おかしく騒ぎ立て、当事者の気持ちなんてお構いなしに、勧善懲悪とばかりに断罪してくる——これは予想なんかじゃない、白花の実体験だ。

六年前、世間の目に面白おかしく晒され、部屋から出られなくなった日のことを、白花は忘れてなんかいない。そこにまた、愛する巧を巻き込むことになるかもしれない。そう思うだけで、白花は耐えられないのだ。

「……巧さん……わたしのこと、好きですか……？」

もう何度も想いを交わしてわかりきったことなのに、それでも言葉にしてほしくて尋ねる。彼は少しだけ微笑んで、頷いた。

「好きです。愛しています。誰よりも……」

欲しい答えをもらって嬉しいはずなのに、心のど真ん中にある黒いシミは消えてくれない。きっとこのシミは、一生消えることがないのだろう。

「わたしも……巧さんが好きです。愛しています。高辻と離婚したい。そしてあなたと一緒になりたい——」

「じゃあ！」

身を乗り出す巧から、白花はそっと視線を外した。

「でも、現実にはできないでしょう……。高辻は堂々と不倫しながらも、わたしと別れる気がない。高辻がお父様がお決めになった倉原の後継者である以上、無理なんです。そしてわたしは、病気のお父様に高辻の裏切りを言えない。高辻はそこまで折り込み済みなんですから」

空港で、愛人を紹介してきた時の悪びれない高辻の態度を思い出す。

『離婚なんてしたら、先生ガッカリするだろうなぁ〜。だいたいさ、おかしいと思わないのか？一度検査入院してるのに、また追加でいくつも検査だなんて。よっぽど病状が思わしくないから、医者が慎重になってるんじゃないのか』『俺と白花さんが離婚なんてしたら、ガッカリしたついでに、そのままポックリ……な〜んてね。優しい白花さんは、先生を悲しませたりしませんよねぇ？』

グアムにいながらテレビ電話で何度か話をしたが、黄疸が強くなり以前より生気が抜けた気がする。それは清十郎の容態がよくないことを否が応でも白花に予感させた。

「わ、わたしは……お父様に追い打ちなんてかけられない……」

「……あなたを、あんな男と結婚させた親でも？」

巧の声が一段と低くなる。とても巧の顔を見てられない。きっと怒っているんだろう。もしかすると呆れているのかもしれない。自分との愛よりも親を取るのかと。

「……それでも、わたしのたった一人のお父様なんです」

繋いだこの手がいつ振りほどかれるのかと怯えながら、小さく震える。すると巧は、細く長いため息をついた。

「そうですよね。あなたはそういう人だ。わかっています」

思わず巧のほうを見ると、彼は以前と変わらない穏やかな表情で大聖堂を見上げていた。

「甘えんぼうで、家族思いで、優しくて、少しワガママ。でもそのワガママも可愛くて、ついつい叶えてあげたくなってしまう。脆いところもあるけど、時間をかけて少しずつ立ち直れる強さがある。わかってます。昔から……あなたが生まれたその日から、ずっと見ているんだから」

彼は繋いだのとは反対の手を、白花の頬に添えてきた。この人の優しさが触れた手を通して伝わってくるようで、胸が締め付けられる。

「高辻はあなたを手放さない。そして、あわよくば亡き者にしようとするでしょう。でも、絶対にそんなことにはさせない。俺が護りますから安心してください。今度、先生に高辻の秘書への異動を申し出ます。高辻の秘書になれば、あいつがやろうとすることなんて、全部把握できますから」

それを聞いた白花は、くわっと目を見開いた。

自分の愛する人が、高辻に一番近いところにいくなんて！

高辻は直接自分で手を下すタイプではない、周りを操ろうとするタイプだ。巧が自分の思い通りに動かないことになんて、きっとすぐに気が付く。その上、巧が白花を護ろうとすれば、高辻は巧をも標的にするかもしれない。

「高辻の秘書なんて！　危険です、やめてください！　わたしとの関係に勘付かれたら、巧さんまで狙われる！　わ、わたしは……わたしは、あなたを不幸にすることが一番怖いんです！」

高辻が自分にやったような仕打ちを巧にするかもしれない。そう思うだけで恐怖に身体が震え、涙が滲む。

「なんだ。そんなことか」

（え……？）

あっけらかんとした巧の様子に今度は驚かされる。泣きながら目をぱちくりさせる白花に、彼は穏やかに微笑むのだ。

「ずっと想っていた白花さんが、他の男に嫁いでいく姿を見送った日から、俺は後悔の連続でした。『抱いてくれ』だなんて、白花さんらしくないってわかっていたのに。あなたの気持ちに、どうしてもっと早く気付いてやれなかったのか。結婚式なんかぶち壊して、連れて逃げればよかったって。いや、違うな――」

一度言葉を切った巧が、親指でそっと白花の涙を拭ってくれる。

「俺はずっと前から後悔していたんだ。白花さんのことが好きなのに、愛しているのに、また拒絶されるのが怖くて、白花さんを傷付けてしまうことが怖くて、自分の気持ちを伝えるひと言を言えずに線を引いてしまったことを、ずっと後悔していたんだ……」

彼の後悔は、そのまま白花にも当てはまる。

お互い、愛しているが故に、自分が傷付くことも、相手を気付けることにも臆病になっていた。それでも惹かれ合う想いは途絶えることもなく、結局、こんな歪な形になって……

でもだからこそだ。だからこそ、これ以上、後悔することのないように彼を護りたい。

「巧さん、でもわたしは――」

「白花さん、よく聞いて」

白花の言葉を遮った巧は、握っていた手をほどき、両手を白花の頬に添えると、真っ直ぐに見つめてきた。海と草の匂いがサーッと通り抜け、白花の耳から巧の声以外を消し去る。

「俺が勝手にあなたを愛しているだけなんだ。愛されてる側は、愛されていることになんの責任も感じる必要なんてないんだよ。だって、愛されてるってそういうことだから。俺が不幸になる？　俺はどんな形でも、あなたを愛さずにはいられない馬鹿な男なんだ。惚れた女に不幸にされるなら本望だよ。だから忘れないで。あなたは俺になにをしても許される、世界で唯一の存在なんだって」

巧の声は、白花を説得しようとしているようでもあり、自分自身に言い聞かせているようでもあり、誓いを立てているようでもある。

巧も白花も、自分達の関係が人の道に反していることなんて充分承知している。そして同時に、この感情がどうにもならないことも理解しているのだ。

「本当に……？　巧さんは、ずっとわたしを愛してくれるの？」

「当然だよ。諦められるなら、とっくに諦めてる。できないんだよ、もう」

流れてくる白花の涙を、巧の唇が何度も何度もすくってくれる。こんなに優しい人を不幸にすることが怖いのに、人の道に外れたことにこの人を巻き込もうとしている。

「わたしが高辻と離婚できなくても？　あなたと結婚できなくても……？」

「ああ。だって、白花さんが愛してるのは、俺だろう？」

「そうよ……。ね……、信じてくれる？　たとえ、わたしが今のわたしじゃなくなっても、わたしが愛してるのはあなただって……」

「ああ。信じるよ。信じてる。だから白花さんも信じて。俺が愛してるのはあなただけだって」

頷くのと同時に唇が重なる。

清い大聖堂の前で、倫理に外れた誓いを立てる。そのことに他人も神様も嗤うだろう。

でも白花は知っているのだ。この世に神様なんていない。

だから彼と自分、そしてこの想いを護れるのは自分達だけなのだ。

一緒にいたい。どんな形でもいいから一緒にいたい。この想いを貫いて、普通の幸せが手に入らないのなら、それでもいい。

ただ彼となら、人生という名の生き地獄を一緒に歩いていける。

（……わたしは、強くなる……）

誰になにを言われても。たとえ〝変わった〟と言われても——

後悔ばかりの人生を、ただ歩んでなるものか。

第三章

清十郎は肝臓癌のステージⅣ。つまり末期だった。しかも、全身に転移が見られるという。

医者の説明では、癌の進行具合と、清十郎の年齢を考えて残された肝臓の機能を損なわないためにも、あえて部分切除を行わない方針であること。そして緩和ケアへの移行を勧められた。

つまり医療としてできることはなく、これから身体にあらわれるであろう様々な症状や辛い痛みを取り除いてやることに専念すべきだと。

肝臓癌末期の五年生存率は、一〇パーセントを切っているのだと聞かされれば、もうどうにもならないところに来ていることを思い知らされる。

巧と共にグアムから帰国した白花は、直接向かった病院でそれを聞き、卒倒しそうになるのを必死でこらえていた。

『自覚症状がまったくなかったからな、わしも驚いとるところだ。ま、医者に言われても酒をやめなかったツケだな。ハハハ』

そう言って清十郎はざっくばらんに笑ったが、その様子はどこか悟りを開いているようでもあり、終わりへの抵抗が一切見えない。

もしかして、自分の病気を知っていたのではないか？　と思わせる。だから去年急に引退したのか？　そして、自分の後継者となる男を見付け、その男と白花を結婚させたのか？　真相はわからない。

親の人生の選択を尊重すること——白花はそれを選んだ。

かくして清十郎は、白花らがグアムから戻った一週間後には、医者の勧めた通り、緩和ケア専門の病院へと移った。

「お父様、お加減はいかがですか？」

白花は名目上の夫、高辻と共に、亡くなった母親が好きだった上品な花、トルコキキョウの花束を持って、清十郎の入院先である緩和ケア病院を訪ねた。

「ああ。いいよ」

そう言って身体を起こした清十郎だが、以前より痩せてきているようにも感じる。

清十郎が転院した緩和ケア専門の病院は、全室個室。テーブル、テレビ、冷蔵庫だけでなく、ソファを含めた応接セットやユニットバス、トイレ、そして、家族が患者のために食事作りのできるミニキッチンも付いている。

病院自体も明るく開放的で、談らんの場や創作スペースなんかもあって、まるで高級な老人ホームのような印象を受ける。

アニマルセラピーも積極的に取り入れており、犬が好きな清十郎はそれをいたく気に入ったらしく、アニマルセラピーの時間を楽しみにしているようだった。

そんな清十郎には、巧が秘書として絶えず付き添っている。巧とはできるだけ目を合わさないようにしながら、白花は花瓶に花束を飾った。

「この花、懐かしいでしょう？　お母様がお好きだった……」

「ああ。覚えているよ」

懐かしそうに目を細めて花を見つめていた清十郎は、ソファに並んで座った白花と高辻を交互に見つめた。

「おまえ達も結婚してそろそろ半年か。上手くいっているようでなによりだ」

なにをどうもって〝上手くいっている〟のか、白花はさっぱりわからない。

グアムで怪我をした白花を、高辻が置き去りにして帰国した件について、清十郎が高辻を咎めることはついぞなかった。

家族よりも国会を優先することは、清十郎にとって〝当たり前のこと〟なのだ。だから巧を自分の代わり、高辻の代わりとしてグアムに送った。

白花には娘として愛情を注いでくれる一方で、清十郎の政治に対する真摯さ、真っ直ぐさというものは、政治家を引退しても変わらない。

優先するべきは自分の家族より国民の皆様。そんな理念を持つ清十郎には、白花よりも国会を優先した高辻の行動は、理想的で正しいことだと映ったに違いない。この件で、高辻が清十郎に苦言を呈されなかったことが、いい証拠だ。それほどまでに高辻を気に入っている、ということかもしれないが。

病身であることを抜きにしても、清十郎に高辻が不倫していること、新婚旅行に愛人を連れてきたこと、他にも女がゾロゾロいることを信じさせるのは、相当に困難だろうということで、白花と巧の見解は一致している。

結局、白花が買うようにと計画していたお土産リストの中のひとつも、高辻と愛人は用意していなかった。自分達のお土産だけを買っているんだから呆れてしまう。白花と巧が用意していなければ、どうなっていたか。

否定も肯定もせずに、にこにこと微笑みを絶やさないでいると、それは肯定と受け取られたらしい。清十郎は、ドア付近を護るように、直立不動で立っている巧を指先ひとつで呼び寄せた。

「知っとるだろうが、わしの秘書の広瀬巧だ。巧の親父がわしの第一秘書でな。息子の第一秘書に据えるつもりで、巧には秘書としてのいろはを叩き込んで育てた。将来的にはわしの男でな。並の秘書とは出来が違うぞ。政策秘書としても使える。巧の親父は事故で不幸なことになったが、その穴を埋めてくれたのはこの巧だ。巧がわしのところに残ってくれたから、わしは議員人生をまっとうできた。倉原の秘書と言えば広瀬と、もう決まっておる。父子二代で仕えてくれる忠信者よ。父親が官僚上がりだったからな、中央官庁とのコネもある。地元の後援会から他の党員、官僚の渡りの付け方までなんでも知っている。逆にな、後援会でも、永田町でも、巧を知らん議員や官僚もおらんわけだ。下手な政治家より顔が利くぞ。わしの官房長官時代を支えてくれた虎の子だ。蓮司、巧をおまえの第一秘書にしなさい。必ず助けになる」

「あ、ありがとうございます、先生！　いや、お義父さん！」

広瀬巧という〝自分の息子に与えるつもりだった優秀な秘書〟を与えられた。それは高辻にとって、清十郎の〝息子〟として、認められたことと同義語なのだろう。それが巧からの申し出とも知りもせずに……

（なんて幸せな男）

喜色満面といった笑顔で右手を差し出す高辻に、内心嫌悪感を抱かずにはおれない。

「広瀬くん、これからよろしく！」

高辻との握手に応じた巧は、冷静沈着な表情を一切崩さずに会釈した。

「先生のご期待に添えるよう邁進いたします」

「聞いてください、お父様。実はわたし、先日苅部首相の奥様から、大戸議員の奥様をご紹介いただいたんですのよ」

巧と高辻の話を早々に切り上げさせたくて、白花は父に話題を振った。

「大戸議員？　まさか、あの、大戸一郎議員か？」

大戸議員は自分の考えを曲げることがなく、「自分の考えと合わない」と思ったらすぐ離党届を出してしまう人で、清十郎とはまた違った種類の信念を持っている政治家だ。様々な党を渡り歩き、時には自分で党を作ったこともある。古株ながらも行動派で実力派。人気は絶大。政界の重鎮である。なので彼と繋がると、一気に人脈が増えるのだ。が、基本的に毒舌で、若手議員を一方的にやり込めることが多々あり、対等に付き合うにはなかなか難しい人物だ。だが、夫人のほうは人付き合いがいい。温和ながらも油断できないところはあるが。

「ええ、あの、大戸議員ですわ。大戸議員の奥様と苅部首相の奥様と、あと数名の議員の奥様達の間で結成された、『俳画の会』がありますでしょう？　お母様もよく出席していた。あの会に、今度わたしもお呼ばれすることになりました」

苅部が内閣総理大臣を務めるようになってから、苅部夫人を中心とした、苅部内閣閣僚夫人の会が開催され、親睦を深める中で結成されたのが、この『俳画の会』。言わずもがな、政界の重鎮達の奥方が集まる会で、裏内閣的な存在である。

議員がやれば違法なことも、その妻がやれば賞罰なし。議会の裏で暗躍する議員妻達……それが裏内閣と言われる所以だ。

若い議員とその妻なんて、『俳画の会』の存在すら知らないのではないだろうか。高辻が知っているかすら怪しい。そこにまだ二十代の、若輩も若輩の白花が加わるなんて異例のことと言える。

「『俳画の会』か……母さんが逝ってから、足が遠のいていたからなぁ。白花、これからはおまえが倉原の顔になるんだ。皆さんに、しっかり挨拶してきなさい」

「はい。会には何度かお母様に連れていっていただいたこともありますし、茹部首相の奥様とは普段から懇意にさせていただいていますから大丈夫です。それから、多貴恵真珠から年末の創業五十周年パーティーに招待されました。こちらも参加する予定です」

社交界で白花は、子供の頃から、いや、生まれる前からいろんな夫人達に可愛がってもらっていたのだ。それは清十郎の娘ということもあるが、母の人付き合いがうまかったからというのもある。

「白花も代議士夫人としてしっかりと立ち回っているようだな。感心、感心。倉原の娘としての誇りを忘れてはならん。パーティーに出席した時には、わしがくれぐれもよろしくと言っていたと伝えてくれ。まぁ、おまえなら大丈夫だろうがな」

和らいだ清十郎の表情に、白花自身もホッとして頷く。少しは安心してもらえただろうか？　ここに来て白花は、本題を持ち出した。

「お父様、わたしは今日から実家に戻ることにしました。蓮司さんとも話をして、わたしだけでも、いつでもお父様のお見舞いに来られるようと。『俳画の会』があれば、東京の繋ぎは充分でしょうから」

「おお～そうか、そうか。蓮司にも気を使わせたな。ありがとう」

清十郎にお礼を言われた高辻は、一瞬、表情を引き攣（つ）らせた。それが白花は内心、痛快でたまらない。なにせ高辻には、今日から実家に戻ることなんて、白花はひと言も相談していなかったのだから。普段から宿舎に帰らない高辻だから、白花が自分の荷物をすでに持ち出していることにすら、気付いていなかったのだろう。

「え、ええ！　まぁ、白花さんのご希望でしたから」

外面（そとづら）だけは立派な高辻は、「知らなかった」なんて言えるはずもなく、調子のいいことを言っている。高辻が清十郎の前では、自分に同調した返事をすることなんか、白花は織り込み済みだ。だからこその今、このタイミング。

あまり長居して清十郎を疲れさせるのもなんだからと、面会自体は三十分ほどで切り上げ、白花は「また明日、わたしだけ参ります」と約束した。

「巧。倉原の家を頼んだぞ」

「かしこまりました、先生。長いことお世話になりました。どうぞご安心ください。私が倉原の名を護（まも）ってみせます」

最敬礼で頭を下げる巧に、清十郎は「おまえがいれば安心だ」と、満足そうに頷いた。

ベッドから軽く手を上げる清十郎に見送られて、白花を先頭に、高辻そして巧が続いて廊下に出た。道中、三人とも無言だ。

病室からだいぶ離れたエレベーターで、巧が前に出てボタンを押している間に、白花の肩を高辻がガシッとうしろから掴んできた。

「おい、一人で実家に戻るだと？　この俺になんの断りもなく！」

声のトーンは抑えているものの、明らかに怒りが滲み出ている高辻に嗤いが込み上げてくる。エレベーターの中なり、車の中なり、ひと目につかないところまで我慢が利かなかったと見える。

（まったく、短絡的な男……）

白花は自分の肩を掴む高辻の手を、ハエを叩くように扇子でパシッと叩き落とすと、澄ました顔でそっぽを向いた。そして優雅に扇を広げて嗤う口元を隠す。

「あら？　なにかご不満が？　わたしは気の利かないあなたを、父の前でわざわざ立てて差し上げたつもりですけれど？」

「はぁ!?」

まったく意味がわかっていない高辻に説明するのも面倒だと、「はぁ～っ」とため息をついてみせる。すると、すかさず巧が高辻の側に寄って、小声で耳打ちした。

「倉原ほど大きな後援会を持つ代議士夫人は、後援会との繋ぎのために、地元に残るのが慣例です。むしろ今までお嬢様が東京にいたことがおかしい。新婚だから大目に見られていただけですよ。結婚から半年が経とうとしていますから、お嬢様はそろそろ地元に戻りませんと。こういったことは、ご存知なかったのですか？」

声だけで、巧が呆れているのが目に浮かぶ。

白花は顎をツンと上げて扇子を閉じると、肩越しに高辻を睨み付けた。

自分の無知がよほど恥ずかしかったのか、癪に障ったのかわからないが、高辻は巧に向き直った。

「広瀬くん！　これからについて打ち合わせをしたい！　俺の事務所に来てくれないか！」

なんて言うのだ。話を逸らそうとしているのが丸わかりだ。

「打ち合わせより先にすることがあるでしょうに。まったく、これだから――」

白花は小声で――だが、高辻に聞こえるように言い放つ。

「巧さん、その人は本当に無知なんですの。手持ちのスーツなんて全部つるしで――」

「俺は国民に寄り添った政治家を目指しているだけだ！　さっきからなんなんだ、おまえは！」

白花の声を遮って、病院の廊下でいきなり怒鳴りだす高辻を「ハッ」っと鼻で嗤う。

「おまえ？　誰に向かって言っているの？」

今までおとなしかった白花の変わり様に、高辻は動揺しているようだったが、まるっと無視した。

無人のエレベーターが来て、黒子のように移動した巧が、「失礼します」と断って先にエレベーターの中に入り、開くボタンを押して白花と高辻を乗せる。

自分達三人しかいないエレベーターの中で、白花は巧のうしろに立ち、彼の頼り甲斐のある背中を見つめた。

この人がいてくれるだけで、自分はこんなにも強くなれる。

白花は巧の背中を見つめながら、静かに言った。

「選挙活動、通常の国会なんかはね、それでも結構。国民の皆様へのアピールにもなるでしょう。でもね、国会議員ともなれば、国賓をもてなすことも、宮中行事に参列することもあるものです。

そんな場に、安物で行く馬鹿がありますか。ＴＰＯを弁えろと申し上げているのです。きちんと仕立てた物をある程度は持っておかないと恥をかきます。招待状が来てから慌てて仕立てるなど言語道断です。というか、着物で正装したわたしの隣に、貧相な格好で立たないでもらえます？　倉原の恥なので」

「くっ……！」

言い返したくても言い返せないのか、高辻は歯噛みしている。

エレベーターが一階の総合受け付け横に着いて、一番に降りた白花は威厳たっぷりに振り返った。

「巧さん、その人の事務所での打ち合わせはあとになさって。お父様とお兄様が利用していたいつもの銀座のテーラーで、オーダーメイドスーツを……そうね、とりあえず三着仕立ててくださいな。お見立ては巧さんにお任せします。その人の好みなど、どうでもよろしいわ。わたしの着物と合わせておかしくないようにしてください。倉原のカードはお持ちね？　それで払ってくださいな」

「かしこまりました、お嬢様」

エレベーターを降りた巧が恭しく白花に頭を下げる。それにまた高辻が激高するのだ。

「なんで俺のスーツを仕立てるのに、おまえの着物に合わせるんだ！」

「はぁ～～っ」

周りに看護師や患者、その家族がたくさんいるというのに。白花が情けないと言わんばかりにまた盛大なため息をついて、扇子の先を軽く頬に当てる。すると、巧が高辻に耳打ちした。

「お嬢様は公式の場でドレスをお召しになりません。すべてお着物です。お嬢様のお着物の中には、一千万はくだらない物もございます。ご夫婦で並ばれた時に、お召し物にあまりにも差があるのは好ましくありません」

「い、一千万⁉」

高辻が間抜けな声を上げるのを、くだらないと一笑(いっしょう)して吐き捨てる。呉服専門店が上客に売る着物なんて、一千万、二千万なんてザラだ。人間国宝の作品や、老舗(しにせ)染め問屋の手仕事の品物なら、訪問着でも五百万はする。加えて白花の着物には母が見立ててくれた物や、遺(のこ)してくれた物が多い。必然的に格や値段が上がるのだ。

「巧さん。今、その人の事務所にいる秘書は、その程度のことも進言できない無能ばかりなのよ。倉原がどういう家かをいまだに理解していない。どこの誰が、どういう基準で採用したのかは知りませんが、実に嘆(なげ)かわしいことです。ベテラン秘書である巧さんの裁量で、使えそうな人だけ鍛え直して、あとのは辞めさせてくださいな。――ああ、特に花藤翠とかいう女秘書。一度お会いしましたが、あれは品がなさすぎていけません。倉原の恥ですから解雇してください」

「かしこまりました、お嬢様。万事、私にお任せください」

白花の指示に従おうとする巧を見て、高辻が途端に慌てだす。

「お、おい！　俺の秘書達だぞ！　そんな勝手が許されるわけ――」

「あなた、お父様のお話をお聞きになっていなかったの？」

呆れ顔で高辻に向き直ると、白花は汚物でも見るかのように、スーッと目を細めた。

「お父様はちゃんとこう仰(おっしゃ)ったでしょう？『倉原の顔は白花だ』と。許されるんですよ。倉原の正統であるわたしが許可したんですから。それが気に入らないなら、今すぐ離婚して〝倉原〟の看板を下ろし、高辻蓮司で立候補し直しなさい。できるものならね？　――このわたしに向かって、おまえですって？　ハッ、いったい何様のつもり？　わたしにそんな態度を取っていいとでも思っているの？　ご自分が政略結婚で婿入りした立場だということをお忘れ？　お父様はね、あなたとわたしなら、実の娘であるわたしをお取りになるわ。それに、お医者様のお話ではお父様ももう長くないでしょうしね。お父様亡き後、あなたの後見を誰がしてくれるのか、その辺を足りない頭でよぉ～くお考えなさいな。そして、お父様が長生きなさることを、誰よりも深く祈ることね」

『へぇ？　俺にそんな態度取っていいんだ？　なんなら離婚でもするか？　離婚なんてしたら、先生ガッカリするだろうなぁ～。ガッカリしたついでに、そのままポックリ……な～んてね』

空港で高辻に脅された言葉に、のしをつけて叩き返す。

医師の話では、肝臓癌末期の五年生存率は高くないらしい。清十郎の死は避けられない。近い未来、別れは必ず訪れる。それを覚悟して緩和ケアを受けることに白花も同意したのだ。

もちろん、清十郎の晩節を汚さないためにも、高辻との離婚を選択することはしない。だが、清十郎の目が届かないところでは話は違う。

「っ！」

高辻は言葉を失っているのか、若干、顔色が悪い。自分と白花の間に愛はない。生まれも育ちも、立場だってまるで対等ではないことを今更思い出したらしい。が、今更も今更だ。

清十郎に自分が気に入られていることを鼻に掛け、自分が〝倉原〟の大黒柱にでもなったつもりでいたのなら、とんだお笑い種だ。

ちょっと前の――グアムに行く前の白花ならば、絶対にこんなキツい物言いはしなかっただろう。

しかし、今は違う。高辻には散々舐めた態度を取られ続け、どこぞの馬の骨とも知れない雑魚女にコケにされ、挙げ句の果てに階段から突き落とされたのだ。白花だって許す気なんてハナからない。

〝この男は自分の敵〟、そう高辻を認識した白花は容赦ない。

たったひとつの初恋を護るためなら強く、そして、したたかにならなくてはならないのだ。

この男にひと泡吹かせてやろうなんて、ちゃちな気持ちではなく、犬のように上下関係をきっちりと躾直してやらなくてはという気持ちで挑む。

流されるだけの人生に決別し、行動するのだ。

自分が――自分と巧が幸せになるために。

「じゃあ、巧さん。面倒でしょうけど、その人に上下関係というものを、叩き込んでくださいな。本当に呆れてしまうくらい無知な人なので。くれぐれもよろしくお願いしますね？」

白花はそう言い残すとサッと踵を返し、カツカツとヒールを鳴らして病院を立ち去った。

◆　◇　◆

「ふんふんふ〜ん♪」

白花は鼻歌を歌いながら、実家のキッチンで料理をしていた。今日の献立は、メインに煮込みハンバーグ、副菜には豚肉とブロッコリーやじゃがいも、れんこん、人参をオリーブと塩でシンプルに味付けをした蒸し料理を。それからちょっと気合いを入れて、パンも焼いてみた。

それらは全部、二人分。食べるのは白花と巧。なにせ今日は金曜日。巧が東京から帰ってくる日だ！

巧は高辻の第一秘書として、火曜には高辻と共に東京に向かい、サポートに入る。そして金曜には後援会との繋ぎのために、地元に帰ってくるのだ。ついでに高辻も……。どうせ高辻は、女のところにでも行っているのだろう。彼のことなんて、白花はハナから興味もない。

（巧さん、まだかしら？）

キッチンの壁時計に目をやると、二十一時を少し過ぎている。確か十九時三十三分東京着の、のぞみ号に乗って帰ってくると、巧からメッセージが入っていたっけ。東京駅からこの地元神奈川までは、有料道路を使って車で一時間半程度。そろそろ彼は帰ってきてくれる頃だろう。

巧が高辻の第一秘書になって二ヶ月。もともと、巧は倉原邸の近くにマンションを借りて住んでいるのだが、白花が実家に戻ったことで、週末はこの倉原邸に帰ってきてくれるようになった。

清十郎の秘書を務めていた頃から、巧が倉原邸に出入りする機会は頻繁（ひんぱん）にあり、ごくごく当然のことだったし、清十郎が入院したといっても、巧は清十郎の後継者、〝倉原蓮司〟の秘書を務めているのだ。〝倉原蓮司〟が帰宅してもおかしくない倉原邸に巧が出入りしていたとしても、違和感なんてない。

だが実態は、週末倉原邸に帰ってくるのは、〝倉原蓮司〟ではなく、巧だけ。倉原邸のガレージは邸(やしき)内の裏口に通じているので、誰が出入りしているかなんてご近所にはまったくわからない。

近所の人は巧の顔を知っているが、〝倉原議員さんところの秘書さん〟という認識なので、仮に見られてもどうということはないのだ。

加えて白花は、この邸(やしき)の鍵を高辻に渡さなかった。

高辻としても、週末しか帰ってこない地元だ。折り合いの悪い妻が住んでいるとわかっている以上、邸(やしき)には不必要に近寄らない。

そして白花は、電話からメール、メッセージアプリまで、すべての連絡手段において高辻をブロックした。用があるなら秘書(たくみ)を通せという無言の圧力だ。そうすることで、白花と巧の連絡の頻度が増えても不自然ではなくなるのと同時に、高辻が白花に接触するのを防ぐことができる。

高慢なのか鈍感なのか、高辻は「愛人連れでの新婚旅行を、白花がよほど怒っている」くらいにしか思っていないらしく、白花と巧の仲を疑ってもいないのも、かえって好都合だった。

その結果、倉原邸は今や白花と巧の愛の巣。

白花は倉原邸の女主人として堂々と振る舞い、地元後援会とのやり取りをしたり、時には東京に出て苅部夫人や大戸夫人、そして赤坂の議員宿舎で仲良くなったご夫人達とのお付き合いをこなしている日々だ。

ブルルルルル——邸(やしき)のガレージに車が入る音がして、白花はパアァッと顔を輝かせた。

(巧さんが帰ってきた！)

車のエンジン音に反応し、鍋に掛けていた火を急いでとめて、喜び勇んで裏口に駆け寄る。

そしてちょうど一拍置いてから、カチャリと裏口の鍵が外から開いた。

「お帰りなさい！」

「ただいま、白花」

爽やかな笑顔に胸がときめく。

白花と想いが通じ合ってから、巧はまた笑ってくれるようになった。外では相変わらずのようだが、白花の前ではふんわりとした柔らかい笑みを浮かべて抱きしめてくれる。そして主従関係のような敬語も抜けて、恋人——いや、夫婦のように自然に話してくれるようになった。

そう、白花と巧はこの邸（やしき）の中では夫婦なのだ。たとえ戸籍上は違ったとしても、グアムの大聖堂脇で誓ったあの愛は、結婚式の夫婦の誓いとなんら違いはない。

ぎゅっと抱き合って、硬い胸板に頬擦りすると巧が苦笑いする気配がした。

「煙草臭いんじゃないかな？　大戸先生、ヘビースモーカーだから」

スーツに移った煙草の匂いは、確かにいつもの巧の匂いではない。

白花が「俳画の会」で繋いだ大戸夫人との縁は、そのまま高辻と大戸議員との縁になった。大戸議員のほうから、高辻に声をかけたのだ。高辻としては面喰らったことだろう。まさか「俳画の会」にそんな力があるとは思ってもみなかったようだから。

普段は毒舌で若手をやり込む大戸議員も、女房同士が繋がっている議員は無下（むげ）にしない。高辻も高辻で清十郎を誑（たぶら）かした外面（そとづら）のよさと、弁が立つことを見せつけたらしいのだが、その際、「ふん。若手の中ではまぁまぁじゃないか。倉原が引退した今、嫁さんに感謝するんだな」と、白花の働きがあったことを大戸議員が匂わせたと、一部始終を見聞きしていた巧がメッセージで教えてくれた。

　そのこともあって、今回、大戸議員が応援演説をすることになっている大阪へ、高辻も同行させてもらえることになったらしい。政界の重鎮である大戸議員の誘いを断れるはずもなく、高辻は縁もゆかりもない大阪の地を踏むことになったのだ。

「いいの。気にしないから。それより、例の物、大戸議員に渡してくれた？」

「もちろん。行きの新幹線の中でね。『倉原のお嬢様からの差し入れです』って言ってお渡ししたよ。さすが白花。大戸議員は大喜びでね。白花のことをベタ褒めしてたよ」

　巧が頭をゆっくりと撫でながら、褒めてくれるのが嬉しくて、白花はますます彼にしがみ付いた。

　例の物――とは、白花が手土産として巧に預けた、イゴス・マカロネスのマカロン。政界の重鎮で、毒舌家で知られる大戸議員の大好物が、実はマカロン。しかも、マカロンならなんでもいいというわけではなく、このイゴス・マカロネスのマカロンだけしか受け付けない。

　白花の母がまだ存命だった頃、大戸夫人にイゴス・マカロネスのマカロンを贈ったのだが、その時に、大戸夫人が「美味しかったわぁ～。主人がとっても気に入って、パクパク食べていたのよ。普段は甘いのなんか見向きもしないのに」と言っていたのを、白花はしっかりと覚えていたのだ。

　なので今回、高辻が大戸議員に同行することが決まった際に、白花は大戸議員に贈るイゴス・マカロネスのマカロンを巧に預けた。グアムですぐに持ち帰る用と、あとから別便で送ってもらう分とでわけていて本当によかった。こんなこともあろうかと、余分に別便を注文しておいたのだが。

イゴス・マカロネスのマカロンは、賞味期限の問題もあるが、第一に人気がありすぎてネット販売やお取り寄せを受け付けていない。買うためにはグアムのあの店に行くしかないのだ。

「俺は鼻が高いよ。白花がこんなに気の付く子で。なんにも知らない高辻が、微妙な顔してたのがおかしいのなんのって。あいつ、俺に『どうして白花からの差し入れだと言った！　俺からと言って渡せばよかったじゃないか』って言ったんだよ？　白花の手柄を横取りする気満々じゃないか。本当に腹が立つ。『男からマカロンをもらって嬉しいと思いますか？　こういうのはお嬢様からだからこそ意味があるんですよ』って言い返しておいたけれどね」

「ありがとうございます、巧さん。あの人は本当に浅ましいというか、器が小さいというか――」

それに比べて巧の堂々とした男っぷりには、惚れ惚れする。慇懃無礼に高辻をあしらう様が目に浮かぶようじゃないか。

彼は白花のことを絶対に「奥様」とは言わない。「お嬢様」と言う。それが白花を高辻の妻だとは認めないという、彼のささやかな抵抗なのだと思うと、愛おしさが増す自分がいる。

白花がますます身体を寄せると、巧はそれに応えるように額にキスしてくれた。

「今日はね、白花にプレゼントがあるんだ」

「プレゼント？」

今日は白花の誕生日でもなければ、なにかの記念日でもない。もしかすると、大阪出張のお土産だろうか？　でもそのわりには、巧は手になにも持っていないようだが……

「これ――白花に身に付けてほしくて」

彼がスラックスのポケットから取り出したのは、指輪ケース。パカッと蓋(ふた)を開けると、そこには見覚えのある指輪がペアで収まっていた。

「これ――……」

「うん。結婚指輪。高辻が白花に贈ったのとまったく同じデザインだよ。でも、指輪の中の刻印は違う」

彼は女性用の指輪を取って、白花に見えるように指輪の角度を傾けてくれた。

そこには、〝My heart is yours.〟と、英文のメッセージが刻印されている。

――俺の心は君のもの。

名前はなかったけれど、それでも巧の気持ちと想いが込められた言葉に、胸が詰まる。

「白花……高辻からの指輪を外して、これを付けて。白花はあいつのじゃない。俺の女(もの)だから……」

巧の強い独占欲を垣間見て、歓喜に包まれた身体がゾクゾクする。

白花は彼に言われるがまま、自身の左手の薬指から忌々(いまいま)しい枷(かせ)を外して、愛おしい人がくれた新しい指輪を嵌(は)める。サイズもピッタリ。しかも、まったく同じデザインだから、指輪が変わったことなど誰も気付かないだろう。でも、身に付けている白花の心は確実に違う。好きな人から結婚指輪を贈られるというのは、女にとってこんなにも幸せなことなのか。

「うれ、しい……ありが、とう……」

胸がいっぱいになって、涙があふれてくる。その涙を巧が唇ですくってくれた。

〝嬉しすぎて言葉にできない〟とはこういうことを言うのだろうか？　白花は巧に抱きついて、ますます頬擦りすると、彼は目を細めて白花の髪にすーっと指を通した。

「よかった。喜んでくれたみたいで。俺のはチェーンに通して首にかけるよ。——じゃあもう、コレは要らないね？」

今まで枷のように感じていた高辻との結婚指輪を、巧が摘まみ上げて自分のポケットにしまう。

「俺が処分しておくよ」と、彼は囁いた。白花だって、あんなもの要らない。

「ずっとこうしていたいけど、先にシャワー浴びてくるよ。やっぱり煙草の臭いが気になるから。白花に他の男の臭いが移るのもいやだしね」

「……はい」

そんなことを言われたら、離さないわけにはいかない。本当はもっと抱き付いていたかったけれど。白花は惜しむように、彼から離れた。

「シャワーの間に、お夕飯をあたためておきますね」

「ん。お願い。一週間ぶりの白花の手料理だ。とても楽しみだよ」

巧は勝手知ったる我が家と言わんばかりに、一階奥のバスルームに向かう。そのうしろをトコトコと付いていき、バスタオルと巧用のルームウェアと着替えを用意してから白花はキッチンに戻った。

巧がシャワーを浴びている間に料理をあたため、キッチンのカウンターの向こうにあるダイニングテーブルに運ぶ。その間に何度左手の薬指の指輪を見ただろう？　指輪としてのデザインも材質もまるで同じであっても、くれた人が違う。そこに意味と価値がある。巧がくれた物なら、たとえ道端の石ころでさえ、白花にはなによりの宝石。

(巧さんとお揃い……。ああ……巧さんの奥さんになったみたい……！　嬉しいっ！)

白花がうっとりと指輪を眺めていると、湯上がりの巧が、少し濡れた髪を掻き上げながらキッチンに入ってきた。その彼の首には、チェーンに通した指輪がある。揃いの指輪――見ているだけでドキドキした。

「おお、煮込みハンバーグ！　いい匂いだ。美味しそうだね」

「あのね、今日はパンも焼いてて……」

「そうなの？　すごいね～」

無駄に広いダイニングテーブルを狭くL字に使い、肩を寄せ合って遅い夕飯を食べる。

「美味しいよ。白花のご飯は本当に美味しいな」

優しい微笑みを浮かべながら、本当に美味しそうに食べてくれる巧を見ているだけで、白花は胸がいっぱいになって、甘いため息がこぼれる。

(……幸せ……)

週末しか会えないが、それは政治家の家庭にはありがちなことで、父、清十郎も週末しか帰ってこなかった。政治家と行動を共にする秘書にもそれは当てはまる。

そりゃぁ、本音ではもっと一緒にいたいとは思うが、巧が政治家秘書という仕事をして、白花が代議士夫人である以上、この生活が続くことは仕方のないこと。むしろ、政治家の娘として育った白花にはこれが普通なのだ。

昔、自分が夢見た幸せが今ある。手にしている。そのことに胸の奥底から湧き上がってくるのは歓喜——

食事を終えてから白花はコーヒーを淹れた。巧はリビングのソファに腰を下ろして、テレビのニュース番組を見ながら、スマートフォンをいじっている。

政治家秘書に週休二日は当てはまらない。土日に地元に帰ってきたからといって、休みになるわけではないのだ。地元に戻ったなら地元の後援会とのやり取り、地元の祭りに顔を出したり、地元の有力者の冠婚葬祭、地元大企業の取締役との接待ゴルフなんかもある。

本来は地元の行事すべてに議員本人が出向くことが理想だが、そんなことは分身でもしない限りは不可能だ。そこで登場するのが、秘書と議員の妻だ。

「倉原の代理で参りました。本当は本人が一番来たがっていたのですが……」と、さも申し訳なさそうに言いながら頭を下げる。議員が出不精であればあるほど、秘書の負担は大きい。だから秘書は常に複数人が交代で動いているのだが、第一秘書ともなれば必然的に出番が多くなる。体力も精神力も一般人の二倍、三倍あってやっと務まるようなハードさがあるのだ。

「明日の予定は、伺っていた通りで変更なしですか？」

白花は明日、結婚式にも出席してくれた後援会員の葬儀に、高辻の名代で出席することになっている。後援会も高齢化が進み、最近は結婚式の出席よりも葬儀に出席することのほうが多くなっているのが現状だ。だが後援会は地域地盤であり、倉原最大の組織票である。これを蔑ろにするわけにはいかない。

エプロンを外した白花は、コーヒーをクリスタル製のローテーブルの上に置いて、巧の隣に寄り添うように座った。

「そうだね。葬儀なんて面倒だろうけれど」

「いえ、そんなことはありませんわ。後援会の方々は、高辻をというよりは、お父様を支持してくださっていた皆様ですから、娘のわたしが礼を尽くすのは当然のことです」

白花が高辻を嫌いながらも、代議士夫人の仕事を、文句のひとつもこぼさずにこなす理由がこれだ。

清十郎が議員であり続けることができたのは、ひとえに支持者のお陰。清十郎が身体を壊して入院中の今、高辻の妻としてよりも、清十郎の娘として頭を下げるのはまったく苦にならない。

ちなみに明日の高辻の予定は、地元企業の取締役とのゴルフだ。高辻が初めて挨拶に行く企業なので、そこに巧も第一秘書として同行することになっている。まぁ、高辻一人が行ったところで、相手は困るだろう。秘書である巧がいて初めて、「倉原が代替わりしたご挨拶」ができるのだから。

「白花は本当にいい子だね」

そう言いながら、巧が外した眼鏡をローテーブルの上に置く。そして白花の頭を撫でるように髪を梳いてくれるのだ。それが嬉しくて、彼の肩にちょこんと頭を載せた。そして、もらったばかりの指輪を何度も指で撫でる。

「白花。計画は順調だよ。事務所の秘書は完全に掌握したし、証拠も集まりつつある。この間、面白い情報を手に入れたからね。もっとはっきりしたら白花にも見せてあげるよ。いいネタになる」

囁くような巧の言葉に、うっすらと微笑む。

巧が高辻の第一秘書になってから、はや二ヶ月。彼は高辻の動向を見張り、逐一白花に報告してくれる。専属運転手を雇っていない高辻は、東京でも地元でも単独行動する時は自分で運転する。かなり初期の段階で、巧が高辻の車の下に、レコーダーを設置したので、高辻の行き先は筒抜け。巧が把握した高辻の愛人は全部で五人。その内の一人が秘書の花藤翠。

他の秘書は高辻と花藤の不倫を知っていた者、知らなかった者、見て見ぬ振りをしていた者と三者三様だったが、巧が秘書全体を取り仕切るようになって大規模な人事異動が行われた。

真っ先に解雇になったのは白花に名指しされた花藤だ。高辻はこれを庇いもしなかったらしい。さすがの高辻も、白花が自分を突き落とした人間に気付いていないとは思ってはいないようだ。自分の関与を疑われても「花藤が勝手にやったこと」としらを切るつもりなんだろう。ようはトカゲの尻尾切りだ。

そんな高辻の最近のお気に入りは、テレビ局の人気女子アナウンサーのようで、東京ではこの女のマンションに入り浸っている。人気女子アナならスクープするほうも躊躇う。自局の女子アナならなおさらだ。そういう相手を高辻が意図的に選んでいるのかもしれないが。

『お父様亡き後、あなたの後見を誰がしてくれるのか、その辺を足りない頭でよぉ〜くお考えなさいな』

白花にそう言われた高辻は、大戸という大物議員とのツテを手に入れたからか、最近は露骨に清十郎のところへ見舞いに行く回数が減った。

たまに来たと思っても、東京の女のところへとんぼ返りしている。大戸議員がいれば、清十郎にはもう用はないと言わんばかりの高辻の態度には、ほとほと呆れる。

その大戸議員とのツテが白花によって保たれていることには、意識が向いていないのだから。要するに反省の色はないわけだ。

(今に見てなさいよ……)

怒りに燃えていると、突然身体が持ち上げられ、彼の太腿を跨ぐ形で向かい合って座らされる。

「きゃっ」

小さく驚いた声を上げながらも抵抗はしない。巧を跨ぐことに小さく胸をドキドキさせながら、彼の目を見つめる。この人の優しい愛に満ちた眼差しは、昔からちっとも変わらない。そして、彼の首には、チェーンに通された揃いの指輪がある。今まで二人の揃いの物を持たなかったせいか、その指輪を見つめているだけで、胸の底から喜びが湧いてくる。

白花はさっきまで高辻に怒っていたのも忘れて、彼の肩に両手を置き、滑らせるように抱き付いた。唇が合わさって舌を絡め合う。

「んっ——……は、ぁん………」

キスの最中に甘い吐息が漏れる。遠距離恋愛のような甘酸っぱさと、本来は触れ合ってはならない男との肌の触れ合いに、次第に身体は熱くなる。

「白花、服を捲って。俺に胸を見せて」

微笑む巧からの指示に、白花はぽっと頬を染めて視線を逸らした。けれどもそれは一瞬のこと。

白花はスカートのウエスト部分から、カーキ色のカットソーとキャミソール、そしてピンクのレースをあしらったブラジャーを捲り上げた。

美しい玉の肌の左の乳房と、醜く歪に肌がひきつれた右の乳房。その両方が巧の目の前に晒される。初めはあんなに見られたくなかった火傷の痕なのに、巧と肌を重ねるたびに自分の身体に対する嫌悪感や抵抗が薄れていくのを感じる。安心しているのだろう。こうして、巧の求めに応じて肌を晒せるくらいには、白花の中で確実になにかが変わった。

二つの乳首を指先で摘まんで、軽くきゅっきゅっと引っ張りながら巧が「可愛い」なんて囁く。

巧は白花の爛れた乳房に唇を触れさせ、軽く表面をなぞってから乳首を口に含んできた。

「ん……」

あめ玉のようにころころと舌先で転がされて、感じた声が漏れる。

巧は行為の時、必ず火傷の痕のある右胸から触りはじめる。抵抗がないことをあらわすためなのか、それとも白花が感じやすいからなのかはわからないが。

（……気持ちいい……）

乳首を交互に揉みながら吸われて、小さく喘ぐ。自分の顔が、恥ずかしいくらいにだらしなく溶けていくのがわかる。

白花は思わず彼の頭を掻き抱いた。

自分でも大胆なことをしている自覚はある。でも、この人を諦めようとしたあの頃の白花はもういない。欲しかったこの人を手に入れた。なら、あとはもう離さない。それだけだ。

「もっと吸って」と言わんばかりに、彼の顔に豊満な乳房を押し当てた。そしたら、望み通りに強く吸われて、きゅんっとあそこが疼いたところに、軽く歯を立てられる。

一気に濡れた。

「〜〜〜っ！」

ショーツのクロッチ部分が湿っていくのを感じながら、自分の乳首を音を立ててしゃぶる巧を見つめる。なんて愛おしい男なんだろう。

「巧さん……」

白花がため息まじりに呼ぶと、彼はスカートの中に片手を入れてきた。柔らかなシフォンのスカートの中で、太腿の上を往復する巧の手のひらが熱い。でも、彼は肝心な処は触ってはくれない。もう、びしょびしょに濡れて泣いているというのに。白花をこんな淫らな女にしたのは巧なのに。

焦らされているような気さえして、白花は乳房を放り出したまま、巧に抱き付いた。

「ねぇ、やっと会えたのに、今夜は抱いてくださらないの？」

「抱いてほしい？」

悠然と微笑みながら見上げてくるこの男が、憎らしくて愛おしくて、ますます虜になる。白花の気持ちなんて知っているくせに、そんな試すようなことを言うのだ。

自分が愛という名の愚かさに囚われていることなんて承知の上。でももう、白花は知ってしまったのだ。

好きな男に、身体ごと愛される女の歓びを——

「意地悪しないで……抱いて」

巧の耳に唇を押し当て、息を吹き込むように囁く。

すると巧が笑って、白花の敏感な蕾を湿った布越しにくにゅっと押し潰した。

「あっ！」

「もう、こんなに濡らしていたんだ？」

彼の低くて心地いい声が子宮に響く。身体の中から疼いてしまう。

白花は恥じらいながらも、こくんと頷いた。欲しいのだ、この人が。この人に愛されたい。この人だから抱かれたい。

巧は腰を浮かせると、部屋着のズボンとボクサーパンツを素早く下ろして、ギンギンに反り返った物を取り出した。そして、白花のショーツのクロッチ部分を脇にずらし、濡れそぼった蜜口に充てがうとズブリと一気に奥まで貫いた。

「————!!」

あまりの強い快感と衝撃に、目も口も開けて仰け反る。

比喩でもなんでもなく、本当に頭の中が真っ白になった。それでも女の身体は自分の中に入ってきた愛おしい男を歓迎し、纏わり付いて離れない。

巧は白花の膝裏から両手を通し、尻肉を鷲掴みにすると、白花の身体を悠々と上下に揺さぶった。

「ッあ！」

「可愛い。可愛い。白花のワガママは全部可愛い」

甘い声で巧が囁く。その声はどこか嬉しそうだ。

彼はヒクヒクしながら愛液を垂らす女の穴に、自分の硬い漲りを咥えさせ、強制的に扱かせながら、最奥から抜け落ちるギリギリ手前まで、大きなストロークでずっぽずっぽと抜き差しする。

白花は放り出した乳房をぶるんぶるんと上下に揺らしながら、嬌声を上げた。首から下げられた彼の指輪も、同時に上下する。

「ああ――ッ！　あっ、あっ、あっ！」

（なに、これ――すごい……すごいの……あ、奥、奥まで届いてる！）

腰を持ち上げられる時は、太く張り出した雁首が肉襞をゾロゾロと引っ掻き回し、反対に下ろされる時は、自重も加わって最奥の最奥まで貫かれる。しかもその時に、巧が腰を入れて下から突き上げてくるのだ。革張りのソファが軋む音の中に、ぱちゅん、ぱちゅんと濡れた肉を打ち付ける音と、とろとろの愛液をまぜる淫らな音が入りまじる。

子宮口を徹底的に突き上げられて、もうこれ以上は入れない処まで巧が入ってくる。今までと違う快感を植え付けられながら、白花は巧の首に両手を回して、熟れきった女の声を上げて彼にしがみ付くことしかできない。

「ふぅうう……んぅうう～は、ぁあああ～ゃあああ！」

「白花は俺が欲しいんだ？　俺がいいんだ？」

耳たぶを食み、尖らせた舌を中に挿れて、吐息ごと甘い言葉を吹き込まれる。

「ん、うんっ！　巧、さん、たくみさんがいいの……たくみさんじゃなきゃ、やぁ～……」

白花は巧に激しく揺さぶられながら、巧を求めた。上気して汗ばんだ肌に服が纏わり付く。呼吸は乱れに乱れて、視界は霞んだ。

巧に突き上げられるたびに、泣きたくなるような快感が身体中に広がってゾクゾクする。

蜜口は嬉しそうに巧の物を咥え込んで、ヒクヒクしながら奥へ奥へと引き込むのだ。自然に腰が揺れてしまう。

「巧さんじゃなきゃいや……わたし、生きていけない……」

「俺もだよ」

巧は目を細めて白花を見上げる。そして、火傷の痕を指先でなぞると、乳房に頬擦りしてきた。

「決めてたんだ。六年前……。もしも、白花がこのまま死んだら、俺も死のうって……」

「！」

それは、白花の思考をとめるには充分すぎる程の言葉だった。

巧は白花の身体を抱きしめて、繋がったまま反転させると、ソファの座面に背中を押し付けた。押し倒された白花は、まだ呆けた眼差しで巧を見つめる。彼の首からは、白花と揃いの指輪がチェーンに通されて小さく揺れていた。

「だって俺には、白花のいない世界で生きることに意味なんてないからね」

彼は当然のように言いながら、白花の頬を手の甲でゆっくりと撫でてきた。

「愛してる。俺は白花のものだよ」

（ああ……）

この人からの深い想いに胸を打たれて、熱いキスを受け入れる。

時間を巻き戻せるなら、六年前の暑い夏の日に戻してほしい。

あの車に乗る前に、一番綺麗だった自分で、彼にこの想いを伝えるから。ちょっとスカートを踏まれたくらいで、兄妹喧嘩なんてしないから。あの事故が避けられないものだと言うのなら、見舞いに来た彼を見てパニックを起こしたりしないから。高辻との縁談が持ち上がっても、受け入れたりしないから。変な自己犠牲心なんて発揮しないで、「巧さんが好き」と言うから――

なにかひとつ。なにかひとつでも違っていれば、きっとこうはなっていなかった。清十郎だって、白花の本当の気持ちを知っていれば、巧との結婚を許してくれたはずだから。

でも過去の出来事のひとつひとつを後悔しても遅い。

「わたしも……愛してます……あなただけ……」

真っ直ぐに見つめて微笑む。ああ、もうとめられない。この関係がはじまる前に戻れないのと同じで、六年前にも戻れやしない。すべては地続きで、自分達は今、薄氷の上を手を繋いで歩いているのだ。

この関係が周りにバレないように、細心の注意を払っているのが現状。高辻が――いや、高辻でなくても、自分達以外の誰かがこの関係に気付いた瞬間、足元の氷が割れるだろう。

ただし、冷たい水の中に堕ちる時は巧と一緒。なら、それもいいかもしれない――

(駄目よ、駄目。そんなの、駄目……そうならないように先手を打たなければ……)

頭の中では否定して、心ではこの人と一緒ならどうなっても構わないなどと考える、恐ろしい自分がいる。この人との愛こそが、白花のすべて。この純愛に、自分のすべてを賭けているのだ。

互いに互いを見つめて、抱きしめて、飽きるほどキスを繰り返し、下肢（かし）では生々しく繋がる。

「白花、白花……」

繰り返し呼んでくれるこの人の声を聞いていると、自分には夫がいることだとか、この関係が不倫なんだとか、すべてを忘れられた。

白花を真ん中から貫いた巧の身体の一部を抜き差しされるリズムが激しさを増していく。

愛液が白く泡立つほど身体の中で掻き混ぜられて、中の好い処（ところ）を強く擦り上げられる。彼に絡み付いた襞は激しく収縮し、奥に奥にと彼を引き込む。

「く……すごいよ、白花……気持ちいい」

「っんぅううっ！　た、くみ、さん……もぉ、わたし……っんう……」

下唇を懸命に噛み締めて、快感を耐え忍ぶ。気持ちよすぎて、身体が内側からびくんびくんと震えた。

「いきそう？」

「っん」

口元を手で押さえながら、コクコクと頷く。でもたぶん、すでにもう幾度も小さく達しているのだと思う。穿（うが）たれるたびに、奥からきゅんきゅんと、なにかがせり上がってくるようなあの波を何度も感じたから。

「じゃあ、その可愛い顔を見せて」

白花の手首を掴んで、巧が甘い笑顔で顔を覗き込んでくる。

（……恥ずかしい……）

身体を繋げるのは初めてではないのに、ぼっと顔に熱が上がる。今の自分はきっと、だらしない顔をしているに違いないから。

白花は目を伏せたが、それも一瞬。巧がズンッと強く突き上げてきたのだ。

「あっ！」

「駄目。こっちを見て。俺を見て。俺を見ながらいって、ほら！」

「あっ！　あっ、んっ、あ――――ッ!!」

パンパンパンパンと連続で奥を突かれて、頭の中がバチンと弾(はじ)ける。身体の奥から新しい愛液が生まれ、巧の太い雁首に掻き出されて蜜口からあふれ出てくる。

白花は太腿の内側からお尻まで自分の愛液でどろどろになりながらも、脚を閉じられない。上から覆い被さってくる巧を受け入れるために、大きく脚を開く。

「はーっ、はーっ……たくみ、さん、わたし、おかしく、な、る……あっ！」

「ふふ、またいっちゃったね？　可愛い。本当に、可愛いなぁ。ちょっと激しくするけど、大丈夫、安心して俺に愛されて」

巧は感じすぎて涙ぐんだ白花の両の乳房を揉みしだき、敏感な右の乳首にむしゃぶりついてきた。そして舌と口蓋(こうがい)で挟み、扱(しご)きながら吸い上げるのだ。そうする彼の目は完全に男になっている。

白花自身、もう何度気をやってしまったのか、自分でもわからない。わかるのは、こうやって巧に女として愛されていると、幸せだということ。

「だ、駄目ぇ、胸、すっちゃ……はー、はー、ああっ、い、いまは、だ、駄目で……あんっ」

「いったばっかりだから？　すごく感じてたね。目がとろんとしてる。じゃあ、もっと気持ちよくなろうか。我慢しないで素直にいってごらん？　何度いってもいいよ。上手にいけたら、中に射精(だ)してあげるから」

「ひゃあ！　たくみさぁんっ！」

乳房を鷲掴(わしづか)みにし、乳首をくりくりといじりながら、反対の乳首を強く吸われる。そして同時に臍(へそ)の下を手で軽く押してくるのだ。そこは巧が入っている処(ところ)で、外から押されると、硬い漲(みなぎ)りに余計に強く擦られ、気持ちよすぎて気が遠くなる。

奥で感じることを覚えさせられた女の身体を、巧は容赦(ようしゃ)なく突き上げ、ぐっちゃぐっちゃに掻き混ぜながら、子宮口をこじ開けようとするのだ。

（ああ……、こすれる、なか、ごしごしって……すごいの、おっぱい、吸われちゃって……奥も、奥もされちゃって、こんな、こんなされちゃったら、わたし、わたし、もう駄目……）

「あ……ァ……ああっ、きもち、いい、きもちいいの、ああ～う、はぁあああんっ!!」

艶(つや)やかな女の声を上げて、仰(の)け反(ぞ)りながらまた気をやる。

「俺も気持ちいいよ。白花がいってるのがわかる。中、すごい締まってるよ。可愛い。本当に……もっと可愛がってあげるからね」

ぐっちゃ、ぐっちゃと出し挿れされ、蜜口をこれ以上ないくらいに広げられる。隙間なんてない。

白花の腹を押していた手の親指で、今度は蕾まで捏ね回された。包皮を剥かれ、ピンと指先で弾かれて——

「ああ————っ！」

白花が一段と大きな声を上げた時、最奥で熱い射液が放たれた。

ドクドク、ドクドクと何度も分けて大量のご褒美を注がれ、子宮の中を満たされる。逆流したそれが、蜜口からとろっと垂れてきても、指一本、動かせそうになかった。

「はぁはぁはぁはぁはぁ————……」

（きもちいい……きもちいいの……）

息は荒く、頭の中は快感で占拠されている。

白花を身体の中からどろどろにした巧が、優しい笑顔で覆い被さり、抱きしめてくれた。

「愛してるよ。俺の白花。今度はベッドでうしろから挿れてあげる」

甘い声で囁かれるだけで、期待してしまう。今度はうしろから愛してもらえる。また、中に射精してもらえる。蜜口をヒクヒクさせながら、白花はまた濡れた。

第四章

白花が順調に代議士夫人としての職務をまっとうしている中で、季節は移り変わり秋になった。

十一月のある日曜日の午前中に、たまたま巧の身体があいたので、二人揃って清十郎が入院している緩和ケア病院に面会に訪れることにしたのだ。

白花は予定がない限り、ほぼ毎日、清十郎の見舞いに訪れているが、地元に週末にしか戻ってこない巧と二人で一緒にというのは久しぶりだ。週末の見舞いには三回に一回くらいは高辻も一緒に付いてくるから。その後すぐ、彼は東京の女のもとへとんぼ返りしているようだが、白花は白けた顔で目も合わそうとしなければ、口を利くこともない。

高辻も白花に寄り添うつもりはないようで、夫婦関係は底冷えのままだ。

「お父様、おはようございます。今日のお加減いかがですか?」

清十郎はベッドの背凭れを起こし、――看護師にやってもらったのだろうか――カーテンを開けて、すっかり秋めいている景色を眺めながら、気持ちよさそうに日光浴をしている。

目を閉じてリラックスしていた彼は、白花と巧の顔を見るなり柔和な笑顔になって、「うんうん」と頷いた。

「ああ、気分はとてもいいよ。おまえ達の顔を見たら、もっとよくなったよ」

「まぁ!　それはよかったですわ」

ベッドの隣に置かれたソファに、巧と並んで座る。

秋になって、清十郎はまた一段と痩せた。主治医の話では、肝臓の機能が障害されることで起こる体重減少らしい。栄養補給のために胃ろうという選択肢もあるのだろうが、緩和ケアを選んだ時点で、清十郎は延命治療を拒否している。なので今の清十郎には、鼻から胃まで挿入されたチューブを通じて、栄養剤を胃まで送る経管栄養法という方法が採られている。

調子のいい時は、口から食事もしているようだ。特にアイスクリームなんかは食べたがるようで、秋だというのに病室の冷凍庫には氷菓子をどっさりと買い込んでいた。

清十郎のカサついた手脚に保湿クリームを塗ってやるのを、巧が率先して手伝ってくれる。

二人がかりでクリームを塗っていると、清十郎がふと口を開いた。

「おまえ達は結婚して、もう何年になるかね？」

「えっ？」

心臓が跳ね上がった瞬間だった。

(お父様、今、なんて……？)

目配せする巧も驚きを隠していない。

まさか清十郎は、白花と巧が結婚したと思っている……？

肝性脳症――白花の頭の中に、以前、主治医に説明された末期の肝臓癌によくある症状が駆け巡った。有害物質を解毒(げどく)する肝臓の力が低下することで、脳の神経が有害物質によって侵され、認知症のような症状が出現するのだと――

「あ、あと四ヶ月で一年ですわ」

もしも認知症のような症状が出ているなら、否定してはいけない。咄嗟(とっさ)にそう思った白花は、動揺をひた隠しにして微笑んだ。

「あ〜そうか。もう随分と長い時間が経ったような気がしていたが、まだ一年ないか。おまえ達は昔から仲がよかったから、ちょっとばっかり錯覚してしまったようだな。まぁ、白花のことは巧に任せていれば安心だ。ほら、おまえ達は、新婚旅行でグアムに行っただろう。あの時の白花の幸せそうな笑顔がな、忘れられない。わしに遠慮することはない。おまえ達はおまえ達の幸せをちゃんと掴んでいきなさい」

「っ！」

屈託ない笑みを浮かべながら清十郎はそんなことを言うのだ。心臓を鷲掴みされたような気さえして、白花は息を呑んだ。

もともと清十郎は、白花と巧が想い合っていることを知っていた。だからこそ、自分達を一緒にさせて、巧には清一の第一秘書を務めさせるという考えがあったのだ。しかし、あの事故ですべてが変わった。白花が見舞いにきた巧を見てパニックを起こしたせいで、清十郎は考えを変えたのだ。

それは、清一という跡取りを喪ったがために、代わりが必要だったということもあるだろうが、第一に彼は、白花のことを考えて巧に嫁がせず、高辻に嫁がせたのだ。

なのに、病というのはなんて残酷なんだろう！

清十郎の頭の中では今、白花と巧が結婚したことになっているのか。

「ところで清一は？　今日はどうしたんだ。来ないのか」

「お、お兄様は、今日、東京で、確か、取材を受けることになっていると仰っていましたよ。別の秘書の方をね、連れていかれて……。ね？　巧さん？」

もうこの世にはいない清一のことを聞く父に、涙が滲む。清十郎の中で、あの事故さえもなかったことになっているのかもしれない。言葉に詰まりながらもなんとか笑顔で説明したものの、ついには耐えられなくなって巧に話をふる。すると、彼は白花の意図を読んで調子を合わせてくれた。

「はい。第二秘書のほうを今回は付けました。今日私は、白花さんと一緒に、これから後援会にご挨拶に伺うことになっております。倉原陣営は平常運転です。先生、ご安心ください」

「そうか、そうか。清一は取材か。秘書もな、巧だけに負担をかけるわけにはいかんからな。どうだ？　少しは骨のある奴がいるか？　おまえの親父が扱いているんじゃないか？」

「そうですね。現在、倉原陣営には、地元事務所に七名、東京事務所に十名が在籍しております。今年になって入った新人が数名いますが、だいぶ使えるようになってきました。親父も新人教育には力が入っているようですよ」

　巧が事務所の様子を語って聞かせると、清十郎はそれを嬉しそうに聞いて、何度も頷いた。

「万事上手くいっているようでなにより。ところで白花、母さんにちょっと、冬物のパジャマを持ってきてくれと言ってくれないか。最近ちょっと冷えてきた」

「わかりました。朝晩冷えてきましたものね。伝えておきますね」

　白花はそう言うのがやっとで、「今から後援会の方と会ってくるから」と清十郎に説明し、いつもよりも早く病室を出た。

「……っ」

　明らかに進行している父の病状に、激しく動揺して足元が覚束なくなる。ふらついた白花の肩を巧が強く抱きしめるように支えてくれた。

「主治医にちょっと時間を取ってもらえるように話してこようか」

「そう、ですわね……あの、今日でなくても構いませんから、巧さんも、同席してもらえませんか？　わたし一人じゃとても――」

――耐えられない。

本来ならこんな時、支え合うのが夫婦だろう。その役目を白花は、高辻ではなく当然のように巧に求めた。もうそれが答えなのだ。精神的にも、肉体的にも巧に依存している。

彼に手を引いてもらえなくては、こんな地獄の中なんて、とても歩いていけない。

「当然だよ。先生は俺にとって父親も同然の人だ。主治医に、これからどんなふうに症状が進んでいくのかちゃんと聞いて、二人で心の準備をしていこう。大丈夫。白花が一人で抱え込むことはないから」

「……はい」

ああ、この人がいてくれて本当によかった。白花は安堵と共に胸を撫で下ろす。

清十郎の病は治りはしない。確実に進行していくものだ。それが緩やかなのか、急なのか、神のみぞ知るところだろう。

（緩和ケアを選んだ時からわかっていたことよ……巧さんの仰る通り、心の準備をしなくちゃ）

目尻に浮かんだ涙を、巧がそっと拭ってくれる。

「大丈夫。俺が側にいる」

そうだ。彼がいる。自分にはこの人がいる。

『白花のことは巧に任せていれば安心だ。おまえ達はおまえ達の幸せをちゃんと掴んでいきなさい』

病が言わせた言葉であっても、さっきの清十郎の言葉は彼の本心なのだろう。

清十郎は、娘を預けるに相応しい男だと、ずっと前から巧を認めていてくれたのだ。

そう思うと、白花の心は自然と救われたのだった。

◆　◇　◆

年末になり、多貴恵真珠から招待されていた創業五十周年パーティーの日が来た。多貴恵真珠は亡くなった白花の母の実家が営む真珠を主に取り扱っている企業で、多貴恵というのは創業者の夫人の名前だ。六年前の事故で入院していた白花の付き添いをしてくれた叔母は、白花の母と、この多貴恵真珠を営む伯父の妹にあたる人なのだ。

パール業界においてＴＡＫＩＥと言えば、世界的にもちょっとした有名企業である。白花からすると伯父が経営する企業にあたり、清十郎の代からかなりの寄附をいただいている。

政治家への寄附の禁止の例外として寄附が認められるものの中に、「親族に対して行う寄附」がある。ここでいう「親族」とは、民法上の親族と同じもので、六親等内の血族、配偶者及び三親等内の姻族とされている。つまり高辻からしても、配偶者である白花の伯父が経営する企業なので、三親等内となり、公職選挙法に基づく寄附の禁止にはあたらないわけだ。

さすがに親族が経営する企業の創業パーティーへ出向くのに、現地集合というのも体面が悪い。
そこで白花は高辻を倉原邸に呼びつける形で迎えにこさせた。

高辻が引き払ったことになっている地元のマンションか、女のところで寝泊まりしてることなんて、巧の調査で完全に把握している。だから自分を迎えにこいと言えば、高辻が渋々ながらも頷くことなんて容易に想像できた。

白花は朝一番から馴染みの美容師を自宅に招いて髪をセットしてもらうと、一番気に入っている訪問着に袖を通した。

白花は事故後、正式な場に出る時にはドレスの類いを一切着ないことにしている。というのも胸元が大きく開きすぎているタイプや、淡い色のドレスは火傷の痕が気になる。普段の装いだって濃いめの服を選んでいるくらいなのに。

『到着しました』

巧の業務用スマートフォンから、簡潔なメッセージが届く。

本当は長年聞き続けてきた車の音で彼の到着には気付いてはいたし、今すぐ玄関から飛び出したかったけれど、白花はあえて一拍置いてゆったりと玄関を開けた。

「おはようございます、お嬢様。今日も大変お美しい」

巧が秘書の顔でそう言うのに、薄く笑いを浮かべて頷く。

「おはようございます。今日は一日仕事になりますがよろしくお願いしますね。そこに夜用の着替えがありますから、運んでもらえます？」

着物一式を入れたスーツケースに視線を送る。

「かしこまりました。お荷物は私がトランクへ入れますから。さぁ、お車へどうぞ」

倉原邸の前の道路に停めてある車を見ると、後部座席に高辻がふんぞり返っているのが見える。白花が巧に言って作らせたオーダーメイドの三つ揃えをちゃんと着ているようだ。

（はぁ。今日は一日アレと一緒だなんて……）

自分の夫を心の中ではアレ呼ばわりしながら、車へと近付く。

本当は助手席に――巧の隣に――座りたかったが、会場で誰に見られるかわからないことを考えると、後部座席に座るのが無難だ。それは巧もわかっているようで、彼は一切の表情を消して後部座席のドアを開ける。秘書に徹した巧の感情を、表情から読み取ることは白花でさえも難しい。

これは代議士夫人としての仕事なのだと自分に言い聞かせながら、白花は後部座席に乗り込んだ。

「おはようございます」

ニコリとも微笑まず、白花は正面を向いたまま高辻に一応挨拶をした。が、高辻は返事をしない。こちらが挨拶しているというのに、と苦々しい思いを抱きながらチラッと横目で様子を窺う。高辻は呆けた顔で白花のほうを見ていた。瞬きひとつしていない。飾り立てた白花を頭の先からつま先まで舐め回すように見てくる。

高辻のその視線が不愉快極まりなく、「なんです？」とつっけんどんな態度で尋ねると、彼は軽く咳払いした。

「へ、へぇえ～これが噂の一千万の着物かよ。馬子にも衣装とはこのことだな」

　華やかなピンク色の染め生地に白と銀糸で、水流紋と大輪の菊を胸元に施した刺繍が目を引く熟練職人の一点物だ。帯は着物よりも一段淡いピンク色で、銀糸で大きな蝶が、こちらも職人の手仕事で刺繍されている。帯締めにはあこや真珠を贅沢に使用した帯留めを、そして今風に華やかに、けれども派手すぎないように結い上げた髪には、真珠が七連並んだバチ型の簪を挿している。白のクランチバッグを持つ右手には大粒真珠の指輪。帯留めも簪も指輪も、すべて多貴恵真珠から贈られた一点物だ。着物に詳しくなくとも、その綺羅びやかな一流のオーラが伝わるのか、厭味を言う高辻の声が上ずっている。

「あらどうも。わたしは、あなたがTPOも弁えずに安物を着て、倉原の名前に泥を塗ることになりやしないかとヒヤヒヤしておりましたわ。でもまぁ、せっかくオーダーメイドスーツを買って差し上げたというのに、やっぱり駄目ねぇ。普段から身に着ける物は選ばないと、オーダーメイドで体型には合っているはずなのに〝着られている〟感が抜けてないわ。あなた、安物がよくお似合いなこと」

「なっ！」

「まったく、『こんないい物を買ってくれてありがとう』くらい言えば可愛げのあるものを……」

　まさか自分の放った厭味が、二倍、三倍になって返ってくるとは思っていなかったのか、高辻が思わず腰を浮かせて前のめりになる。白花はスーッと目を細めると、お太鼓にした帯が潰れないように姿勢を正した。

「ご存知だとは思いますが、多貴恵真珠はわたしの母方の伯父が営む企業です。父の代から貴重な浄財（じょうざい）をいただいております。あなたの仰る（おっしゃる）『俺の政治資金』の一部は、この多貴恵真珠から頂戴しているわけです」

　こういう献金込みで自分と政略結婚したんだろうと暗に匂わせながら、「ふん」と鼻で嗤（わら）う。

　少なくない議員報酬を受け取っておきながら、妻の一人も養わずに、政治資金は妻の親類からの献金頼り。後援会に政治資金パーティーの主催をお願いして資金を集めるだとか、本の一冊や二冊書いて印税を政治資金に充てるとか、票を多く集めて交付金の割合を増やすとか、なにがしかの努力をすればまだ可愛げがあるものの、女と遊びほうけて……情けないったらありゃしない。

　企業や個人の有力者識者に挨拶回りに出向いたのだって、巧にお膳立てされたから。自分のサイトで個人献金を呼びかけるのだって、秘書の誰かが気を利かせてやったことで、高辻が自分から動いた政治活動なんて、ひとつもありはしない。

　以前は国会中継を見ていても、高辻の答弁の回数は多いとは言えなかった。しかしそれも、巧が第一秘書に入ってからぐっと露出が増えたのだ。その分、忙しくなったようで、最近では週末に地元に戻らなくなってきたから白花としてはちょうどいい。

　現実問題として、たとえ高辻が口だけのパフォーマーであろうと構わないのだ。

実際に政策を考え、動き、周りに働きかけるのは第一秘書である巧だ。そして地元と奥様方に関しては、白花自身が取り仕切ればいい。

　つまり高辻は神輿（みこし）なわけだ。神輿（みこし）は軽いほうがいいと相場は決まっている。

（わたしと巧さんで、この高辻（みこし）を担いでやればいいわけよ）

白花は高辻のほうを見もせずに、ピシャリと言い放った。

「わたしの身内は、あなたの他人です。ご自分が入り婿として値踏みされていることを忘れず、くれぐれも粗相のないように」

「ク……」

「クソが偉そうに――！」とでも言いたかったのだろうか。高辻がなにかを言いかけて言葉を呑み込む。それを冷めた目でいなして、白花は荷物をトランクへ入れていた巧が運転席へ座ったのを見て、すぐさま声をかけた。

「巧さん、ありがとうございました。じゃあ、早速ですけれど車出してくださいな」

「かしこまりました。お嬢様」

巧は白花の指示で車を出した。


多貴恵真珠の五十周年記念パーティーは、東京のとある五ツ星ホテルの会場を貸し切って行われた。昼と夜の二部制で開かれるこのパーティーには、宝飾業界の人間のみならず、主賓にはさまざまな財界人が訪れる。企業の上役と親しくなるチャンスだ。そして向こうも、前官房長官だった倉原清十郎の後継者との縁続きを虎視眈々（こしたんたん）と狙っている。

このパーティーで倉原に近付いてくる企業の上役は、「自社にとって得になる政治家と繋がりたい」という思惑を持った者達。下手を打てば、票が遠のくだけでなく、対抗勢力側に付かれる可能性——いや、対抗勢力そのものになる可能性だってある。今の時代、経営者が議員出馬なんて珍しくもないのだから。

誰と親しくなれば得が、はたまた損か。人柄以上に損得で測られる世界——

（この男をそこそこ使えるくらいに見せなければ、それこそ倉原の面子に関わるわ）

ひいては蓮司を選んだ清十郎が安く見られる。そんなことは断じて許されない。倉原に投票してくださった有権者の皆様が、後援会の面々が、そしてなにより白花が許さない。もちろん、このパーティーも昼と夜の両方に出席する。

倉原の名は盤石でも、倉原蓮司の名はそうとは言えない。財界人に名前と顔を売るのならこのパーティーはうってつけなのだ。

会場となっているホテルの玄関前に、巧が車をとめ、恭しく後部座席のドアを開ける。

最初に高辻が降り、次に白花。白花が降りる時、巧がそっと手を差し伸べてくれた。

「お嬢様、お足元にお気を付けください」

「ええ、ありがとう」

お互い主従に徹しながらも、白花はこの人に触れる時、胸をときめかせずにはおれない。

（この人がわたしの旦那様だったら——）

ホテルのボーイに、車のトランクから出した白花の荷物を預けている巧の横顔に視線をやって考える。

——そしたら全身全霊をもって尽くすのに。この人のためならなんでもするのに。

普段は考えないようにしていても、ふとした拍子にそんな妄想めいた考えが浮かぶ。

そして同時に思うのだ。たとえ夫婦という関係でなくても、巧になら全身全霊で尽くせる。この人のためならなんでもできる、と。

白花は大理石を敷き詰めた玄関に降り立つと、しゃんと背筋を伸ばした。

受け付けを済ませ、案内された会場に入る。昼の部は立食式のパーティーなれども、格式は高い。天井は高く、まるで宮殿のようなシャンデリア。そして祝いの花輪が左右の壁にズラリと並べ立てられている。軽く百五十人はいるだろうか。すでにたくさんの人がいる。まだ来るはずだから、最終的には二百人くらいになるだろう。テレビで見たことのある芸能人やタレント、大物コメンテーターもいる。

初めての大規模なパーティーに、高辻の表情は露骨に強張っていた。彼が知っている市長時代のパーティーとは格が違うのだろう。

(……情けない。この程度のパーティーで……)

こんな蚤の心臓ではいずれ閣僚入りした時に、国内どころか世界各国から舐められるだろう。今は無理でも、せめて五年内には入閣させねば倉原の名が廃る。

白花は持っていた白のクランチバッグを小さく開けて、無駄にパチンと音を立てて閉めた。その音に反応して、高辻の背筋がビクッと伸びる。

「奥のステージ右側でどなたかとお話しなさっているのがわたしの伯父、多貴恵真珠の代表取締役です。横が奥様。結婚式にも参列していただいたのでさすがに覚えているでしょう? まずは主催のお二人にご挨拶をします」

「わ、わかった……」

本気で緊張しているのか、返事をする高辻の声に張りがない。

「巧さん。先触れを」

「かしこまりました。お嬢様」

白花の指示で巧が黒子のようにサッと動く。他の人と話をしているかもしれない場にズケズケと行くのは美しくない。挨拶がしたいなら、秘書を先触れにやってタイミングを計るのだ。

巧が白花の伯父の隣にいる夫人に声をかける。すると、夫人の視線がパッと白花達を捉え、彼女が夫である白花の伯父に耳打ちした。

伯父が客人との話を切り上げたのを見計らって、白花は高辻に囁いた。

「行きますわよ。付いてきなさい」

三歩下がる奥ゆかしさなど、今の白花には必要ない。倉原の顔は白花になったのだ。この場は白花にとって、自分の担ぐ神輿の紹介にすぎないのだから。むしろ三歩前を行く。

「伯父様〜、伯母様〜。ご無沙汰しております〜」

にこやかに、そして以前のように明るく笑顔を振りまいて伯父夫婦に近付く。すると、心なしか二人がホッとしたのが空気でわかった。

この人達は、事故で母と兄を亡くした白花が引き籠もっていた時のことを知っているのだ。結婚式に来てもらう前に会ったのだって、事故後には数回。親戚の中で、白花は腫れ物扱いというか、腫れ物そのものだったのだ。その白花がパーティーに出席して、こうやって笑っている――それだけで、伯父夫婦が安堵していることが伝わってくる。

「白花！　来てくれたのか、嬉しいよ。おお～、その帯留めと簪はうちの作品じゃないか」

「もちろんですわ。実はお色直し用に、他の作品も持ってきていますのよ」

白花は一度言葉を切ると、伯父と伯母を交互に見つめて頭を下げた。

「伯父様、伯母様、五十周年おめでとうございます。父が自分も挨拶に伺いたかったと残念がっておりました。くれぐれもよろしくと申しておりました」

白花が清十郎の言葉を伝えると、伯父夫婦の顔が渋くなった。

「お父さんの具合はどうなんだね？」

「お医者様からは、もう痛みを取ってあげるくらいしかと……。本人も緩和ケアを望んだので、今は専門の病院に入院しております」

一旦目を伏せた白花は、清十郎の話はこれで終わりとばかりに気持ちを切り替えて、明るい声を出した。

「店舗も増やされたと伺いましたわ。伯父様の手腕と、伯父様を支える伯母様あってのこと。本当に素晴らしいことですわ。伯父様、伯母様夫婦をお見本に、わたし達もよき夫婦になれたらいいねと、行きの車の中で話していたところですのよ。ね？　あなた？」

そんなことなんか、ひと言も話していないくせに、唐突に高辻に話題を振る。外面のいい高辻は「ああ」なんて言いながら頷いた。

「このたびは五十周年おめでとうございます。僕なんかには想像もできないようなご苦労もあったと思うんですが。白花さんとも話をして、夫婦支え合ってこそだよなと、本当にしみじみと思いました。僕も皆さんのお力添えをいただいて、こうして議員をやらせていただいているんですが、本当に恥ずかしい話、地元は白花さんに任せっきりで、僕が彼女を頼ってばっかりというか……」

「いやいや。君がいるから、白花に笑顔が戻ったんだと思うとね。私達は本当に嬉しいよ。君と一緒になって、白花は幸せなんだろう。ありがとう、蓮司くん。清十郎さんも、亡くなったこの子の母親もきっと安心している。これからいろいろあると思うが、白花のことを頼んだよ」

「はい！　もちろんです！」

ハキハキと威勢のいい返事をして、好青年ぶる高辻に寒気を感じる。その顔には人誑しともいうべき笑顔が貼り付いていて、その化けの皮を剥いでやりたくなった。

（我慢よ、我慢……今日一日の我慢……）

白花はよそ行きの笑顔を貼り付けて、小さく小首を傾げてみせた。

「伯父様、ご来席の方々にうちの人をご紹介していただけませんか？　この人、まだ知り合いが少なくて……」

「おお！　もちろんだとも！　そうだな、まずは――」

伯父は日本経団同連会の坂東、商工議会所の佐竹、日経連合会の水野の名前を挙げた。これらの団体は、経済三団体と呼ばれ、政財界に大きな影響力を持っている。そのトップを紹介してもらえるということは、高辻は白花の伯父に気に入られたのだろう。

「白花は佐竹さんは知っているだろう？　結婚式にも来てもらった」

「ええ、そうですわね。倉原と一番親交が深いのは佐竹さんです。でも経済三団体の重鎮全員が揃うなんて、さすがは伯父様のパーティーですわ」

白花は先導する伯父を持ち上げつつ、うしろに続いた。その白花のあとを更に高辻が付いてくる。最後尾は巧だ。

「やぁやぁ、お三方、楽しんでおられますかな？」

伯父が重鎮達に声をかける。彼らは出されたホットワインを楽しんでいたようで、三者三様に振り向いた。

「うまい酒もろてますよってに」、そう言って赤ら顔で返事をしたのは大阪から来た坂東だ。

「おやおや、倉原先生の娘さんじゃありませんか」と、いち早く白花に気が付いたのは、結婚式にも来てくれた佐竹。

水野はワインを飲みながら器用に片眉を上げて、白花と伯父を見比べた。

「倉原先生と、多貴恵真珠さんはもしかしてご親戚筋でいらっしゃったのですか？」

伯父は白花を一歩前に出して自分の横に並べると、どこか誇らしげに胸を張った。

「ええ、そうなんです。私の亡くなった妹がこの子の母親でしてね。それが先日結婚したのですよ。それで皆さんに姪の婿殿をご紹介させていただければと思いまして」

伯父が目配せすると、白花のうしろから高辻がぬっと出てきた。

「衆議院議員の倉原蓮司と申します。どうぞ皆様、お見知りおきを」

そう言って高辻が名刺を配りまくる。

「なんや倉原先生のお嬢さん、婿取ったんかいな。そやったら、わしを婿にしてほしかったわ～」

坂東が腰をくねくねさせながら冗談まじりに場を盛り上げてくれる。白花は笑いながら「坂東さんには素敵な奥様がいらっしゃるじゃありませんかぁ～」と、軽く流して、スッと真顔になった。

「皆様方には父、倉原清十郎へ多大なるご支援を賜り、本当にありがとうございました。この人は父が自分の後継者にと選んだ人です。まだ議員一年生で、頼りない面もありますが、経済界に精通した皆様のお知恵を拝借させていただければと思っております。どうぞ今後とも倉原をよろしくお願いいたします」

白花が丁寧に深々と頭を下げるそのうしろで、巧も頭を下げている気配がする。白花はポンポンと肩を叩かれた。そっと顔を上げると、微笑んだ佐竹と目が合った。

「倉原先生には我々も大変お世話になりました。その倉原先生が後継者にと選んだ人だ。私は応援しますよ」

「ありがとうございます！」

横から割り込んでくる高辻の耳障りな声に顔を顰めたいのをこらえながら、清十郎を信頼して応援すると言ってくれた佐竹に、ただただ頭を下げる。

「ありがとうございます。佐竹さん。父も喜びます」

「今日は、倉原先生はお越しではないのですか？」

聞かれて白花は言葉に詰まった。清十郎の病は治らない。お祝いの席でする話でもないのはわかっている。でも、いつかは知らせなくてはならないことなのだ。

「……はい。実は父は今、入院しておりまして。末期の肝臓癌で……」

おちゃらけていた坂東も真顔になって、「ほんまかいな」と、難しい顔をした。

「容態は落ち着いておられるのですか？」

「いい時と、悪い時と波がある感じです……」

佐竹の質問に白花が答える。

「ほうか。せっかく関東まで出てきたから見舞いに寄らせてもらいたいけど、あかん感じか？」

坂東の問いかけに、白花は少し考えた。肝性脳症からくる認知症のような症状が進行してきた今の清十郎が、人とまともに会話することは難しいかもしれない。

「申し訳ありません坂東さん……父は今、家族以外には会えない状態なんです」

「ほうか……だいぶ悪いんやな」

実際、清十郎の容態はどんどん悪くなっている。

彼の中で六年前の事故はなかったことになり、妻も息子も存命で、娘は信頼している秘書の息子と結婚したことになっているのだ。

時々、着物姿で見舞いに行くと、白花を自分の妻だと間違える有様。とても人に会える状態ではない。緩和ケアで身体の痛みや苦痛はとってあげられるが、心の古傷はどうにもできない。それに、考えようによっては今の状態が、清十郎の望んだ未来だとも取れる。

場の空気が少ししんみりとしたところで、佐竹が話を切り替えた。

「じゃあ、蓮司くんは倉原先生の政策や意志を継ぐ形になるのかな？」

「はい！　それプラス、時代に合った政策を打ち出せたらと思っています」

高辻は調子のいいことを言っているが、その〝時代に合った政策〟がなんなのかを具体的には言わない。なぜなら、ないからだ。高辻は清十郎の政策に賛同することで信頼と後継者の地位を得たのだから。将来的にその政策を考えるのは、巧なのだろう。

「地元は白花さんが仕切ってはるんか？」

「はい。お義父さんのこともありますし、後援会との架け橋は白花さんが全面的に引き受けてくれていて、本当に助けられています」

新婚旅行に愛人なんか連れてきたくせに。その愛人に階段から突き落とされた白花を置いて帰国したくせに。白花が実家に戻ると言った時には、怒鳴り散らしていたくせに。代議士夫人は地元に残るのが慣例だと知らなかったくせに。ひとつひとつを思い出しては、腸が煮えくりかえる。この男をどうしてやろうか――

「若いのに夫婦二人三脚で、よぅ頑張ってはるわ！　倉原家は安泰ですな！　倉原先生も安心してはるわ！」

そんな無責任な重鎮達の言葉で、パーティーは午後の部へと移った。

午後の部は、会場を隣に移して、椅子とテーブルをズラリと並べた晩餐会形式となるようだ。

午前の部だけ出席して帰る人もいれば、午後の部から出席する人もいる。もちろん、白花らのように通しで出席する人もいる。

移動する際、白花は高辻に先に会場内に入っておくように告げた。

「なんでだ？　こういうのは夫婦一緒に入るものだろう？」

高辻の口から「夫婦」なんて言葉が出ると吐き気がする。

（なにが夫婦よ！　白々しい！）

白花は「はぁ……」とため息をついて、駄々を捏ねる子供を宥めるように言い聞かせた。

「いいですか？　わたしには着替えがあるんです。朝から通しで同じ着物なんて、主催の姪なのにみっともないでしょう!?　開場までには戻ります。子供じゃないんですから、一人で間ぐらい持たせなさいな」

「俺一人!?　広瀬くんは!?」

間抜けにも自分の鼻先を指差して、目を剥く高辻の情けなさに、乾いた嗤いが込み上げる。

「巧さんには、ホテルに預けたわたしの荷物がある部屋まで案内してもらいます。それともなんです？　あなたはこのわたしに、直接ボーイに聞けと仰るの？」

別に直接ボーイに聞くことに抵抗はない。ただ、巧を高辻の側に置いておきたくないだけだ。巧だって、高辻の側は苦痛だろうから。

「わ、わかった……」

白花の顔の広さを目の当たりにしたせいか、高辻は渋々ながらに引き下がった。

「じゃあ、先に入ってるからな！」

「はいはい。くれぐれも粗相のないようにしてくださいな」

吐き捨てるように言うと、さっさと踵を返してそのまま歩き出す。黒子のように、サッと前に出た巧は「お嬢様、こちらです」と先導してくれた。

巧の案内で入った部屋は、まだ電気がついていない。ドア付近にある電源ホルダーにカードキーを挿さなければ、電気は付かない仕組みなんだろう。カーテン越しの窓からの斜陽だけで、ほんのりと朱に染まっている。奥には大きめのドレッサーと、整えられたベッドがひとつ。その手前には、白花が持ち込んだ着物一式入りのスーツケースと、ホテルが気を利かせてくれたであろう姿見――

「じゃあ、着替えてきます。カードキーを……」

カードキーを受け取るため、廊下にいた巧を振り返ろうとしたその時、パタンとドアが閉まるのと同時に、白花は背後から抱きしめられていた。

シャッと小さく音がして、オートロックの鍵が閉まる。

自分を抱きしめてくれる男の匂いとぬくもりに安堵して、思わず頬が緩む。

「巧さ――」

「俺の女なのに――」

地を這うような巧の低い声に目をみはる。白花の身体に巻き付く腕は強さを増し、肺から息を絞り出す。あまりの力の強さに身体が軋む。でもどんなに苦しくても、「やめて」とは言えなかった。

「白花は俺の女なのに……俺の女なのに……どこに行っても高辻の妻だと言われるのか……!!」

わかっていたことだと、簡単に割り切れないのは、それだけ愛しているから。

白花は、巧に抱きしめられる自分を姿見の中に見て力を抜いた。男の嫉妬が渦巻く怨嗟が、白花をますます艶やかな女にする。

「巧さん……安心して？　わたしはあなたの女です……誰がなんと言おうと……」

肩に乗る巧の頭に頬擦りする。サラサラとした細い彼の髪の一本一本まで愛おしい。

「本当に？」

顔を小さく上げた巧と、姿見越しに目が合う。眼鏡の奥で光る彼の瞳に、紅く色が付いたように見えた。その目を見た途端、まるで金縛りにあったかのように白花は動けなくなってしまった。

それは恐怖とは違う別のなにか――

彼は白花の着物の合わせ目を力任せにぐっと引っ張ると、白い肩を剥き出しにした。首筋から肩の曲線をつーっと唇でなぞる。

「腸が煮えくりかえるよ……俺は一生、なにがあっても、白花の隣には立てない……」

ゆっくりと口を開けた巧が、白花の肩に歯を立てる。

（ああ――……）

ズクンとした痛みと同時に、白花は思わず目を閉じた。

この人を追い詰めているのは自分だ。

高辻と離婚せず、純粋な愛を不倫関係に貶めても、この人から離れられないでいる。

初めてのあの夜を、初めての夜として終わらせられなかった。

一度が二度に、二度が三度に――……愛とはどこまでも深く、恋しく、そして貪欲になるもので、限りなんてないのだろう。

高辻が白花に触れたことがないとしても、戸籍上、白花は高辻の妻。公に家族とされるのは高辻であって巧ではないのだ。

そんな関係を彼に強いているのは、他の誰でもない白花だ。愛されているのと同時に、怨まれていてもおかしくない。

自分さえ、この想いを胸に秘めていれば、巧は生涯なにも言わなかっただろう。そのうち、白花への想いも薄れて、他の女性を愛したかもしれない。

しかし白花は、巧に自分を抱かせた。

自分という女を抱いた事実を、彼に植え付けたかった。顔を合わせるたびに、自分とのセックスを思い出してほしかったのかもしれない。

でも事態は思わぬ方向に転んで、今、こんな人の道に外れた関係にある。

彼を離さないのは自分のワガママからのくせに、死んでも離れられないロマンティックな運命なのだと思い込もうとしている浅ましい自分がいる。

白花は巧に贈られた指輪の光る左手で、自分を抱きしめる彼の手をそっと撫でた。

「ごめんなさい……あなたを、愛して……」

「謝るなよ！」

巧は廊下にも聞こえそうなほどの怒号を発すると、白花を反転させ、すぐ側の壁に背中を押し付けた。お太鼓が作る隙間に巧の手が差し込まれ、ぐっと背中を抱かれる。

目の前にあったのは、愛した男の嫉妬に歪んだ表情だった。

「謝るなよ。白花を愛したのは俺だ――わかってる、わかってるけど、ただ、苦しい……」

唇を噛み締める彼を見ていると、ドクンドクン……と心臓がけたたましく鳴り響く。その自分の心音以外、なにも聞こえない中で、白花は濡れた。

噛みつくように唇が重ねられ、巧が自分の口内を噛み切ったのか、わずかに血の味がする舌を吸い合う。巧が着物の裾の中に手を入れて、襦袢を捲り、太腿に直接触れて白花の片脚を持ち上げた。カチャカチャと鳴る金属音は、巧がベルトを外す音。

「はぁはぁ……はぁはぁ……はぁはぁはぁはぁ……」

巧は興奮しきった息を吐きながら、ショーツのクロッチを毟るようにずらして、三本の指で濡れた花弁を広げ、蜜口の濡れ具合を確かめる。

「びしょびしょ……」

囁くような嘲りは、安堵しているようにも聞こえて愛おしい。

巧の漲りの切っ先が、白花の蜜口に押し当てられる。

この愛が地獄の何丁目に向かっているのか、自分でもわからない。この男になら、なにをされても構わないのだ。こっぴどく裏切られても、たとえ殺されたって構わない。この人が楽になれるなら、いつだってなんでもしてあげる。

白花は巧の肩に両手を添えて微笑んだ。

「……愛してます」

白花の囁きと共に、巧が身体の中に押し入ってくる。強い摩擦熱と圧に仰け反って息を吐いた。

巧は白花の身体を壁と自身の身体で挟み、片腕を白花の膝裏に通して脚を持ち上げる。草履がぽとりと床に落ちた。着物と襦袢が引き攣ってもお構いなしだ。

「ああ――……」

根元まで入っている。前戯もなく、いきなり子宮口を押し上げられたというのに、白花の身体はそれすら快感に捉えてますます濡れる。

「巧さん……た、くみ、たくみさん……」

「なあ？　白花、白花は俺の女だろ？　そうだろう？　なあ⁉」

身体の中をぐちゃぐちゃに犯されながら、何度も何度も頷いた。

どうしたらこの人に安心してもらえるだろう？

ずっと思っていたことがある。

こうして身体を繋げる以上に、愛をカタチにして巧に見せたい……捧げたい、と。

「うんっ！　んっ、ぁ！　はい……はぃ……そぉ、です……」

揺さぶられながら白花は、巧の頬をそっと手で触れた。

「わたし、が、あい、してるの、は……あなた、だけ……」

「――っ」

白花が微笑むと、巧の顔が歪んでキスをねだる。

「好き……」

「俺も」

少し落ち着きを取り戻したのか、巧の表情が穏やかになる。

彼は自分が噛んだ白花の肩を舐めて、ため息をついた。

「ごめん。噛んだ……痛かったろう？」

脚を抱える一方で、彼は白花の左手に指を絡めてきた。そして、白花の左手の薬指に光る指輪にキスしてくる。

「いいの……巧さんのしたいこと、わたしに全部してください……」

愛の証明をさせてほしい。心も身体もなにもかも捧げるから、こんな歪な関係でも側にいてほしい。この人の愛を繋ぎとめるために、縋っているのはきっと自分のほう。

「白花――」

巧は唇を合わせて、ぐっと腰を挿れてきた。

「っ⁉」

最奥も最奥、子宮口が押し広げられる圧に目を見開く。そこを漲りの切っ先でゾロリと撫で回されると、泣きたくなるような快感が走って、白花の身体をゾクゾクと震えさせるのだ。

「はぁあんっぐ――！」

左手で口を塞がれて息を呑む。廊下にまで白花の声が響かないようにというのはわかるのに、どうしてだろう？　女として好きな男にめちゃくちゃに犯される被虐感に、猛烈に酔いしれる。強引にされればされるほど、理不尽な想いをぶつけられるほど、身体は濡れて熟れていく。

巧は腰を滑らかに使い、白花の中に激しく出し挿れしてきた。

（ああ――駄目、気持ちいい、これ、駄目、おかしくなっちゃう！）

早く着替えて会場に行かなくてはならないのに。そんなことはわかっているのに。巧の硬くて太い物をじゅぼじゅぼと出し挿れされると、肉襞が強く擦れてたまらない。

これが彼の愛と嫉妬。

この女は自分の女だと身体に刻み込む強いセックスに、頭の中が真っ白になる。

白花は一気に高みに昇り詰めた。

「――――っ!!」

声もなく震えながら気をやる。白花の口元から手をどけた巧は、カチカチと歯を鳴らす唇にねっとりとキスをして、一段とぐっと腰を挿れると、白花の身体の中、奥深くで一気に射精した。

熱さえ感じるその射液に、頭も身体も、心さえ支配される。

脚を下ろされても、まだ動けない。足腰がガクガクと震える。

白花は壁にもたれたまま、じんわりと汗ばんだ肌を上気させ、「はぁはぁ……」と息を荒くして、うっとりとした目で巧を見つめた。

自分の衣服を整えた巧は、今にも崩れ落ちそうな白花の身体を抱きしめてくれる。

「着付けは俺が手伝うから。白花は俺に抱かれた身体のまま、パーティーに出て。そうしたら、白花は俺の女だって安心できるから」

耳元で囁かれる意地悪な命令にゾクゾクする。愛する人の射液をお腹に入れたまま、名ばかりの夫と夫婦ごっこをするのだ。

「はい……」

この人に少しでも安心をあげられるなら、どんな恥ずかしいことでも喜んで受け入れられる。

脚の間から先ほど注がれたばかりの濃厚な射液が、太腿の内側をツーッと滴る。

白花は恍惚の眼差しで巧を見つめていた。


「遅いじゃないか！」

午後の部のパーティーがはじまって、二十分後に会場入りした白花に、いの一番に不満をぶつけてきたのは高辻だ。周りに人がいるから声を抑えてはいるものの、その表情からは不満がありありと見て取れる。

昼間とは違い、濃紺の生地に凝った手作業で美しい辻が花がまるで雪化粧のように散った着物を纏い、髪には大粒の極上あこや本真珠を三連、ちりんちりんと揺らした白花は、冷めた目で高辻を見下ろした。

「女の身支度は時間のかかるものです」

「お嬢様、どうぞ」

巧に椅子を引かれて、高辻の隣に腰を下ろす。伯父は巧の席も用意してくれていたようで、彼は白花の隣に着席した。目の前に並ぶのは贅をこらした美食の数々。ちょんちょんちょんと皿に載った刺身が花の形を彩っている。

「カーッ、倉原の嫁さんは、ほんまべっぴんさんですなぁ～。昼間の着物もよう似合ってはったけど。その着物も艶やかでたまらんわ～。お酌してくれへんかぁ？」

向かいに座った経済三団体のうちの一人、坂東からのセクハラまじりの称賛に、薄く微笑みながらご希望通りにお酌をする。佐竹は午前の部だけで帰ったが、坂東と水野は午後の部も出るようだ。

高辻は「この人は公の場では着物しか着ないんですよ。ドレスも似合うと思うんですけれどね」なんて調子のいいことを言っている。白花がドレスを着ない理由を理解していない証拠だ。

その時、珍しく水野が口を開いた。

「巧くんは、倉原さんのところに務めて、もう何年になるかね？」

「私ですか？　当代の倉原先生のところではまだ一年経ちませんが、先代の先生には十年ほどお仕えしました。学生時代から見習いとして勉強させていただいておりましたので、それを含めると十四、五年になりますか」

それは同時に、白花と巧が共にあった時間でもあり、白花が彼に恋していた時間でもある。お腹に注がれた彼の射液を意識して、じゅんと身体が熱く疼いた。

着付けの際に、外に垂れていた分は拭ってもらったのだが、身体の中にはまだ残っていて、意識すればするほどあふれてきそうになる。

水野は自分の顎を触りながら天井を見上げ、やがて視線を巧に戻した。

「巧くん、私のところに来ませんか？」

ピクッと頬が引き攣りそうになるのを懸命に耐えて、母親譲りのたおやかな笑みを水野に向けた。

だが、目が笑っていないと自分でもわかる。

「あらあら～水野さん、それは困りますわぁ～」

軽く牽制しながら、優雅にワインに口を付けた。

「いや、倉原先生、奥さん、気を悪くしないでください。もちろん失礼なことだとはわかっています。だが、彼の噂は以前より聞いていた。お父様は官僚上がりだそうだね？　大物議員にも中央官庁にも顔が利く、若手の敏腕秘書。どんな人物か実際に会ってみたいと思っていたが、想像以上だったな。彼ほどの人材を前にして、駄目元でも声をかけないという手はないのですよ」

直接対話をしなくても、巧の秘書としての立ち振る舞いを見て評価しているのだろう。高辻を引き込むより、巧を引き込んだほうがメリットがあると踏んだか。見る目があると思うのと同時に、自分の男に粉をかけられるのはいい気分がしない。

巧が断るとわかっていても落ち着かない。ビジネスの話でこうなのだから、男と女の話になれば、自分の胸の中にはどれだけの嵐が吹き荒れることだろう？

（わたしはきっと、巧さんを失ったら、生きていけない……）

白花が黙りこくると、巧がやっと口を開いた。

「そのような過分な評価をいただきありがとうございます。ですが私は、生涯、倉原家に仕えると決めております。それは父の代から変わりません。私は倉原家の第一秘書を自負しております」

爽やかに微笑みながら頭を下げる巧に、誰がいやな印象など抱くものか。その場にいた誰もが、彼の忠誠心に感嘆の声を漏らす。

「その若さでそこまで言い切りますか。ますます気に入った。倉原先生が議員をお辞めになる時は、ぜひ私のところにおいでなさい。歓迎しますよ」

水野の言葉に慌てたのは高辻だ。

「いやいや、それは困りますよ！」

「そうですね。先生が議員をお辞めになった時は、よろしくお願いいたします」

冗談まじりに返す巧に、ふっと白花は微笑む。そして、横の高辻を流し目で見やった。

「議員なんて当選できなければただの無職ですからねぇ。巧さんの判断は正しいわ。あなた、秘書に捨てられないように頑張らないといけませんよ」

夫に発破をかける妻を演じながら、厭味(いやみ)ったらしく〝無職〟を強調する。「そうだな」なんて言う高辻は、白花の厭味(いやみ)を理解しているのかすら怪しい。

こうして談笑のうちにパーティーはお開きとなり、白花らは巧の運転で帰路へとついた。かなり遅い時間になったので、道はガラガラだ。あのまま会場となったホテルに宿泊する客もいる。

高辻と後部座席に並んで座る時間は苦痛で仕方ない。会場内ではにこやかに愛想を振りまいていた白花も、無言無表情になって、視線を窓の外に向ける。なのになにを思ったのか高辻は、やたらと饒舌(じょうぜつ)に話すのだ。

「今日の収穫は上々だったな！　おまえの伯父さん凄いな！　あんなパーティー開けるんだから。経済三団体のトップとも知り合いになれたし、佐竹さんは応援するって明言までしてくれたし。あ、おい、御礼状ちゃんと出しとけよ。そういうのが大事なんだからな！」

（言われなくったってやってるわ！　わたしがどれだけ政治活動に協力していると思っているの！）

心の中ではなじりながらも、ただ「わかりました」と機械的に返事をする。

すると、そっぽを向いたままの白花の膝が、生あたたかい手で撫でられた。それは着物越しではあったものの、不快なことに間違いない。

「……なにをするんです？」

低い声で警告を発するが、高辻はシートベルトを外し、白花のほうにジリジリと身体を寄せて、距離を詰めてきた。

「おまえ、マジで着物は似合うな……すんげーそそる……今なら抱いてやれそうな気がするぜ。今夜はおまえの家に泊まってやろうか？」

「！」

突然言われたひと言に目を剥いて、バッと高辻を振り向くと、鼻先で酒臭い息をかけられる。まさか酔っているのか？　白花はおもいっきり顔を顰めながら、自分の太腿に載る彼の手を払い退けた。が、シートベルトをしているせいであまり動けない。

「やめてください。気持ち悪い！」

叫びながら、高辻の胸を両手で向こうへ押しやる。すると、高辻の態度が一気に豹変した。

「気持ち悪いだと!?　気持ち悪いってのはなぁ、おまえの火傷の痕だっつーの!!　鏡見てから言いやがれ！　このブス！」

「!!」

巧に愛されて、気にすることもなくなっていたあの火傷の痕を持ち出され、一気に胸が痛くなる。

――本当は巧さんも、気持ち悪いと思っている？

弱い心にそんな考えがよぎって、白花は顔を歪める。高辻になんと言われても構わない。でも、巧もそう思っていたら――

「おまえなんかなぁ、倉原の名前がなきゃ――」

キーッ!! っと車に急ブレーキがかかり、白花の身体が軽く前のめりになる。シートベルトを外していた高辻はバランスを崩して、顔をしたたか運転席にぶつけて、座席の足元で尻餅を突いていた。

「ってぇ――……」

「申し訳ありません。猫が飛びだしてきまして。大丈夫でしたか？」

慇懃無礼な態度で巧が運転席から肩越しに振り返る。わざとだとすぐにわかった。

高辻の白花への暴言を直接諌めることができない立場にある巧の強硬手段に、自分が護られていることを知る。

「ひ、広瀬くん、気を付けてくれたまえよ！ しししし、死ぬかと思ったじゃないかっ！」

相当驚いたらしい高辻が、大袈裟に胸を撫で下ろし座席に座り直している。

「ふん……対向車もなければ、後続車もない。別にあの程度じゃ死にはしませんよ」

白花は鼻で嗤って、遠い目をした。

今でも目を瞑れば思い出せるのは、あの六年前の非常に暑い日。

死亡者三人を出した事故の生き残りの言葉に肝を冷やしたのか、それとも酔いが醒めたのか……高辻はもう白花にちょっかいを掛けてこなかった。

「それじゃあ、お先に」

着物入りのスーツケースと白花だけを倉原邸に残して、高辻と巧を乗せた車は事務所へと向かう。

高辻は飲んでいるから、自分で運転することはできない。事務所に泊まるか、もしかしたら女のマンションまで巧に運転させるつもりかもしれない。

(いいえ、それはないわね……)

有能な秘書といえども巧は清十郎から与えられた秘書だ。最近、清十郎をろくすっぽ見舞っていない高辻は、清十郎の認知症のような症状には気付いていないようだから、自分の言動すべてが清十郎に筒抜けになると警戒しているはず……

(今頃、巧さんに『さっきのは聞かなかったことにしてくれ』なんて、泣きついているかもね)

その惨めな姿を思えば、少しは溜飲が下がるというもの。

白花は巧が運転する車が見えなくなってから、邸の中に入った。鬱陶しい夫から解放された途端に、「ほっ……」と息をつく。

倉原邸から事務所までは車で片道二十分程度。高辻を事務所に送り届けたあと、巧は倉原邸に戻ってきてくれるはずだ。今は夜中だし、道も空いている。もしかしたら、もっと早く帰って来てくれるかもしれない。

それまで少し片付けをしておこうと、白花はスーツケースを持って二階の自室に入った。簪をドレッサーに置いて、帯をといて着物を脱ぎ、衣紋掛(えもんか)けにかける。今度は襦袢(じゅばん)姿のまま、スーツケースを開けて午前の部で着ていた着物を出した。

ピンク色の着物を見た途端、これを着ていた時に巧に抱かれたことを思い出して、身体が火照(ほて)ってくる。

好きな男に求められて嬉しい反面、我慢させていることが申し訳ない。白花はどこに行っても、「倉原清十郎の娘」であり、「倉原蓮司の妻」なのだ。巧は倉原の秘書にすぎない。

この邸(やしき)に二人でいる時は、本当の夫婦のように過ごしていただけに、彼は余計に辛かったのかもしれない。そして、彼に我慢させているのと同じくらい、白花自身も「倉原蓮司の妻」として振る舞うこと、そう認識されることに苦痛を感じている。

(でも……我慢しなきゃ……我慢しなきゃ……)

汚い関係だと言われようが、こうでもしなければ巧の側にはいられない。倉原の名前も、父、清十郎の名誉も護(まも)れない。白花はすべてを護(まも)りたいのだ。そして一番大切な人を傷付けている。

白花は小さくため息をつくと、軽く胃の辺りを押さえた。

高辻と長時間一緒にいたストレスだろうか、車で身体に触られた腹立たしさからだろうか、胃がムカつく。白花は自分の胃の辺りをさすりながら、二階にあるバスルームに入った。

大きめの洗面台の鏡に映るのは、少し疲れた自分の顔だ。早くメイクを落として入浴し、汗を流そう。高辻の手の感触を忘れたい。

湯船にお湯を溜めながら、先にメイクを落とすために、普段から使っているラベンダーの香りのメイク落としジェルを手に取る。そうした途端、今まで平気だったラベンダーの香りがむわっと鼻について、強烈な吐き気を引き起こす。白花は我慢できずに、洗面台に少し戻してしまった。

「え……？」

あまりのことに驚いて、自分でも事態が呑み込めない。ただ、猛烈に気分が悪かった。

手に取ったばかりのメイク落としジェルを使いもせずに洗い流し、襦袢の腰紐を少し緩めた。だが、それでも吐き気は治まらない。

「う……うぇ……」

胃にあまり食べ物が入っていないせいか、出てくるのは酸っぱい胃液だ。「はぁはぁ」と肩で息をしながら、水道の水をおもいっきり出して口をすすぐ。

（どうしたんだろう、わたし……）

朝から通しでのパーティーだったから疲れがたたったか。酒は飲まなかったが、脂っこい料理も中にはあった。あまり食べずにいたのだが……

そこまで考えて白花は、今まで押さえていた胃ではなく、下腹に手をやった。

（まさか……）

頭の中を、瞬時にいろんなことが駆け巡る。

巧は避妊しない。それが彼の独占欲のあらわれでもあり、初めての時から、白花がそう望んだからでもある。避妊しなければどうなるかなんてわかりきっている。それでもなんの対策もとらなかったのは、この愛をカタチにしたい——ずっとそう願っていたから。

確かなものがあれば、巧が安心してくれるかもしれないと思ったし、そしてなにより、他の誰でもない白花自身が、彼との愛の結晶と、切れない繋がりを求めていたのだ。

ブルルルル――邸(やしき)のガレージに車が入る音がしてハッと目を開ける。巧が帰って来てくれた。出迎えに行きたいのに身体が動かない。白花が二階の洗面所の床で座り込んでいると、自分で裏口の鍵を開けた巧が入ってくる気配がした。

「白花？　どこにいる？」

一階にいる巧に呼ばれるが、うまく声が出ない。しばらくすると、階段を駆け上がってくる足音がして、その音に安堵(あんど)して目を閉じる。

「白花！」

白花を見付けるなり駆け寄ってくる巧に、頼もしさと同時に愛おしさを感じる。

そして同時に怖くもあるのだ。

この人を愛するあまり、自分が自分でないなにかになっていく、その怖さ――

「どうしたんだ？　泣いているのか？」

手でそっと涙を拭われ、自分が泣いていたことを今更知る。

「大丈夫……少し、吐いてしまって……」

「なんだって？　帯がキツかったか？」

着替えの際に着付けをしたのは巧だからだろう。そんな可愛い心配をしてくれる人の腕に抱かれて、白花は小さく首を横に振った。

「じゃあ、どうして……」

「わからない……わからないけど……」

そっとお腹に手をやると、巧の顔色が一気に変わった。眼鏡の奥で、いつもは切れ長な目が今は大きく見開かれて、くるくると回っている。その様子を眺めていると、自然と笑いが込み上げてくるから不思議だ。さっきまであった吐き気も治まっている。

「え？　えっ？　本当に？」

「まだわからないの。検査しないと……」

「検査？　そうか、そうか、検査！　明日、病院行く？　あ……明日は東京に戻らなきゃなんないんだ、くそ！」

普段の丁寧な言葉遣いが荒くなって、完全に素になっている。白花は笑いながら、簡易検査薬がコンビニや、ドラッグストアに売ってあることを教えた。

「わかった。じゃあ、ひとっ走りして買ってくるよ。ちょっと離れたコンビニにさ」

白花を横抱きに抱え、寝室のベッドに寝かせた巧は、自分のコートを白花の上に掛けてくれる。

その優しさに思わず笑みがこぼれた。

「アイスも食べたいな」

「いいよ。なにがいい？」

鼻先をツンと合わせた巧が、キスをしながら聞いてくるから、「二人でわけっこできるやつ」とリクエストした。

「待ってて。すぐ戻るから！」

そう言って巧が寝室を出て行ったあと、車のエンジン音がする。

白花はベッドで仰向けになったまま、天井の一点を見つめた。

（……赤ちゃん……本当にいるのかな……？）

本当に自分が妊娠しているのなら、白花の望みは一つだ。

だが巧はどうだろう？

高辻と離婚していない今、社会的には妊娠しているのは高辻との子とされる。戸籍上は、愛してもいない男の子供になるのだ。それでいいのか？　巧はそれでも生ませてくれるだろうか？

ぐるぐると不安の渦が白花を取り巻いて、巧がいた時には感じなかった息苦しさを白花に感じさせる。我知らずのうちに、巧のコートを握りしめて唇を噛み締めていた。

（巧さん……）

白花は指輪の光る左手を空中に掲げた。

――俺の心は君のもの。

彼のくれた指輪が白花の心を慰（なぐさ）めてくれる。そうだ、彼はこんな自分を愛してくれている。

こんな関係にありながらも、愛を貫いてくれているのだ。

「ただいま」

しばらくして、帰宅した巧に妊娠検査薬の箱を手渡される。

ピンク色のその箱は、運命を確かめるには可愛すぎる。

意を決して使ってみれば、結果は――陽性。

(巧さんと、わたしの赤ちゃん……)

喜びと不安が胸の中で綯い交ぜになって、行き場を失っているのを感じる。

ああ、これは業だ。愛を言い訳にした者が背負う業なのだ。

決して逃げられはしない業――

寝室で待っていた巧に、白花は陽性反応の出た検査薬をおずおずと差し出した。

「巧さん……赤ちゃん……」

これからのことを考えれば、どうにもならないこともあるとわかっている。巧に辛い思いをさせることも、お腹の子に辛い思いをさせることもあるだろう。

でも産みたい。人生を賭けて愛した男の子供だから――

「白花、俺の子を産んでくれる?」

巧からの問いかけに目を見開く。この人は、それを望んでくれるのか……

「――うんっ!」

力一杯頷いた白花は、巧の腕の中で泣いた。子供の頃のように、あふれる感情をあらわにして、誰憚ることなく声を上げて泣いた。

第五章

高辻が議員として二年目を迎え、第一秘書である巧のサポートもあり国会での露出が以前よりも増してきた三月下旬。白花は午後から、高辻と巧を伴って、清十郎が入院している緩和ケア病院を訪れた。

今日、高辻の今後の予定はフリーにしてある。それは巧の意図的な振り分けで、白花も了解済みだ。しかし高辻は、病院に向かう車の中にいる段階から、せわしなくスマートフォンを触っていた。スクロールするだけでなく文字を打っていたから、女とでもメッセージのやり取りをしているのだろう。もしかすると、あとから会う約束でもしているのかもしれない。

服装だって、オーダーメイドスーツをきっちりと着こなした巧とは違い、ノーネクタイにスラックスのみというラフな格好である。

高辻の女好きは今にはじまったことではないし、どうでもいいのだが、車の窓に反射して、隣に座っている彼の手元が視界に入るのが、白花はなんとも不愉快だった。

「お父様、ご機嫌はいかがですか？」

黒いボートネック五分袖（そで）ドルマンニットと、同色のレースが美しい刺繍（ししゅう）スカートに、薄桃色のバックチュールトレンチコートを肩で羽織り、ペタンコのバレエシューズを合わせた白花が病室を覗く。ベッドに机を渡して書き物をしていた清十郎は、その手を止めて白花を見付けるなり、老眼鏡を少しずらして「うんうん」と機嫌よさそうに頷いた。

清十郎は最近、執筆作業に凝っている。自らが提唱している「事故被害者・被害者遺族救済措置法案」が、どれほど重要で必要な法案なのかを、国民にわかりやすく解説するんだそうだ。書き上がったら出版したい考えらしい。

医師からも、文字を書くことは認知症の作業療法としてもとてもよいから、本人が疲れない程度にさせてあげるといい、と言われている。

清十郎は、自分が政治家を引退したことはわかっているようなのだが、その法案を提唱するきっかけになった自らの家族を襲った悲劇の事故のことはすっかり忘れてしまっている。

清十郎から、新聞や雑誌なんかの差し入れも求められるので、白花は「倉原議員」と名前はあっても写真がない記事を選んで、見舞いの時に渡していた。そうすると清十郎は、記事の中の「倉原議員」を自分の息子、清一のことだと思って、その活躍や発言を喜び、目を細めるのだ。

はじめのうちこそ、父を騙(だま)しているような罪悪感を覚えたが、そのうちそれも消えた。

「倉原議員」の正体が誰であれ、今の父に、実の息子がもう何年も前に亡くなっていることを教えるほうが残酷だろうと思い直したのだ。

父の見る理想と現実の狭間にある幻にとことん付き合うことで、白花もまた本来あった幸せを味わうのだから。

「お父様、執筆の進み具合はいかがですか？」

「うん。だいぶいいよ。あと半分かな」

「先生、原稿用紙は足りますか？　追加で必要であれば私が用意しますが」

「ああ、足らない、足らない！　巧、次来る時、買ってきてくれ。前に頼むのを忘れとったわい」

こういう短い会話なら、なんの違和感もないから、高辻はいまだに清十郎に認知症の症状があることに気付いていないようだ。

前は大袈裟（おおげさ）なくらいに清十郎に取り入ろうとしていたくせに、週に一回の見舞いが、月に一回になり、今では二ヶ月に一度。いやいや見舞いに来たと思ったら、電話がかかってきたふりをしてすぐに病室を出る始末。正月なんて滞在時間三分の最短記録だった。

今だって見舞いに来ても、すぐに外に出られるように病室のドア付近の壁にもたれて、スマートフォンをいじっているんだから、まったくしょうがない男だ。

高辻は完全に清十郎から大戸議員に乗り換えることにしたようで、今では大戸議員のうしろを金魚の糞のようについて回っているそうだ。

白花がそれを黙認しているのも、大戸議員が高辻をあしらっていないのも、すべては白花が『俳画の会』を通してそう頼んでいるからに他ならない。知らぬは高辻本人ばかりとな。

自分の地盤を確実に固めて裏から糸を引く――機は熟した。

たおやかに微笑んだ白花は、一人でゆったりとソファに座った。そんな白花の側に巧が立つ。高辻は……さっきの出入り口付近から動いていない。

そんな状態で白花は、清十郎に向かって話を切り出した。

「お父様。実は今日は、ぜひ聞いていただきたい素敵なニュースがあるんです」

「ほう？」

清十郎は万年筆に蓋をすると、顎を引いて老眼鏡の上から白花を見つめてくる。その目は好奇心いっぱいで、少しワクワクしているようだ。

現役政治家の時より、病に冒された今のほうが、父親らしく自分を見てくれている気がして嬉しく思ってしまうのは不謹慎なんだろうか？

「実はわたし、赤ちゃんができました！」

「おお〜っ！　やったな巧！　でかした！　倉原家の跡取りだな!!」

手を叩いて喜びをあらわにする清十郎に煽られて、白花と巧は顔を見合わせ思わず笑ってしまう。

「ありがとうございま――」

――ガシャン！

巧の声を遮った音のしたほうを、白花、巧、清十郎の三人が一斉に見る。

病室のドア付近の壁にもたれていた高辻が、その手からスマートフォンを落とした音のようだった。

「あらあら高辻さん、大丈夫かしら？」

微笑みながら小首を傾げてみせる。

高辻が想定通りに動揺してくれているのを見るのは、なんて気分がいいんだろう。

一度も抱いていない自分の妻が妊娠したと言う。しかもなぜか舅は、自分の秘書に喜びの声を向けている——彼の頭の中では、今、疑問符が大量に湧いているに違いない。

「男か？　女か？」

「それはまだわかりません。今、五ヶ月ですの。だから、そろそろ性別がわかる頃ですね」

清十郎は高辻のことをまるっと無視して、ふたたび視線を白花に戻し、白花の手と巧の手を片方ずつ取ってしっかり握るのだ。

「そうか、そうか。いや、男でも女でもいいよ。無事に、健康で生まれてくれれば。あ〜わしも、ついにお爺ちゃんか」

嬉しそうに目を細める姿を見て、ああ、これが本当の親孝行だったのだと身に沁みる。

心のない男と形だけの結婚をするのではなく、愛した男と結婚して、子供が生まれる報告をする——自分自身が幸せになる道がなによりだったのだ。

（……わたしの人生は、間違った選択の連続ね……）

もしも人生をやり直せるなら——そう考えた時もあった。でも今はそう思わない。

正しい選択ばかりをしている人なんていやしないのだ。

人生なんて知らぬ間にはじまったゲームは、うんざりするような出来事の連続。

時には間違えて、時にはワガママに、時には我慢して、時には後悔して。

手を取り合える人、喜びを共有できる人と手を取り合って明日を生きていく。

そうできない人ももちろん中にはいて、ソリの合わない人と関係を築かねばならない時に、人間性というものは出るのかもしれない。

「ふふ。なのでお父様。執筆作業がお忙しい中申し訳ないのですが、子供の名前を考えてくださいませんか？」

「先生に名付けてもらえたらと、私も白花さんもそう思っておりまして」

白花も巧も高辻のことなんて無視して話を続ける。すると、一度は高辻のほうを見た清十郎だったが、ふたたび白花らのほうを向いた。

「わしが付けていいのかい？　それは重大な責任だな。ハハハ」

機嫌よく笑いながら清十郎は、巧に次回持ってこさせる物に、名付け辞典を追加した。

「そうか……。小さかった白花も母親になるのか……時が経つのは早いな」

そう、時が経つのは早く、残酷だ。

清十郎は起こしたベッドの背凭れに身体を預けると、老眼鏡を外して息をついた。

「白花、とにかく身体を大事にしなさい。巧、これを労ってやってくれ」

「はい、お父様」

「心得ております、先生」

清十郎の言葉に、白花と巧が揃って頷く。それを見て満足そうにした彼は、ふと病室のドアのほうに顔を向けた。そこにいるのは、ようやくなにかがおかしいと気付きはじめた高辻——

「高辻くんといったか？　君は秘書見習いか、事務所のアルバイトかね？」

「せ、先生！　俺です！　蓮司です！」

「彼は高辻蓮司。新しく入った秘書見習いです」

自分を思い出してもらおうと大声で叫ぶ高辻を無視して、問答無用で白花が間に入る。

「秘書見習い？　倉原の秘書を名乗るなら、たとえ見習いでもその格好はいかん。もっとちゃんとしなさい」

シャツとスラックスのみというラフな高辻の格好が、清十郎はお気に召さなかったらしい。眉間に深々と皺を寄せている。

「ふふふ。彼はまだ新人ですから、この世界の右も左もわかっていないんです。でもこれから、巧さんがビシバシ鍛えてくださいますわ。スーツを持たないと言うので、マシなのを作ってやろうとついでに連れてきただけですの。きちんと躾が行き届くまでここには連れてきませんからご安心を」

白花は意味深に笑いながら、ソファから立ち上がった。

「お父様。今日はこれで失礼しますわ。わたし、ベビー用品を見たくって」

「おお、そうか、そうか。倉原家の大切な跡取りだ。いいのを買い与えなさい」

「もちろんですわ」

まだ目立たない腹をまあるく撫でて、白花は優雅にお辞儀をした。

「では、また参ります。お父様、ご機嫌よう」

「ああ、またな」

白花を先頭にして病室を出る。

「先生――！」

まだ清十郎に向かって叫ぶ高辻の胸ぐらを巧が引っ掴み、病室から強制的に排除する。

廊下の壁にドスンと高辻の背中を打ち付けて、巧はにこっと爽やかに笑うと、ポンポンと軽く肩を叩いて高辻の乱れた服装を整えてやった。

「ここは病室です。お静かに」

立てた人差し指を自分の唇にやって、子供に言い聞かせるように「しーっ」とやる巧を見て、少し離れたところでクスリと笑う。

「今更お父様に取り入ろうとしたって無駄よ」

白花がそう言うと、高辻の目の色が変わった。

「おい！　おまえ！　どういうことだ！　先生の様子も！　それに、に、妊娠だなんて……俺は聞いてないぞ！」

凄みながらも、周りを憚(はばか)ってか、「妊娠」のところだけ小声になる高辻の肝の小ささにうんざりしてくる。

「ああ〜もう、取り乱したりして見苦しい。ほんと、嫌になっちゃう」

白花はちょうど来ていたエレベーターのボタンを押して、さっさと機内に乗り込む。そこに一拍遅れて、巧と高辻が乗ってきた。

「おい！　ちゃんと説明しろ！　いったいどういうことなんだ！　誰の子だ！　まさか本当に広瀬くんとの――」

キャンキャンと騒ぎ立てる高辻を巧が間に入って押し止める。

それを当然のように見もせずに、白花は結い上げた髪の後れ毛を艶(つや)っぽく撫で付けた。

「誰の子なんてあなたが気を揉むことじゃありませんよ。この子は倉原家の子です」

愛おしい男との子供がいる腹を何度も撫でてうっすらと微笑む。

一階の総合受け付け横に着いたエレベーターを降りて、病院の正面玄関へ向かって歩く白花のうしろを、巧が付き従い、それから高辻が追いかけてくる。

高辻は怒りの形相でなにかを言いかけるが、周りに看護師や患者、その家族がいるのを見ると口を噤んだ。以前は激高しながらも人前で叫んでいた男にも、多少は学習能力があったらしい。

病院を出て駐車場へ向かい、乗ってきた国産セダンの後部座席を巧が恭(うやうや)しく開けてくれる。

そこに乗り込んだ白花に続いて高辻が乗り込もうとした時、バタンと巧がドアを閉めた。

「っ！　お、おい！」

突然閉められたドアに動揺した高辻には目もくれず、巧は運転席へと回る。

白花は窓を少しだけ開けると、横目で名ばかりの夫を見た。

「どうして当然のように一緒に乗ろうとするんです？　あなたはタクシーでも拾って来なさいな。大事な子がお腹にいるのに、また階段から突き落とされたらたまったもんじゃありませんからね」

新婚旅行で行ったグアムで、高辻の愛人に階段で突き落とされた時のことを持ち出して牽制(けんせい)すると、彼はぐっと押し黙った。

「あ、あれは、翠が勝手にやったことで――」

「ふん。それも含めてお話ししましょうか。あなたもいろいろと知りたいでしょうしね。ふふふ。

女と遊ぶ約束をしていたのならキャンセルなさいな。わたしはいつでもあなたの相手をしてやれるほど暇じゃありませんからね——巧さん、邸に戻ってください」

白花の号令で巧が車を出すのと同時に、大慌てで高辻が病院のタクシー乗り場に走る無様な姿を見て鼻で嗤う。

「白花、気分は悪くない？」

巧が運転しながらルームミラー越しに視線を投げて、つわりのある白花を労ってくれる。この人と、この人との子供がいるだけで、白花はどこまでだって強くなれる。

「ええ、大丈夫。ありがとう」

頷いた白花は、窓の外に目をやった。スッ、スッ、スッと窓に雨粒が平行線を引く。

雨は好きだ。一年前のちょうどこの頃、巧に初めて抱いてもらった日も雨が降っていたっけ。

あれから一年——

「さぁ、仕上げにかかりましょう」

白花は美しく口紅を塗った唇で弧を描いた。

倉原邸に白花達が戻ってから約十分後に、高辻が到着した。

その彼を巧が応接室に案内する。

真っ赤な絨毯と、深みのあるエンジの壁紙、天井は白漆喰でレリーフ模様を描き、花びらを思わせるシャンデリアが淡い輝きを放っている。重厚な木製のソファとテーブルセットは、明治時代からの物。生地を張り替えて大切に使ってきた。

ここは、広い倉原邸の中でも清十郎が特に気に入っていた部屋で、倉原家の歴代当主達が集めた絵画や調度品で彩られている。

清十郎が現役政治家だった時には、この応接室には毎日のように人が訪ねてきていたものだ。

父や母が座っていたホスト席に腰を下ろして、巧が用意してくれた妊婦が飲んでも大丈夫なカフェインレスのルイボスティーをいただく。

ドカドカと部屋に入ってきた高辻は、勧められてもいないのに白花の向かいのソファに落ち着きの欠片もなく腰を下ろした。

「誰も〝お掛けになって〟なんて言ってませんけどねぇ……あなたには礼儀作法から教えないといけないようだわ」

呆れた口調で言いながら、ソーサーにカップを置いて優雅に脚を組む。そんな白花を高辻は、貧乏揺すりをしながら、忌々(いまいま)しいと言わんばかりの目で睨み付けてくるのだ。

「――誰の子だ」

低い声で凄まれるが、怖くもなんともない。

「広瀬くんも！　いったいどういうつもりだ！　君は俺の第一秘書だろう!?　主人を置いていくなんてどうかしてる！」

そう言って高辻は怒りを隠さないが、巧はなんでもないように無視した。

「〝誰の子〟ねぇ……」

応接室のドアを閉めた巧が、ゆったりとした足取りで白花の背後右側に立つ。白花はソファの背凭れに背中を預けた。まるで自分のすべてを巧に預けるかのように。

「あなたの勘違いをひとつ正してあげましょう。わたしが産む子こそが、倉原家の正統な跡取りなのですよ。あなたの子である必要は微塵もないのです」

「おまえ！」

落ち着き払った白花の声と、激高した高辻の声が響き渡る中で、白花は顎をツンと上げ、余裕綽々の笑みで目の前の夫を見下ろした。

「わたしが産む子が誰の子なのか、遺伝子検査でもしてみますか？　それは疑惑を確定にしてしまう行為ですけれど？」

遺伝子検査をすれば、検査をした会社、検査をした人間すべてが知ることとなり、書面となり、データとなり、記憶にも記録にも形にも残る。

一度でもそういった検査をすれば、いずれどこからか漏れるだろう。人の口には戸が立てられぬと、昔から言うではないか。

今日の病院での出来事だって、誰が聞いていたかわからない。しかし、清十郎には認知症の症状があり、過去の事故も、妻と息子、そして自分の親友の死も、なにもかも忘れている。極めつけは、白花と巧が結婚したと思い込んでいるところだ。

病院での出来事が仮に噂になったとしても、清十郎の症状と合わせて、「話を合わせているだけだ」と説明すれば、充分納得してもらえるレベルにある。

「穢（けが）らわしいあなたに触れられたことなど一度もありませんが、事実はどうあれ、外から見ればわたし達は夫婦。黙っていればこの子はあなたの子と認識されるでしょう」

白花が静かにそう言うと、高辻はブルブルと両手を振るわせて、ガンッとテーブルに拳を叩きつけた。

「……おまえ、これが世間に知れたらどうなるかわかっているのかっ！」

「ふふふ。期待の若手政治家にダブル不倫だなんて、週刊誌が喜びそうなネタですわねぇ～」

平然と言い放ってやると、高辻がギリギリと歯を食いしばる。

夫の怒り狂う様子を冷めた目で眺めていると、背後の巧が玉紐付き封筒を差し出してくる。白花はそれを無言で開けて、中からＡ４の書類を摘まみ出した。

「小林賢人（こばやしけんと）くん、一歳。母親は小林南（みなみ）。あらまぁ、呆れた。あの秘書の女とは別の方じゃありませんこと？」

とうの昔に知っていたくせに、さも今初めて知ったような声を上げてみせると、高辻の顔色が面白いくらいにサーッと青くなった。

書類のページを捲り、「あらあら、こちらの女性は先日出産されたばかり～。おめでとうございます～。高辻さん、二児のパパだったんですねぇ～。お母さんは違うみたいですけど」なんて、明るく言ってやる。

グアムで巧が教えてくれた妊娠中の高辻の愛人は先日出産したばかりで、最近、高辻が頻繁（ひんぱん）に連絡を取り合っているのはこの女だ。もしかすると、清十郎の病院に行く際に車の中でメッセージを送っていた相手もこの女かもしれない。

「二人とも認知しているようですが、認知してどうするんです？　まさかあなたは、このままわたしとの間に子供を作らずに、愛人の子を倉原家に入れようなんてことは考えてませんよねぇ？　そんなこと、このわたしが黙ってはいませんよ」

白花が睨み付けると、高辻は顔面蒼白になりながらも引き攣った笑みを浮かべた。

「そ、そんなことするわけないだろう？　あ、そうか、わかったぞ！　俺に抱いてほしいのに、抱いてもらえないから、適当な男と子供を作ったんだな？　そうだろ！」

トンチンカンなことを言い出す男に寒気を覚えて、白花は思わず真顔になって吐き捨てた。

「は？　寝言は寝て言いなさいよ。気持ち悪い。誰があんたなんか」

氷のように研ぎ澄まされた白花の絶対零度の眼差しに、高辻の顔が凍りつく。

「どっちが先に不義を働いたのかなんて、明らかですわ。だって子供の年齢は変えられませんもの。公表すればあなたのクリーンなイメージは台無し。所詮、あなたはお兄様の代わりにすぎない。お父様がたまたまあなたを気に入ったから、あなたを婿にしてあげただけ。でもそのお父様も、どうやらあなたのことなんて忘れちゃったみたいですけどねぇ～ふふふっ」

「はぁ!?　マジでボケてんのかよあのジジイ！」

「黙れ」

今までひと言も発していなかった巧が、低く短く唸るだけで、高辻は生唾を呑んで押し黙った。

「どうせ今、大戸議員に乗り換えていてよかった——なんて内心思っているんでしょう？」

白花の指摘は図星だったようで、高辻の表情を硬くさせる。それは予想通りすぎる反応で、かえって白花を白けさせた。

「あなたって本当に馬鹿なのね。大戸議員は、わたしが頼んでいるから構ってくださっているのよ？」

「そ、そんなはずはない！　俺の実力を買って——」

「あなたの実力？　二十数年間、投票用紙に〝倉原清十郎〟と書かせてきた土地に、〝倉原蓮司〟と書かせたことが、まさか自分の実力？」

「お、俺の政策を信じて投票してくれた人だって——」

「『事故被害者・被害者遺族救済措置法案』はお父様の政策です。あなたのじゃない」

バッサリと斬り捨てて、白花は手にしていた高辻の愛人を網羅(もうら)した書類を、高辻の手元に投げやった。

「ハリボテの実力しかないくせに、下手なことはしないことですね。あなたの隠し子と、両手では数え切れないその愛人を世間様に教えて差し上げてもよろしいのよ。それとも、愛人を唆(そそのか)して、わたしを階段から突き落とさせて殺そうとしたことも『俳画の会』代表の大戸議員の奥様や、苅部首相の奥様に相談してしまおうかしら。ふふふ。花藤翠でしたか？　あの秘書なら自供しましたよ。倉原の財産目当てだったという録音データも謝罪の文書もあります。ふふふ、わたしを殺せば金持ちの代議士夫人にしてやるだなんて、面白いことを言ったそうね」

「っ……！」

高辻に見捨てられた花藤は、「就職先を斡旋してやるのと、殺人未遂で訴えられるのと、どちらがいいか選べ」と巧に迫られ、あっさりと自供した。

「もっと面白いものだと、あなたが市長時代にやらかした、幽霊会社への高額なポスター発注依頼なんてものもありますけれど。ふふふ、わたしはなんでも知っているのですよ。全部巧さんが調べてくれましたから」

白花が軽く手を掲げると、背後の巧がその手を取ってちゅっと口付けてきた。

普段、高辻の前ではニコリともしない巧が、わずかに口角を上げて微笑んでいる。そのレアな笑顔に惚れ惚れしながら、白花は視線を高辻に戻した。

「それじゃあ、腹の子の父親は本当に――」

「あらあら、それ以上は口にしないほうが身のためですよ。あなたはわたしを侮っているようだけど、伊達に倉原の娘を名乗っちゃいないのよ。あなたの政治家生命を終わらせるなんて、わたしにとっては赤子の手を捻るより容易いことですから。前も言ったでしょう？　政治家なんてね、落選すれば無職なのよ。でも、あなたの場合は、再選どころか出馬さえ難しいでしょうねぇ〜。だって、汚職事件に、わたしに対する殺人の教唆。有罪判決にさせるだけの証拠が山盛りなんですから」

「はーっ、はーっ、はーっ、はーっ」

〝有罪判決〟の言葉が相当効いたのか、高辻の呼吸がだんだんと荒く過呼吸気味になっていく。それでも白花は追及の手を緩めなかった。

「自爆したいのなら、ダブル不倫でも公表してごらんなさい。揉み消してあげますから。仮に公になったとしても、わたし達には痛くも痒くもない。わたしには祖父からの遺産が、この人には長年倉原清十郎の第一秘書だった実績がある。他の先生から引く手あまたよ。むしろ、わたし個人は変な家のしがらみがなくなって清々するわ。でも、あなたは、身の破滅よねぇ。お可哀想に。あなたを助けてくれる人なんて、だぁれもいないわよ。だってあなたを応援してくれている人達は、倉原を応援している人達なんだもの。高辻蓮司なんて歯牙にもかけやしないわ。殺人教唆って確か、実行犯と同じ罪よねぇ～。未遂とはいえ、倉原のお抱え弁護士の手にかかれば、執行猶予なしで刑務所行きが妥当かしら？　言ったでしょう？　お父様亡き後、あなたの後見を誰がしてくれるのか、その辺を足りない頭でよぉ～くお考えなさいな、とね。あなたは初めから、わたしに逆らってはいけなかったのよ。あ、ちなみに、あなたの事務所の秘書達は全員こちらの息がかかってますからね」

「はーっ、はーっ、はーっ、……なんて女だ……」

震える手で胸を押さえた高辻が、涙の滲んだ目で見上げてくる。

「あら。愛のためなら悪女にでも、なんにでもなりますわ」

一度きりの人生を、自分を犠牲にして生きるか、他人を犠牲にして生きるか、その二択しかない中で、後者を選んだ。ただそれだけだ。その選択が、他人の目にどう映るかは些細な問題。

なぜなら他人は白花の人生に責任を取ってくれないから。白花の人生の責任を取るのは、他の誰でもない、白花である。

この自分の意志と、巧の愛を貫くこと。そうしていつの日か破滅を迎えることになったとしても、決して後悔はしないだろう。

ソーサーごとカップを持ち上げてルイボスティーに口を付けた白花は、お茶を堪能してからにっこりと微笑んだ。

「世の中には二種類の人間がいる。〝自らの意志で選び取り、人生を生きる者〟そして、〝選ぶことを放棄して、用意された人生を生きる者〟でしたっけ？　わたしは前者、あなたは後者。あなたは初めから勝ち目がないのだから、黙ってわたしの言う通りにしていればいいのよ？　ふふふ。簡単でしょう？　大丈夫よ。わたしは優しいから、階段から突き落として殺そうなんてしないから」

白花が刺したトドメの一撃で、高辻の目が死んだ魚のようになる。

「話は終わったわ。巧さん、お引き取りいただいて」

「かしこまりました。お嬢様」

巧は丁寧に高辻の首根っこを引っ掴むと、そのままズルズルと玄関まで引きずっていく。彼が玄関を開けたのだろう。ザーッと雨音が聞こえた。そのまま、ドシャッと無様な音が続く。

「お帰りなさい」

戻ってきた巧をソファに座ったまま出迎え、両手で抱きしめる。すると彼は、床に跪いて白花の腹に頬擦りした。

「俺が君のお父さんだよ。あんな奴じゃないからね」

「ふふ。そんな当然のことを。この子だってわかっておりますわ」

嫉妬を滾らせるこの人が愛おしい。白花は巧のサラサラとした髪を、彼のくれた結婚指輪が光る左手で撫でながら微笑んだ。

「あの人、駄目そうだったわね。神輿としても使い物にならないようなら、さっさと離婚して切ってしまいましょうか。あんなしょうもない男を置いておくほうが倉原の恥だわ。その時は、巧さんが、〝倉原巧〟として立候補してしまえばいいんだから」

「そうだね。先生も、俺達が結婚したものと思っているしね」

過去の汚職に加えて、数々の愛人、隠し子、おまけに倉原の財産目当てに愛人を唆して白花に怪我をさせた傷害事件における教唆の証拠を突きつければ、倉原の支持者の誰もが後継者変更に納得する。

子供に関しては、家庭裁判所にＤＮＡ鑑定の結果を提出し、高辻の子ではないと法律上確定させる手続きをすればいい。どちらにせよ、高辻は白花に逆らえないのだから思うがままだ。

高辻が自爆覚悟で暴露してきたところで、彼の訴えのすべてを揉み消すことなど白花には容易い。

未来へと続く道はいくらでもある。ただそのいくらでもある道を、この人と共に歩んでいけるなら、白花はそれでいい。そのためなら、悪女にでもなんにでもなろう。

「ねぇ、巧さん？　わたし、家族はたくさんいたほうが楽しいと思うんです」

サラサラの髪の隙間から覗く巧の耳に、唇を寄せてそっと囁く。

「おやおや、もう次の子のおねだりかな？」

顔を上げた巧に優しい目で見つめられて、白花の頬が色付いた。

「巧さんとの赤ちゃん、たくさん欲しいの。だって……愛してるから……」

「俺も愛してるよ。俺の子をたくさん産んで――」

初めからそうあることが正しかったかのように、自然と二人の唇は重なった。

番外編

夜更けにふと目が覚めて、広瀬巧は視線を隣にやった。

倉原邸の一室にある乙女チックなシングルベッドで、「すーすー」と規則正しい寝息を立てているのは、長年想い続けてきた女性――倉原白花だ。

柔らかく閉じられた瞼（まぶた）の先には、くりんとした長い睫毛が生えていて、彼女の寝顔をより一層魅力的にしている。ほんの少し開いた口も愛らしい。

白花は巧の幼馴染みでもあり、親友の妹でもあり、雇い主だった人の愛娘でもあり――そして、他の男の妻。本来、自分が触れていい女（ひと）じゃない。

でも抱いた――

彼女と、もう何度肌を重ねただろう？

『巧さん……わたしを……わたしを、だ、抱いてもらえませんか？』

結婚式を翌日に控えた白花にそう言われた時、巧は自分の耳が馬鹿になったのかと思った。彼女がなにを言っているのか、理解できなかったのだ。

「そんなことは言うべきじゃない」「あなたは明日結婚するんだから」――そう説得しなくてはと思いながらも、たぶん、心のどこかは歓喜に湧いていたのかもしれない。

泣きながら素肌を晒してきた白花を抱かないなんて、できなかった。

同情なんかじゃない。だって彼女は、巧がずっと愛してきた唯一の女だから――

『たくみさーん！』

そう言って、小さな頃からトコトコとうしろを付いてきていた女の子が、

『巧さぁ～ん！　お兄様が意地悪する～！』

無防備な泣き顔で抱き付いてきた彼女が、

『……巧さんっ、これ……』

真っ赤な顔をしながら、毎年自分にだけ特別豪華なバレンタインのチョコレートをくれた彼女が、

『行ってきます！』

そう言って明るく手を振って出掛けた彼女が、大破して燃え盛る車の中から発見されるなんて、誰が思っただろうか？

少なくとも巧は、そんなことは微塵も考えずに、愛くるしい彼女を送り出した。

『広瀬さん！　君のお父さんが運転する車が事故にあった！』

倉原清十郎の警護官からその電話を受けた時、巧は一人で事務所にいた。最初は「ぶつけられた」くらいの軽い事故を予想して、車で現場に向かったのを覚えている。なぜなら父、彰は無事故

無違反の優良ドライバーだったからだ。

だが、向かった現場はすでに消防と警官によってバリケードが張られ、物々しい雰囲気で近付くことすらできない。遠目に上がる黒煙を見て唖然とした。

身元確認のために警察に呼ばれ、即死したという自分の親父と対面する。正直、誰かもわからなかったが、焦げた免許証と結婚指輪でやっとわかったくらいだ。

『先生……』

警察の遺体安置室から出てきた時、隣の遺体安置室から出てきた清十郎と鉢合わせして、言葉が出なかった。自分の親父が運転する車での事故だ。清十郎の妻も即死だったのだ。

しかし、第二の親父と言うべき彼は目に涙を溜めながらも、気丈にも巧を抱きしめてくれた。

『巧、一緒に病院に行こう。清一と白花はまだ頑張ってる』

そして、病院に着いた数時間後に、親友の清一は意識が戻らないまま逝った。

悲しむ余裕なんてなかった。実感がなかったのかもしれない。

清十郎の手を借りて父親の葬儀を済ませ、テレビ局の人間やカメラマンに追いかけられ、コメンテーターは安全圏から彰の運転を批判した。

(中央線を越えて対向車が突っ込んできたら、ハンドル切ったっておかしくないだろ……!)

だがそのせいで車が横転し、被害が拡大したと言うのだ。じゃあ、どうすれば正解だったのか。

ブレーキが間に合う速度での走行をと綺麗事をいっても、向こうから突っ込まれたらどうにもならないことだってあるというのに……

世間が騒がしい中、白花の意識は依然として戻らなかった。

ガソリンの燃えた有毒ガスを大量に吸い、それだけでも危険だというのに、大火傷を負っているという彼女は、何度も死の淵を彷徨った。

（……カミサマ、どうか彼女を助けてください……お願いします……！　代わりに俺はどうなっても構わないから！）

無力な自分を呪いながら、自分の大切な人達の命を奪った神に祈る。

白花のことはずっと愛おしく思っていた。自分の感情が恋だと知っていたのに、これが愛だと知っていたのに、初心な彼女が自分に向けてくれるはにかんだ笑顔に大人ぶった余裕を見せて、自分の気持ちを伝えなかったことを、どれほど強く後悔したか。

白花の全身からほとばしる恋心に、胡座をかいていたのかもしれない。

酒の席で、清十郎から「白花は巧にやる」と言われ続け、それをこそばゆく思いながらも、彼女は自分の妻になるものだと信じて疑っていなかったのだ。

ましてや、彼女自身がこの世からいなくなるかもしれないなんて、想像すらしていなかった。

（生きてさえいてくれればいい。生きてさえいてくれれば、生涯ずっと、俺が彼女を支えるから！）

巧の祈りが通じたのかはわからないが、事故から二週間後、白花は意識を取り戻した。

本当はすぐにでも会いたかったが、集中治療室は親族しか入れないと言われ、こらえるしかなかった。白花が一般病棟に移るまで、巧は清十郎から毎日彼女の様子を聞いて胸を撫で下ろし、早く会いたいと願い続けた。

会えたなら、今度こそ後悔しないようにこの想いを伝えよう。「愛してる」と。「生きていてくれてありがとう」と。

そしてようやく白花が一般病棟に移され、会える日が来た。

「一緒に行こう」と誘ってくれたのは清十郎だ。「おまえの顔を見れば、白花もきっと元気になる」、そう言ってもらって、驕っていたのかもしれない。

目が合った白花からは、あの天真爛漫な無邪気さが消えていた。

艶やかに美しかった黒髪は燃えて、腫れた顔には大きなガーゼテープが貼られている。変わり果てた愛しい彼女の姿に息を呑む。

（でも、生きてる……）

『白花さん――』

『いやあああああっ!!』

話しかけた途端、悲鳴を上げて背を向けられる。なぜだかわからなかった。ただ彼女の悲鳴に頭が真っ白になる。

『見ないで！　出て行って！　いやだ、お願い、お願いだから見ないで！』

悲痛な声をあげながら泣きじゃくり、折れた脚にも構わず、ベッドから降りようとする白花を、清十郎や叔母が制止するが彼女は聞かない。

その様子に、会いたかったのは自分だけだったのだと悟った。

（ああ――……）

嫌われたのだ。

なぜ気付かなかったのか？　彼女がこんな目に遭ったのは、自分の親父の運転する車に乗っていたからなのに。彼女の母親も、兄も死んだのに。

かける言葉も見つからず、その場に立ち尽くす。

――カミサマ、どうか彼女を助けてください……お願いします……！　代わりに俺はどうなっても構わないから！

願った通りになったのだ。彼女は助かった。代わりに、自分は嫌われたのだ。

そこから巧の記憶は朧気だ。

白花は一度は退院したものの、部屋に引き籠もって出てこなくなった。部屋から出てくるのは、リハビリと、通院の時だけ。

燃えた髪が伸びて、顔の傷も塞がり、折れた脚も治って歩けるようになっても、心からの笑顔が戻らない。

清十郎の話では、火傷の痕をかなり気にしているようで、美容整形手術や放射線治療を繰り返しているらしい。しかし、ケロイドになりやすい体質というのがあり、彼女はそれに当てはまったらしく、思うような成果は上がっていないという話だ。

仕事で倉原邸に寄ると、彼女の押し殺したように泣く声が聞こえる。

彼女の泣き声が聞こえるたびに、何度抱きしめたいと思ったか。

大丈夫だと言ってやりたい。俺が支えるから、一緒に生きようと伝えたい。でもそれを伝えたとところで、彼女はきっと喜ばない。なぜなら今や巧は彼女にとって、幼馴染みのお兄ちゃんではなく、「自分の母親と兄を殺した運転手の息子」なのだから。

（でも生きてる……生きてる……！）

巧は清十郎の秘書を辞めなかった。清十郎にとって自分は親友の息子だ。彼のほうから辞めてくれとは言わない——その確信があったのだ。

清十郎の秘書を辞めなければ、白花の側にいられる。

白花と結婚させてほしいと清十郎に申し出たこともあったが、素気なく断られた。

『わしもおまえ達二人の気持ちが通じ合っているのなら、結婚させるつもりだった。でもな、あの事故に遭ってから白花は変わった。今のあの子は、前のあの子じゃない』

清十郎の言い分はもっともだと思った。自分が白花に嫌われている自覚はあったから。

それに、白花と結婚するということは、清十郎の後継者になるということだ。

自分の息子は死んだのに、親友の息子は生きている——その葛藤が彼の中にあったとしても、なんら不思議ではない。

やがて、白花に縁談が持ち上がった。相手は当然、巧（じぶん）ではない。

しばらくして、彼女はその縁談を受け入れた。

本音を言えば断ってほしかった。

でも巧は思い直したのだ。白花が幸せになるなら、それでもいいじゃないかと。

ただ、相手の男が白花を託すに値するかを知りたくて、清十郎に身辺調査を申し出た。それをやめろと言われた理由だってわかっている。だからあえて逆らいもしなかった。

自暴自棄な思いと、自分を納得させようとする思いが交錯して、白花の顔をまともに見られない。

いや、あの事故以降一度も、あの子の顔を直視できたことがない。

特に、高辻と一緒の時の彼女は……

また拒絶されるのが怖いという、自分の心の弱さ以前の問題だ。ただ見たくなかった。自分以外の男に微笑む彼女を見たくなかっただけ。

でも、心は白花を愛さずにはいられない。「抱いてほしい」と言われて、どれほど動揺したか。どれほど歓喜に沸いたか。

それで理性は「一時の気の迷いかもしれない」と、彼女を欲しがる男の欲を抑え込む。けれども、泣きながらキスしてきた白花を、抱かないなんて選択肢はなかったのだ。

『幸せで……』

そう言って涙した白花に、気の迷いなんかではないのだと確信を持つ。

彼女は高辻との結婚を本心では望んでいないのでは？　今まで高辻と会う白花を見ないようにしてきたが、彼女は高辻に心からの笑顔を見せていただろうか？

（もしも……もしも、白花さんが、本当は結婚を望んでいないのなら……）

『じゃあ、明日の結婚、やめましょう？』

そう、口から本音が漏れていた。

『え？』

呆ける白花をじっと見つめる。瞳の奥の、そのまた奥を覗くように、彼女の本心を探る。

『明日の結婚なんて、やめてしまえばいいじゃないですか。本当はいやなんじゃないんですか？　だったらやめましょうよ。やめて俺と――』

――逃げよう？　一緒に。必ず幸せにするから。俺は君さえいればそれでいいから。

そんな巧の言葉は、視線を逸らした白花に遮られる。

『そ、それは――……』

続くのは拒絶の言葉。

『できないんだ？』

『………』

押し黙る白花は、巧の目を見ようとしない。さっきまではあんなに自分を見てくれていたのに。

『俺に処女差し出して！　俺とこんなセックスして！　その翌日に、他の男と結婚するって言うんですかっ⁉』

(どうして！　じゃあ、どうして俺に抱かれた⁉)

一度でも身体を交えてしまえば、もう忘れるなんて無理だ。

傷付いても美しい彼女の身体、艶めく彼女の声、あたたかな彼女のぬくもり……そのすべてを追い求めてしまうだろう。

白花と会うたびに、いや会わなくても、想いだけが募り、自分を苛むことは目に見えている。

だって、愛しているのだから。

(俺を苦しめたくて抱かせたなら、大成功だよ……白花さん……)

『——本当、悪い女ですね……』

美しくも残酷で、それでも愛おしい女。

愛おしすぎて、気が狂いそうになる。

そこからはもう、手加減せずに白花を抱いた。処女だったにもかかわらず、彼女を内側から自分という男で汚す。二度目からは、ほとんど会話もなかったと思う。響くのはお互いの吐息と、キスの音、そして濡れた女の身体を掻き回す音。

ひたすら犯すように抱いて、考えることを放棄する。

(俺の——俺の女だ……)

今だけは。

日が昇りはじめてから、口付けを交わして白花の部屋を出る。清十郎はまだ起きていないようだ。昨日はしこたま飲んでいたから、きっと朝も遅い。

(全部聞こえていればよかったのになぁ……)

そんなことを思いながら、巧は倉原邸をあとにした。

白花と別れた数時間後には、彼女の結婚式だ。今日の巧は受け付け係。つい数時間前まで抱いていた女の結婚式の受け付け係。なんて滑稽なのかと、自然と笑みがこぼれる。それを周りはどう勘違いしたのか、「広瀬さんも嬉しいでしょう。妹みたいな白花さんが結婚して」だなんて、朗らかに話しかけてくるのだ。

『そうですね。ああでも、少し寂しいですねぇ』

笑いながら応(こた)えると、「次はあなたの番よ。いい子を紹介してあげましょうか」。まったくもって、お節介にもほどがある。

『私などまだ未熟者です。先生のところで、もっと勉強させていただきたいと思っております』

今まで何度も使ってきたかわし文句を、ひたすらに繰り返して頭を下げる。

白花以外の女に意味はない。自分が彼女以外の女を愛せないことなど、自分が一番よく知っているのだ。

白花が悪い。

なにもかも白花が悪い。

なんの言葉もくれずに、あんな一夜で心も身体も自分に縛って離さない白花が、憎くて、憎くて……そしてこの上なく愛おしい。

結婚式がはじまって、奥から鈴と囃子(はやし)の音がする。結婚式がはじまれば、巧は受け付けを閉じて、今度は披露宴会場の支度にかかる手筈になっていたのだが、招待客の中で一人だけ、まだ来ていない人がいる。

後援会の最長老だった。もう齢(よわい)、九十歳を超えている。年が年だけに、支度に手間取ることもあるだろう。

『すみません、遅れましたぁ！』

駐車場のほうから、車椅子を押した小母(おば)さんがバタバタと駆け寄ってくる。おそらくヘルパーさんだろう。何度か見かけたことがある。

車椅子に乗っているのは、後援会の最長老だ。もちろん、巧も子供の頃から面識がある。前会った時は車椅子ではなかったのに。脚を悪くしたのだろうか。

巧はすぐさま受け付けから出ると、車椅子を押すのを手伝った。

『申し訳ございません。中は車椅子ではスペース的に入れないのですが……』

『ああ～いい、いい、大丈夫や。ほれ、杖がある。歩けんわけじゃないでな』

そう言われて、巧は長老の手を取った。

『かしこまりました。では、私が中までお連れしましょう』

『ああ、悪いが頼むよ、巧』

一歩、一歩、牛歩のような足取りで会場に入る長老のペースに合わせて、巧も進む。すると、不意に長老が口を開いた。

『わしはぁ、白花の婿助にぁ、巧、おまえやと思っておったでなぁ。おまえ達は、昔から好き合っておったにぃ……』

『…………』

返す言葉が見つからない。しばらく間があいてやっと出たのは「先生がお決めになったことですから」という、自分に何度も言い聞かせた言葉だった。

『蓮司とかいうたか。あの若造は、わしはぁ好かん……口先だけやぁ。見よってみぃ』

『そう、ですか……』

未来の自分の主になるとわかっている男を酷評されて、言葉に詰まる。

本音を言えば、巧も蓮司のことはよく思っていない。それは、恋敵である限り当然だ。どうしても見方が厳しくなる。だからあの男の政治家としての資質を、自分が正しく評価できる日など、決して来ないということもわかっていた。

『ああ〜あの事故がなかったらなぁ』

『……それは言わない約束ですよ』

巧は苦笑いしながら、顔を伏せた。あの事故がなければ——何度そう思ったか知れない。あの事故がすべてを変えた。

『巧、あの若造にゃぁ、気ぃ付けぇや……』

静かに長老に言われて、巧は頷くしかなかった。

『遅れまして……どうも……いや、どうも、どうも……』

本会場に入り、花嫁側の親族席に長老を連れて行く。そこには、斎主(さいしゅ)から赤い盃(さかずき)を手渡された花嫁姿の白花がいた。

艶(つや)やかな黒打ち掛けに角隠し(つのかくし)。白花の白い肌が際立つ美しさに目を奪われるのと同時に、憎々しさが込み上げてくる。

今朝までこの腕の中にいた。まだあの肌のぬくもりと匂い、そして感触を覚えている。なのに彼女は、今、この瞬間、他の男と結婚するのだ。

もうここで暴れたかった。すべてを投げ出して叫びたかった。彼女は自分の女(もの)だと。

でもできない……やるべきことは他にある。

長老の忠告と自らの勘に従って、巧は独自に高辻蓮司を調べることにした。もちろん、清十郎には内緒だ。彼は巧が高辻の身辺調査をすることに拒絶反応を示していた。同じ政治塾出身の議員から聞いた人となりだけで充分だという考えなのだ。それに逆らうことになるのだから、慎重に動かなくてはならない。

清十郎の秘書としての仕事をする傍らで、高辻を調べるには圧倒的に時間が足りない。そんな時、清十郎が緊急入院することになったのだ。

清十郎が入院した初日。病院に駆けつけた白花と二人っきりになった時、彼女の左手の薬指に嵌まる見慣れない指輪が目に入った。結婚指輪だった。それを投げ捨ててやりたい衝動に駆られながら、それに触れる。「どうですか？　結婚生活は？」だなんて、皮肉めいたことを聞いていた。

（あいつは俺よりいい？　処女じゃなかったことを、なにか言われた？）

ささくれた心が吐き出す嫉妬と怨嗟、そして白花が幸せであってほしいと願う純粋な心と、自分以外の男と幸せにならないでくれという我が侭が入りまじる。

『さぁ……どうでしょう……？』

白花の返事は曖昧だ。

あなたには言いたくない――そんなふうにも取れる。

二言、三言、会話を交わして、巧は軽く目を閉じた。トンっと軽く白花の肩に凭れてみれば、彼女の甘い肌の匂いは、以前と変わりない。

眠れるはずなんてなかった。愛おしい女の手を握って、今だけは自分の側にいてほしいと願う。

彼女は自分の父親の見舞いに来たのに……そんなことはわかっているのに。

巧が寝たふりを続けていると、白花の目からはらりと涙がこぼれた。

その涙の理由（わけ）を聞きたい。父親が心配だから？　結婚生活が辛いから？　それとも――

そんな時、巧の頭に彼女はそっと自分の頬を寄せてきた。

（ああ――……）

胸が苦しい。たったこれだけで、自分の心を縛って離さない彼女を許さずにはいられない。

清十郎の検査入院で自由な時間が増えた巧は、急ピッチで高辻蓮司のことを調べ回った。それは、彼女の想いがどこにあるのかを探るような行為にも似ていた。

高辻は政経塾を卒塾後、秘書の経験なしに神奈川市長に立候補、当選している。つまり奴には、秘書の横の繋がりが一切ないのだ。

巧は自分の秘書仲間のツテで、市長時代の奴の秘書を捜し当てた。国政に打って出た高辻に付いてこなかった奴の元秘書の話で、奴には女がゴロゴロいることがわかった。そして、市長時代には表向きはクリーンなイメージを保ちながらも、裏では相当派手に経費に手を付けていたようだ。

話してくれた元秘書は、倉原のツテで国政に出ることが決まった時点で、奴の秘書を辞めたと言っていた。

『追及された時にさ、「秘書が勝手にやったんだ」って真っ先に言うのがああいうタイプだと思ったからな』

秘書を庇う政治家のほうが稀だ。やってない罪を秘書になすり付ける政治家のほうが多いだろう。奴はその典型だと見抜かれたわけだ。奴に付いてきた秘書は、それを見抜けなかった馬鹿ばかりということになる。

先を思いやられながらも、今度は奴の愛人を探る。自分の女秘書、水商売の女、支援者の妻、大学生……片手じゃ足りない上に、タイプに一貫性がないところを見るに、女ならなんでもいいのだろう。しかも、隠し子のおまけ付き。

（は……なんだよ、コレ……）

奴は今、白花との新婚旅行でグアムにいる。

こんな腐った男に白花が好きにされているのかと思うと、腸が煮えくりかえるのと同時に、こんな男を連れてきた清十郎を怨んだ。彼は彼で娘の幸せを思っての選択をしたのだろうが、これでは白花があまりにも可哀想ではないか！

そんな時、白花がグアムで階段から落ちて頭を負傷し、意識不明という連絡が清十郎のもとに入ってきた。連絡をしてきたのは高辻本人。しかも、国会開始前の準備を言い訳に、意識不明の白花をグアムに置き去りにして、自分は帰国すると言うのだ。もう、怒りで目の前が真っ赤に染まっていた。

『先生、私がグアムに行きます。白花さんの無事を確かめてご報告いたします』

自分からの進言を、入院中の清十郎が頷くしかないとわかった上でそう言っていた。

普段の清十郎であれば、決して頷かなかっただろう。白花に想いを寄せる巧を、彼は白花と二人きりにさせない。白花が巧を見てふたたびパニックになることを危惧しているのだ。

しかし今は、他に選択肢がない。清十郎が動かせる秘書は自分だけで、いつも白花の面倒を見てくれていた母方の叔母ももう高齢、そして清十郎は入院中。

かくして巧は翌朝にはグアムに飛んでいた――

「ん……」

ピクリと白花の眉根が寄って、もぞもぞと身体をこちらに擦り寄せてくる。寒いのか、無意識なんだろうが、無防備な裸体をぴったりと寄せて、脚を絡められると、男としてはたまらない気持ちになる。

さっき身体を交えたばかりなのに、また欲しくなる。

いや、〝奪いたい〟のだ。あの男から。

たとえ法的には彼女と結ばれることがなかったとしても、彼女の心と身体、そして未来を〝奪いたい〟。

白花と高辻の結婚式を見ていた時、白花が「倉原議員の奥様」と呼ばれる時、白花と高辻が人前で並び、夫婦として認識される時――巧は激しい嫉妬に駆られた。

結婚式はめちゃくちゃにしてやりたかったし、白花が「倉原議員の奥様」と呼ばれる時には「違う！　白花は俺の女だ！」と叫びたかったし、白花と並ぶ高辻を見れば、奴を張り倒してやりたかった。

きっとこの嫉妬は、彼女が離婚して正式に自分の妻にならない限り、永遠に続くのだ。

巧は抱き付いてくる白花を抱きしめ返し、その頬にかかる髪をどけてやると、口元に置いた彼女の左手の薬指に嵌まる指輪が目にとまる。

それは巧が贈った結婚指輪だ。

白花は指輪を外さない。誰が見ているかわからないからだ。彼女は一瞬の油断が命取りになることをよく知っている。だから巧も、外してくれと言えないでいた。本当は外してほしいのに――

そこで考えたのが、高辻との結婚指輪とまったく同じデザインの指輪を白花に贈ることだった。本当は自分の名前を刻印したかったが、〝もしも〟があるといけない。

刻んだ文字は〝My heart is yours.〟

――俺の心は君のもの。

もう、いつから彼女に恋していたのかわからない。とっくの昔に彼女に心奪われていたのだから。

白花は高辻との結婚指輪を外して、巧と揃いの指輪を付けてくれた。その時の彼女の嬉しそうな表情が忘れられない。そして同時に、「愛されている」という実感を抱く。

高辻の指輪をしれっと奪った巧は、翌日、他人が出した燃えるゴミの袋の中にソレを突っ込んでやった。

指輪ひとつで、なにが変わるわけでもない。白花が自分の妻になったわけでもない。

不倫なんかやめろ。女は他にいくらでもいるだろう？――この関係を知った人はしたり顔でそう言うだろう。でも、彼女でなければ駄目なのだ。

グアムの大聖堂の横で誓った気持ちは、大袈裟でもなんでもない、巧の本心だ。

彼女に不幸にされるなら本望だ。でも、彼女が不幸になるのは許せない。

高辻は白花を大事にしなかった。それが腹立たしいのに〝よかった〟と思ったのも確かなのだ。

ぞんざいに扱われた白花は、高辻を決して愛さない――白花の心は自分のもの……

（渡さない……絶対に、誰にも渡さない……）

抱きしめた腕に思わず力が入る。

布団から覗く乳房は、痛々しくも尊い。これは彼女が事故を乗り越え、生きている証しだ。

「たくみ、さん……？」

「ごめん。起こした？」

目覚めた白花の瞳に自分を映し、ほんの少し笑う。彼女は小さく首を横に振って、巧の首にかかる指輪を白い指で撫でてきた。

「ううん……大丈夫。眠れないの？」

「…………」

巧は無言で、白花の唇に自分のそれを重ねた。そのまま口内に舌を滑り込ませ、身体の上に乗る。

白花はされるがまま、抵抗なんかしない。それをいいことに、巧は彼女の乳房に触れた。

ケロイドの引き攣れた感触を彼女は嫌うが、それすら愛おしいのだという想いを込めて、揉み上げて口を寄せる。ちゅっと乳首を吸い上げると、甘い女の声がした。

そのまま手を滑らせ、脚の間の花弁に触れると、そこはもうしとどに濡れていて男を誘っている。

巧は指を二本揃えて中に埋めると、腹の裏側を押し上げるように、ザラついた襞を擦ってやった。

「ぁ……んっ……んっ……あぁ……」

乳首を吸われながら中をいじられた白花は、身体をピクピクさせながら震える。そのたびに、きゅっきゅっと蜜口が締まるのだ。指が熱い肉襞に扱かれていく感じがする。

ここに自分の物を挿れて扱かせた時のよさを思い出しては、生唾を呑む。

「はぁん……巧さん、巧さん……そこは……」

「気持ちいい？」

中をいじりながら今度は親指で蕾を捏ねる。頷く前に白花は、背中を仰け反りながら唇を噛んだ。快感を耐えるその表情が、なんとも悩ましくてそそられる。恋い焦がれ、一度は諦めた女を抱く。もう離れられないのだ。

奥からどんどん愛液があふれてきて、指の出し挿れがスムーズになる。そこに巧は、三本目の指も挿れた。

「あ！」

上がったのは短い声だったが、白花の中は小刻みに痙攣して彼女が軽く達したことを教えてくれる。それを合図に、中に埋めた三本の指で肉襞を掻き回し、じゅぼじゅぼと出し挿れした。

「は〜〜〜っ!!」

白花が声にならない声を上げて、感じるのを眺めながら、乳房を揉み、左右の乳首を交互に吸う。感じすぎた彼女は涙目で息をあらげ、サラサラと快液を流した。

「いっちゃったね？　可愛い」

そう言いながら、ぐったりとした白花の両足首を持って広げ、反り返った漲りを女の穴に突き立てる。

「あああ――……！」

白花が嬌声を上げながら白い身体をしならせる。

恋愛を楽しむ恋人でもない。

愛を誓い合った夫婦でもない。

でも、確実に深いところで、自分達は心も身体も繋がっているという確信がある。

言うなら、運命共同体といったところか。

「はぁ、はぁ、はぁ……んっ、はぁ、はぁ、巧さん……」

頬を上気させ、媚態をくねらせ、甘い吐息を吐く白花に溺れる。

純粋だった彼女は強くなった。したたかに、しなやかに、男を思い通りに操る魔性の女になった。

きっと、自分も操られているんだろう。募る彼女への感情に振り回されて、愚かな男に成り果てている。

でも、一心に想い続けた女が、生きて今、自分の腕の中にいるのだ。それ以上は望むべくもない。

――彼女が望む幸せを捧げる。それこそが自分の歓びであり、幸せ。この先、彼女の歩む道がどんなに険しくとも、手を繋いで共に歩いて生きたい。それが巧が貫く真の愛なのだ。

「白花……愛してる」

自分を狂わせる悪女を抱きしめて、巧はその愛しい唇にキスをした。

アルファポリス
エタニティ人気の12作品
アニメ化決定!!
Eternity
エタニティ
深夜の濡恋ちゃんねる
NUREKOI
Sweet Love Story
2020年秋頃放送開始予定
TOKYO MXにて
通常版 TV放送
&
エタニティ公式サイトにて
R-18♥版 WEB配信
詳しくはエタニティ公式サイトをご覧ください。
エタニティブックス
検索
https://eternity.alphapolis.co.jp/

エタニティ文庫

S系紳士から突然のご寵愛!?

エタニティ文庫・赤

エタニティ文庫・赤

溺愛デイズ

槇原まき　　装丁イラスト／倉本こっか

文庫本／定価：本体640円+税

恋愛とは無縁の日々を送る、建設会社勤務の穂乃香。そんな彼女はある日、イケメン建築士の隼人と階段でぶつかりそうになり、足を骨折してしまう。すると隼人が“ケガの責任をとる”と言って、無理矢理同居を決めてきた！　色々とよくない噂もある隼人に疑いの眼差しを向ける穂乃香だったが、いざ一緒に暮らしてみると、なんと彼は甘やかし大王で……!?

※エタニティブックスは大人の女性のための恋愛小説レーベルです。ロゴマークの色で性描写の有無を判断することができます（赤・一定以上の性描写あり、ロゼ・性描写あり、白・性描写なし）。

詳しくは公式サイトにてご確認ください。
https://eternity.alphapolis.co.jp/

携帯サイトはこちらから！

恋愛小説「エタニティブックス」の人気作を漫画化!
溺愛デイズ
Dekiai Days
EC
Eternity COMICS
気持ちいい――……
行きましょうか
はっ…
漫画 Meguru Hinomoto ひのもとめぐる
原作 Maki Makihara 槙原まき
一級建築士を目指し、建築会社で働く櫻井穂乃香。ある日彼女はコンペ会場で、ライバル視している建築士の黒崎隼人とぶつかりそうになる。その拍子に階段から落ち、穂乃香は足を骨折――。すると隼人が「ケガの責任をとる」と言い出し、強引に同居を決めてきた！　よくない噂もある隼人に戸惑う穂乃香だけど、いざ一緒に暮らしてみると甘やかされっぱなしの毎日で……!?
B6判　定価：640円＋税　ISBN 978-4-434-21764-7
溺愛デイズ
Dekiai Days
EC Eternity COMICS
ひのもとめぐる
槙原まき
愛されすぎて心臓がもちません!
エロきゅん同居ラブ
エタニティCOMICS